SOBRE LOS SUEÑOS ROTOS

SOBRE LOS SUEÑOS ROTOS

ALFONSO ANAYA

Número de Control de la Biblioteca del Congreso de EE. UU.:		2015900591
ISBN:	Tapa Dura	978-1-4633-9866-8
	Tapa Blanda	978-1-4633-9865-1
	Libro Electrónico	978-1-4633-9864-4

Fecha de revisión: 27/01/2015

Para realizar pedidos de este libro, contacte con:
Palibrio
1663 Liberty Drive
Suite 200
Bloomington, IN 47403
Gratis desde EE. UU. al 877.407.5847
Gratis desde México al 01.800.288.2243
Gratis desde España al 900.866.949
Desde otro país al +1.812.671.9757
Fax: 01.812.355.1576
ventas@palibrio.com
702220

ÍNDICE

Dedico esta novela a mi hija Nancy y a mi esposa Lety quienes han sido luz de vida durante el día y luceros en la noche y a mi Tío el Ing. Alejandro Anaya Durand, excepcional guía y el hombre más inteligente que he conocido.

Registrada en SOGEM (Sociedad de escritores mexicanos y en Indautor)

CAPÍTULO 1

A veces la vida no nos concede lo que queremos
pero nos da lo que necesitamos.

En la nave del destino

1

Llovió toda la tarde y David salió de su negocio. Emprendió su caminata bajo el aguacero por los corredores de la cubierta de primera sin rumbo fijo. Algunos pasajeros meditaban, otros hacían peregrinaciones o eran adeptos a algún rito, él acostumbraba a dar un largo paseo bajo la lluvia sin paraguas ni gabardina, el cual prolongaba durante horas con objeto de sustraerse a la enajenación que le provocaba la dirección de su ferretería. Ese momentáneo despojo que hacía de un techo cómodo y acogedor, lo acercaba más a éste, como en un contrasentido. Lo concientizaba sobre su próspera situación actual y sobre cada una de sus pertenencias, de las que el hecho de estar siempre les restaba ese sentido de presencia que tienen los objetos prestados o que están a punto de perderse o de consumirse.

Caminaba por un largo pasillo y luego se acercó a la baranda. Veía y escuchaba como el encrespado oleaje golpeaba los costados del barco. Por espacio de varios minutos se quedó contemplando la densa y perpetua nube que rodeaba a la nave. El viento helado que golpeaba su cuerpo lo estremecía de frío. Reemprendió su marcha por los pasillos desiertos. Metió las manos en los bolsillos y alzaba los hombros para aminorar el frío que sentía. Por los corredores vacíos de la cubierta de primera clase, de repente se cruzaba con algún transeúnte que se desplazaba apresurado bajo su paraguas.

Cuando el aguacero disminuyó se encontraba muy alejado de su camarote. Continuó su recorrido pausadamente por más de una hora. Al llegar a la entrada de su camarote volvió a experimentar ese regocijo de lo que se vuelve a poseer. Al abrir el sólido portón labrado permaneció unos momentos junto a éste respirando profundo concentrado en la agradable acogida que le deparaba el lujoso recinto donde vivía. Se quitó las botas y el sombrero en la entrada. Fue al baño y abrió la llave del agua caliente. Se desvistió atento, con el propósito de acaparar todo ese cúmulo de agradable sensación que le producía quitarse la ropa mojada y entrar al roce del agua caliente. Era hombre esbelto de fuertes brazos y piernas, que se desarrollaron en los tiempos en que fue estibador en la ferretería de la que ahora era dueño. De estatura media y con una cabellera negra abundante. Bien parecido sin ser irresistible. Un hombre de cuarenta años, de fuerte carácter pero con maneras afectuosas.

Después de cenar con abundancia fue a su estudio. Maderas labradas, paredes de piedra, columnas de cantera y arcadas con vitrales que traslucían luces ámbar, rojas y azules, decoraban el suntuoso salón. David había encargado a un arquitecto la ambientación de su estudio ya que tenía una fascinación por los salones donde los sabios del medioevo hacían sus elucubraciones acerca de la piedra filosofal. Ese ambiente le permitía concentrarse y ahí se encerraba durante horas leyendo libros de sociología, de psicología y de historia, siempre intentando descifrar los propósitos de la existencia humana.

Al dirigirse hacia su sillón donde acostumbraba leer pudo escuchar el eco de sus pasos sobre la madera. Encendió la lámpara que estaba junto a éste, en una mesa labrada donde acomodaba el libro que leía. Se sentó a escuchar música clásica. Ensimismado meditaba de qué manera podía disponer de más tiempo para reiniciar su carrera de psicólogo. Si estudió administración de negocios fue por la presión que ejerció su tío Joaquín a pesar de que él quería ser un psicólogo, pero la vida es solo un sueño, no porque soñemos lo que vivimos, sino porque vivimos soñando lo que anhelamos vivir.

Fantaseaba con escenarios irrealizables porque no podía desatender su ferretería. El riesgo de que su negocio sufriera un quebranto económico era suficiente para disolver cualquier nostalgia que atesorara por la psicología. Probablemente su interés se originaba en su propio carácter neurótico. Y él sabía que la paz interna está reñida con la neurosis y que éste padecimiento produce un estado de incomodidad permanente, que a algunos enfermos los empuja a cuestionarse sobre los problemas más insólitos y otros a inventarse los escenarios más angustiantes donde sufren su vida. Era claro como el grado de infelicidad y la neurosis se correlacionaban. Conocía personas que a pesar de tenerlo todo eran profundamente infelices porque eran profundamente neuróticas y él tuvo que acudir a la ayuda de un siquiatra para sobreponerse a sus tendencias depresivas. También era parte de su obsesividad contemplar la incomprensible futilidad de la gesta humana, ya que fuésemos héroes o cobardes, bondadosos o ruines, al morir solo viviríamos en el recuerdo de algunos seres y no en el nuestro y esto hacía de nuestra propia experiencia algo vano, por gloriosa o trágica que hubiese sido. Estaba consciente de cuantos sinsabores innecesarios le había provocado su percepción neurotizada. Con insistencia se preguntaba: ¿Por qué nuestra mente genera un mecanismo inconsciente que fustiga día y noche nuestras emociones? ¿Para qué puede sernos útil si sólo trastorna la concepción de la realidad para volverla amenazante, caótica, injusta? Aunque la vida no es siempre así y tampoco para todos, de esa manera la conciben los neuróticos. Los neuróticos pueden padecer intensamente tanto en la adversidad como en la prosperidad. Y él se reconocía como un hombre neurótico. Cuando contemplaba a algún ser con una discapacidad, su concepción de la vida se retorcía y veía la realidad como un acertijo insoluble y doloroso de vivir.

En alguna ocasión se cuestionaba sobre el sentido del amor, uno de los sentimientos supremos. Sabía que el amor engrandece al que lo siente, sin embargo sabía también que llegamos a amar sin mesura, con nuestra completa adoración acrítica a seres humanos indignos, traicioneros, asesinos y hasta genocidas ¿Para amar, era necesario que el objeto de nuestra devoción fuese auténtico o bastaba con el puro sentimiento del amor?

Su pensamiento religioso se había ido transformando con los años. Cuando pequeño era devoto y rezaba con la fe de un niño para que el restaurante de su padre pudiera sobreponerse a la dura competencia a que lo sometían dos restaurantes de cadena que abrieron sucursales casi pared con pared. También lo hizo cuando supo que su padre estaba gravemente enfermo. Sus oraciones no surtieron efecto, el restaurante finalmente se fue a pique ante la dura competencia y su padre fallecería unos meses después. Se sintió defraudado y paulatinamente fue perdiendo la fe. Pero después la recuperó aunque de una forma diferente. Al enviudar, su madre se volvió a casar apenas unos meses después y entonces tuvo que mudarse con ella al camarote de su padrastro y ahí no fue ni bien recibido ni querido. Vivía como un arrimado hasta que a los catorce años fue a pedirle asilo a su Tío

Joaquín, hermano de su padre. Éste lo adoptó de una manera peculiar, porque al tomarlo bajo su protección no se lo llevó a su hogar. Para evitarse conflictos con su esposa y con la madre de David, prefirió acondicionarle un cuarto en la azotea de su ferretería, que contaba con 3 pisos, lo contrató como empleado y lo obligaba a estudiar. David fue ascendiendo muy lentamente. Tuvo que desempeñarse como estibador, encargado y de ahí hasta que se recibió en administración de negocios su tío lo nombró gerente. Años después le heredaría la ferretería. David interpretaba estos acontecimientos como afortunados y pensaba que de alguna forma Dios no lo había abandonado. Fueron sus estudios de la historia lo que sacudirían nuevamente sus creencias. La violencia, el salvajismo y el abuso que cada pueblo ejercía sobre otros grupos menos poderosos era una constante de todas las razas y de todas la épocas y las religiones que nunca cambiaron la naturaleza humana mejor sirvieron como un combustible. Su pensamiento no podía ceñirse a unos preceptos metafísicos que no tenían resultados.

Pero la ciencia también presentaba enormes lagunas. Ya podía imaginar a un maestro de física en su clase explicando la teoría del Big Bang y diciéndoles a sus alumnos: Había una masa compacta que al llegar al punto crítico hizo explosión y ahí empezó todo. Posiblemente un alumno podría preguntarse y "¿De dónde provino esa masa, o apareció así nada más?" Y otro cuestionaría "Si el comportamiento de las energía es idéntico y predecible ¿Cómo sucedió que una parte de esa energía de pronto desarrollara la conciencia de sí misma, adquiriera control sobre pensamientos abstractos y creara con ellos las matemáticas y el arte y luego consiguiera desplegar su voluntad, es decir ir a contracorriente y manifestarse con individualidad en el devenir de la creación?". A él le parecía que estos conceptos científicos tenían que aceptarse como actos de fe, como se estilaba en las religiones y no obstante que abarcaran fenómenos medibles y exactos su origen era desconocido. Nadie había penetrado sobre la realidad última. Imaginaba una descomunal explosión en la nave, acudía el ejército y el General preguntaba: "¿Qué sucedió? Un cabo le contestaba "Apareció una masa de energía y explotó" "¿Cómo apareció?" "Pues mi General, apareció así nada más" "Nada aparece así nada más mi cabo, siempre hay una fuente, una causa" "No en esta ocasión mi General, esto es similar a lo que originó nuestro universo, una masa de energía que apareció de repente y que estalló y que por el poder de la gravitación se hizo el universo y que ahora se va a crear otro universo como este" "Sorprendente mi cabo" "Por supuesto mi General y afirman los expertos que con la evolución surgirá otra nave como esta y que después de millones de años florecerá una humanidad igual a la nuestra todo en medida diminuta, por supuesto" "Increíble" "También dicen los expertos que los hombrecitos, porque el nuevo universo será tan pequeñito que sus partículas podrán traspasar éste sin chocar siquiera con nuestra galaxia, formarán una nueva cultura" "Toda una maravilla" "Aseguran que al igual que nosotros tendrán voluntad, aunque nadie se explique cómo la gravitación crea esta energía y que además con su imaginación construirán una nueva civilización muy adelantada" "Natural sabiendo que la mente de la gravitación y de las energías electromagnéticas y cuánticas dirigen el proceso" "Por otra parte será seguro que los nuevos hombrecitos se maten unos a otros para obtener las mejores riquezas de esta nueva nave" *Se entiende conociendo que tendrán naturaleza humana" "Este es mi informe mi General" "Enterado mi cabo". Al terminar la melodía que escuchaba, David volvió en sí y se levantó. Esa noche el momento era íntimo. El paseo había intensificado su sensibilidad. Se levantó a repetir la romanza para violín y a servirse otro coñac. Tendría una velada con sinfonías, conciertos y para finalizar, ópera.

2

Al día siguiente, la tarde del domingo no fue tan plácida como la del sábado. Echaba de menos a Silvia, su ex esposa. Se habían divorciado apenas un mes antes y la extrañaba. Los sonidos de su camarote los percibía distintos, como si fuesen succionados por un vacío sin ecos ni respuestas. Nostálgico y aburrido, sin poder concentrarse en nada, salió a caminar.

La tarde estaba avanzada y el mal tiempo persistía. Había ventisca y frío, pero el cielo se despejaba. Los densos nubarrones eran barridos por el viento. Se arropó profusamente; aparte de su saco, se puso un grueso abrigo y guantes.

Nunca supo por qué se encaminó hacia las cubiertas de los pescadores, ahí sus pisadas no resonaban en el silencio, sino que su sonido se perdía entre la confusión de la muchedumbre. Siempre que tenía que ir hacia esa cubierta, una gran cantidad de sentimientos contrapuestos convergían. Por un lado la basura y la mugre le irritaban;

por otro, su sentido de justicia se exacerbaba; él hubiera deseado que todos los hombres fueran ajenos a la pobreza y la explotación, pero allá en lo interno, sabía que esto era imposible, así lo asumía con resignación.

A lo largo de la baranda había miles de hombres sentados en el borde de ésta, con las piernas colgadas hacia el mar. La fila era interminable y las cañas de pescar de cedazo enorme, apresaban uno tras otro a los pececillos que nadaban cerca de la superficie. Lo más extraordinario era que de alguna manera ciertos astutos individuos institucionalizaron grandes gremios para monopolizar la pesca en la baranda, así que si alguno de los pescadores apartaba uno para sí, era acusado de robo.

Más allá se hallaban los camarotes de los pescadores, barracas oscuras y malolientes con sus paredes de madera y de cartón, descascaradas y enmohecidas. De sus sábanas sucias se desprendía un olor a mugre y desesperación; apestaban a miseria, apestaban a explotación. Estaban atrapados como peces en las redes. Allí pasaban la vida apiñados miles de ellos, con sus mujeres constantemente embarazadas, continuando la atávica costumbre de que "entre más pobres, más hijos" no importando que la única herencia que pudieran darles a sus críos fuera solo de desventura y servidumbre y con esto quedaba perpetuada la masa de individuos que se utilizaría como mano de obra esclava, que era la base de la prosperidad de la sociedad. Era lamentable que los indigentes y menesterosos con su proverbial inconciencia, ignorancia y estupidez se prestaran a engendrar una tras otra criaturas para uso y provecho de los poderosos que con su proverbial insensibilidad, codicia y perversidad utilizarían a estos seres necesitados de todo, como herramientas, máquinas o animales de carga. Podían los grupos hegemónicos proclamar "Nos valemos de vuestra estulticia que os hace débiles porque somos basura moral" Se alejó desplazándose con rapidez por los pasillos con el gesto de quién de manera furtiva ha participado del horror de los demás y se ha empachado con ello.

Mientras andaba por los corredores azotados por un viento persistente, vio a un hombre tirado, encogido sobre sí mismo, tiritando. David, se quitó el abrigo y lo cubrió. El hombre no dijo nada, pero lo miró con una expresión de calidez y agradecimiento. Continuaba su caminata en medio de un secreto regocijo, de vanidad y de complacencia. Pensaba: "Me lleno de lo que sale de mí", de pronto hizo un alto para captar la paradoja y prosiguió su recorrido a todo lo largo de los pasillos de los pescadores, que siempre parecían irse más allá del horizonte.

Comenzaba a oscurecer y en el barco se encendían las luces. Optó por alejarse y subir hacía la cubierta de primera. Pronto alcanzó una zona de ricos comercios y elegantes restaurantes, tan diferente como si llegara a otra nave. El domingo se terminaba y para no retornar a su camarote solo, se metió a un café. Adentro el ambiente era agradable y el café estaba finamente decorado. Las luces tenues invitaban a concentrarse en un pianista que tocaba melodías románticas con gran expresividad. Pidió un café con coñac. La bebida caliente lo reconfortaba pero de alguna manera la música y el ambiente lo penetraron y lo llevaron a un estado de añoranza indefinible, porque era a la vez dulce y perturbadora. Recordaba a Silvia, todavía la amaba entrañablemente. A medida que escuchaba las melodías se desbordaba en nostalgia por ella. Pronunció el nombre de su ex mujer en voz alta y se le contrajeron las entrañas. De pronto una sensación de agobio se apoderó de él y de manera intempestiva abandonó el café.

Afuera pudo sosegarse y miró hacia el mar. Contemplaba como la nave se deslizaba en él, sin detenerse jamás, sin alterar su ruta nunca. ¿Quién la impulsaba? ¿Hacia dónde se dirigía? Muchos de los pasajeros creían en antiguas cosmogonías que afirmaban que los llevaba rumbo a una especie paraíso, pero, y ¿Él?, ¿Adónde iba él? ¿Adónde íbamos todos?

En algunos de los navegantes se percibía una densa inquietud y es ese tipo de malestar que se provoca al haberse embarcado hacia un lugar por completo desconocido. Y como del destino nada se podía averiguar, habría que hacer del trayecto la única razón del viaje. La claridad de este absurdo se acrecentaba cuando se observaba como se descendía de la nave, sin nada, tan solo con los recuerdos y una historia muchas veces de horror, que era lo único que le pertenecía a cada ser. Y con este equipaje habría que adentrarse en la bruma para perderse en ella y nadie sabía lo que había más allá.

A lo lejos se distinguía la espesa bruma impenetrable. Nunca pudo regresar un viajero que la hubiese cruzado. La examinaba con insistencia. Era tan misteriosa y había tantas historias que se contaban sobre ella. Sin darse cuenta sus manos sujetaban con fuerza la baranda, en un intento inconsciente por mitigar el ahogo que en ese momento lo apresaba. De nuevo enfocó su vista hacia el mar. Entretanto caía la tarde y se proyectaba ante sí un cielo cada vez más oscuro, rebosante de inmensas naves luminosas que surcaban el universo en eterno recorrido.

3

Al día siguiente y como casi todas las mañanas la primera sensación que experimentaba al despertar era de una vaga angustia. Tenía la impresión de tener que soportar cada día como una pesada obligación, rutinaria e indeseable. Ésta sensación de angustia se suavizaba a través del día, pero durante la mañana era agobiante. Desde pequeño su vida se había conformado como una contienda por conseguir dinero. Esto se volvió una de sus principales obsesiones. Se remontaba a los últimos años de su niñez, se había engullido toda su adolescencia y juventud y ahora le devoraba su madurez. Tuvo que transitar el sinuoso camino de ser hijo de una familia acaudalada a la de convertirse en un cargador en la ferretería de su tío Joaquín. Vivió la crudeza del contacto constante entre dueños y obreros, de esos abismos infranqueables que establece la diferente posición económica. Y esta situación la padeció por años, hasta concluir su carrera universitaria. Entonces lo nombraron gerente de la ferretería. Cuando años después murió el tío Joaquín él la heredó.

A David nada lo desazonaba tanto como la posibilidad de tener un problema económico y la amenaza de una quiebra podría arrebatarle toda la calma. El horror a las carencias económicas estaba agazapado en lo oscuro de su subconsciente y no se mentía respecto a ello. Así como un diabético tiene que estar siempre alerta contra los riesgos producidos por su padecimiento, los cuales arrasarían su vida entera si estos llegaran a descontrolarse, de igual modo no se engañaba sobre los estragos mentales y sicológicos que la estrechez financiera provocaría en él. Si algo aborrecía era depender de terceros. Conocía muy bien la desesperación que se siente cuando se nos niega la ayuda que requerimos para salir del pozo en que a veces estamos sumidos por lo que se reía desdeñoso de la afirmación ingenua que aseveraba que las mejores cosas de la vida, tal como contemplar el universo o una puesta de sol, son gratis; sin decir que para disfrutar estos espectáculos se requiere de buena salud y la salud precisa buena comida, así de sencillo. Sin duda su relación con el dinero era en extremo contradictoria, ya que era de natural generoso y espléndido pero tenía una necesidad imperiosa de seguridad económica y conseguirla le ocupaba todo su día.

Sin embargo esta intensa guerra a la que había dedicado el mayor tiempo de su vida, le recompensaba con un premio inesperado. Tanto había reflexionado sobre el dinero que pudo extraerle el valor simbólico que el común de las personas le otorgaba. Para él tenía una utilidad de intercambio y nada más. Para el común de la gente el dinero implicaba un significado taumatúrgico que convertía en seres excepcionales a los que lo poseen y en seres sobrehumanos si lo atesoraban en grandes cantidades. A un mediocre ser humano lo redimía de sus debilidades y vicios y se le reconocía ubicado en posiciones que en nada correspondían a su valor intrínseco. David pudo sobrepasar este tipo de concepciones; para él; el dinero era como el agua, imprescindible. Su ausencia hacía la vida insoportable porque ponía en peligro hasta la integridad de la personalidad. Lo vinculaba con la calidad de vida de un hombre, pero jamás con la calidad de su dignidad, lo cual es muy distinto. Pensaba que el dinero modificaba el peso de las circunstancias, pero no aumentaba o rebajaba la significación de un ser humano. Un hombre sin capital padecería una vida desventurada pero eso no lo hacía un ser miserable, con dinero o sin éste, su importancia no variaba. Pues bien, esto lo hacía imperturbable en sus nexos con los ricos que no podían impresionarlo y lo tornó sencillo con los humildes a quienes no juzgaba diferentes.

4

Se incorporó somnoliento y de malhumor. Se alistó para irse a trabajar. Prefirió desayunar en algún café porque la ausencia de Silvia lo perturbaba. Después de comer su ánimo mejoraba. Tomó un tren y se bajó en la estación "La Alborada", descendió por el elevador varios pisos de cubierta. Ahí abordó otro tren y salió cerca de su ferretería. Caminaba sin prisa a lo largo del bloque y pasó por la construcción que levantaban los González dueños de grandes abarroteras. Le extrañó que los letreros con el nombre de la Bodega hubieran sido removidos. Notó entonces que empacaban ciertos materiales y retiraban las grúas, los tractores y la herramienta. Su curiosidad aumentaba y entró a averiguar qué sucedía. Se acercó a un obrero para preguntarle por el ingeniero de obra. Se lo señaló y fue hacía él:

- Buen día, ¿es usted el ingeniero Álvarez?
- Soy yo, dígame.
- Soy su vecino, mi ferretería se halla como a trescientos metros. Veo que retiran las grúas. ¿Por qué? - Investigaba con extrañeza.
- Se canceló el proyecto. ¿Conoce al viejo que es dueño de esa propiedad? - Interrogó el Ingeniero y señaló la construcción.
- Por supuesto, Jacinto Pérez.
- Observe su propiedad y se dará cuenta que se ubica en medio de la obra y frente a ella. Acordamos en un inicio con el viejo que nos vendería y derrumbaríamos esa miserable construcción. Obstruye todo el sentido de la obra. Pues bien, ese hombre es un viejo obstinado y se negó a cumplir su compromiso. - Concluía el ingeniero con un gesto agrio.
- ¿Sí? - Inquirió David. Trataba que le aclarara la situación.
- Bueno, pues los González se cansaron de las argucias de este hombre que a medida que adelantábamos demandaba más por su construcción y terreno, hasta que los González decidieron cancelar la obra de la construcción de la bodega abarrotera. No se abrirá. - Expresaba decepcionado el ingeniero.
- ¿Qué sucederá con la construcción?
- La traspasaron.
- ¿A quién? - Indagó David con curiosidad.
- Por lo que me comentó imagino que no va a ser una buena noticia para usted.
- ¿Por qué me lo dice?
- Porque usted tiene una ferretería y aquí se va a inaugurar una ferretería enorme, una sucursal de los Almacenes Omega, por eso se lo digo.
- ¿Una sucursal de los Almacenes Omega aquí? - David indagó para cerciorarse pero ya la noticia había resonado como el aviso de una desgracia. Sabía que la empresa Almacenes Omega era el consorcio ferretero más grande de la nave. Un competidor formidable.
- Pues sí. Lo siento por usted y por mí. Yo también frustré mi proyecto.

David permanecía paralizado, intentaba digerir que significaba esa información. Su sensación de pérdida se asemejaba al dueño que acude a su domicilio y lo encuentra saqueado y destruido por los ladrones.

Estremecido y vacilante abandonó la construcción. Sudaba copiosamente. Se limpiaba el cuello con un pañuelo, pronto su camisa estaba empapada. Se detuvo y consideró que no le convenía entrar en ese estado de agitación a su negocio. Tenía que rehacerse por lo que regresó a su camarote. Se trasladaba ido, sentía la violencia de su agitación. Ya los competidores habían aniquilado el restaurante de su padre y ahora la ominosa casualidad ubicaba al mayor adversario posible en su propio territorio. "Será mi ruina" se dijo casi delirante. Se acordaba del viejo Jacinto con rencor, lo había perjudicado sin enterarse, lo hundiría con su terquedad. Caminaba y su malestar lo desbordaba. "Qué mala suerte, justo a trescientos metros se instalará mi competidor más temible" Trataba pero no podía apartar la sensación de catástrofe. La ominosa visión lo obsesionaba. Respiraba agitado, ido llegó a su camarote y se dejó caer en el sillón donde acostumbraba leer. Estaba tan tenso y alarmado que notaba como se le engarrotaban los músculos del cuello y la espalda. Se tomó una dosis doble de somníferos combinada con un jaibol muy cargado para perderse en el sueño.

CAPÍTULO 2

La succionadora de peces

1

Desde tiempos inmemoriales la plataforma de la economía tenía unas bases bien establecidas y protegidas por la ley. En la nave se establecieron lugares específicos para pescar. Miles de kilómetros estaban dedicados a esta actividad. Los linderos se encontraban bien establecidos y muchos de los hombres más ricos eran dueños de cientos de kilómetros del área de pesca. Todo el producto les pertenecía, pero era tal la cantidad de pescado que se obtenía del mar que se los pagaban a muy bajo precio. A ellos les importaban de manera primordial los pescados de un tipo específico, les denominaban los "dorados" y los "plateados". Y estos animalitos se convirtieron en el fundamento del valor del dinero.

Eran escasos en comparación con los demás y un pescador podría conseguir una buena prima por cada uno que atrapara. A veces pasaban una o dos semanas para que consiguiera alguno. Mientras tanto con sus cañas o sus redes obtenía una buena dotación de pescados y moluscos comestibles, pero se la pagaban a ínfimo precio.

Los pescados "dorados" y "plateados" eran limpiados, disecados y tratados químicamente para evitar su descomposición. El peso determinaba el valor. Los dueños de las barandas de pesca los cambiaban por bonos y estos iban a parar a los depósitos del banco central. El dinero tenía que tener un soporte y así se llegó al acuerdo general que fuera determinado por estos raros pececillos.

Los pescadores tenían generaciones enteras dedicándose a esta actividad. Proporcionaba trabajo a miles de hombres y mujeres. En la nave privaba una miseria generalizada, pero el hambre no existía. El pescado común era barato. Todo cambió cuando a unos ingenieros se les ocurrió inventar una succionadora. Ésta potente máquina aspiraba el agua con todos sus componentes a través de sus anchas mangueras y la efectividad de ésta tecnología hacía inútil la actividad del pescador que usaba cañas y redes. Desde el principio fue con dureza combatida, pero muchos de los hombres más ricos del barco defendieron el proyecto por las ingentes ganancias que de golpe les proporcionaba y sumieron a la nave en un caos. Millares de pescadores fueron despedidos, y otros fueron contratados como obreros para separar el contenido que las gruesas mangueras arrojaban a las grandes tinas y extraer los peces "dorados y plateados" para luego devolver enormes cantidades de peces vivos al mar. Pero aparte del desempleo desmesurado, la extracción incontrolable de estos especímenes empezó a quebrantar el equilibrio económico, porque la cantidad que se obtenía ahora era muy superior a lo que se conseguía en años anteriores y esto afectaba al valor real del dinero.

Grandes debates en que participaron expertos de la economía defendían volver al sistema anterior para restablecer el orden. Pero otros se oponían amparados en su derecho de usar las succionadoras, ya que no había ninguna ley que lo prohibiera. El asunto ya llevaba dos años en franco pleito.

Mientras continuaban las pugnas entre los poderosos, la sociedad era sacudida con una inflación galopante, se sucedían quiebras en cascada, sobrevenían despidos masivos. La bolsa de valores era inestable. Subían y bajaban el valor de las acciones sin control. Muchos ricos empezaron a temer que aquella tormenta los afectase y las pequeñas fortunas se tambaleaban.

Para los pescadores aquello era una hecatombe, acostumbrados a trabajar al aire libre y recibir una pequeña paga segura y una buena comisión por cada pez "dorado" y "plateado" que pescaran, ahora esa cantidad adicional, ese incentivo ya no existía. Atrapados ante la falta de expectativas empezaron a volverse violentos. La sociedad se cimbraba pero aquellos que tenían el derecho y posesión de estas máquinas cerraron filas, se protegieron entre sí, y acumulaban ganancias fabulosas en tiempos record. No se vislumbraba solución posible.

2

Llegaron a la hora de la comida. Doña Celia abrió la puerta y saludó a Mariana y a Walter. Eran los dos amigos incondicionales de David. A Mariana la conocía desde su adolescencia y ella había hecho las

funciones de una hermana. Era una mujer bajita, madura de 39 años, de
bonitas facciones y de cuerpo frondoso. Walter, su amigo inseparable
en la universidad, era un hombre alto que acaba de cumplir 40 años, de
aspecto próspero, denotaba a la persona bien nutrida, bien vestida que
no ha padecido nunca grandes infortunios. Mariana apenas entró corrió
hacia David para abrazarlo. David sonrió y volteó a ver a Walter.

- Lo sabe todo, ¿Verdad?
- Así es. Ya le conté de Silvia y de los Almacenes Omega.
- Pero nos tienes a nosotros, David, no estás solo.
- Lo sé, Mariana.
- - Walter se acercó. - ¿Cómo te encuentras hoy, David?
- Es difícil contestar.
- Te comprendo, pero me gustaría que compartieras tus
  pensamientos.
- Acerca de qué, ¿de Silvia?, ¿de los Almacenes Omega?…
- De ambos – Mariana asentía también.
- La economía es un caos pero yo me siento más preocupado
  por la sucursal de los Almacenes Omega que por todos los
  desórdenes que está provocando la succionadora.
- ¿Qué piensas hacer, David?
- David miró primero a Walter y luego a Mariana. – Buena
  pregunta. Ya me conocen, he tenido dinero y prosperidad y
  la he compartido principalmente con mis colaboradores, me
  parece natural porque ellos me ayudan a ganar mi dinero.
  Me propuse tener una empresa distinta, ajena a la llana
  explotación, ir a contracorriente, pero eso no es una cobertura
  contra el duro mercantilismo. En el mundo de los negocios no
  cuentan las intenciones. Sólo vale tu capacidad para defender
  tu posición o arrebatarle el mercado a tus adversarios y esto es
  precisamente lo que pretenden hacer los Almacenes Omega.
- Doña Celia les llevó unos bocadillos. – Podrías vender la
  ferretería ahora que es tiempo para hacerlo, David. – Propuso
  Mariana, ella pensaba que era una solución estupenda.
  A Walter también le parecía una buena idea y decidieron
  planteársela a David.
- En efecto, podría hacerlo y así librarme del riesgo de la quiebra
  y luego… - Se hizo un silencio y prosiguió- … Tomo mi dinero
  y ¿A qué me dedico?… Imaginen que cada ser humano que

es sometido a presión sale huyendo, que clase de humanidad
sería… - En su mente rebullían pensamientos inconexos - … y
¿Qué les diría a todas esas personas que durante años confiaron
en mí?, tengo miedo y es mejor que me vaya… No Mariana, no
es tan fácil.

- Te entiendo David, - le dijo Walter - pero lo primero es
  salvaguardar la integridad personal, te apuesto a que si
  estuvieras envuelto en una crisis ninguno de tus empleados
  arriesgaría el pellejo por ti.
- Eso es verdad, David - Convino Mariana.
- Tengo mucho en que pensar… - No se preocupen, tengo
  bastante dinero ahorrado. - Se levantó a preparar otras bebidas
  – No soy el único con problemas, tampoco puedo lamentarme
  tanto, he estado mirando los noticieros, parece que el tema
  de la succionadora les ha servido para tenernos pegados al
  televisor. ¿Ustedes que piensan?
- A mí me asusta, David. – Contestó Mariana - Parece como
  una espiral, primero fueron algunos pescadores desempleados,
  ahora son miles y va para más, y si le sumamos los desajustes
  monetarios, pues no sé en qué va a parar esto.
- Es grave. – Apuntó Walter
- De verdad que estamos inmersos en serios problemas.
- Yo creo que la succionadora ha sido en gran parte la causante
  de tanta tensión. – Aseveró Mariana.
- Ni duda cabe, las cosas han empeorado.
- ¿Y si el gobierno pierde el control? – Expresó Mariana con
  bastante temor.
- No llegará a tanto. Convendrán arreglos bajo la mesa. Eso es
  seguro. Cobrará sus víctimas y después viviremos como si
  hubiera existido siempre.
- Si David, mientras no seamos las víctimas nosotros…
- Debemos tener calma, Mariana. – Terció Walter - Creo que
  tarde o temprano esto se compondrá. Lo que debemos hacer es
  ser cautos y seguir unidos. Lo digo también por ti, David. Ya
  te conozco y sé que cuando tienes problemas te alejas. Sé que
  además te sientes solo. Me apena que estas situaciones se den
  simultáneamente…
- En qué momento se le ocurrió a Silvia emprender la
  reconquista de José Roberto. – David bebió de su copa y

continuó - Es una tonta, pierde la estabilidad que yo le daba.
De dónde saca la loca idea de que puede atraparlo, nunca pudo
y ya no es una mujer joven precisamente…

- Por supuesto ya no es para nada la jovencita cautivadora. – Dijo
Walter.

- De todos modos eso a mí no me importaba. Pensaba llegar
hasta el final con ella.

- Y lo hiciste, solo que el límite lo fijo ella. – Aseveró Walter

- Soy mujer y aun así no puedo entenderla.

- Si puedes. Sólo tienes que asumir que ella no dejó de amarlo
y que me aceptó a mí como la posibilidad conveniente que
tenía a la mano. Sabía que estaba enamorado de ella y le parecí
conveniente. Cuando se entera que José Roberto se divorcia,
todo revive. En su inmadurez no puede comprender que si no
pudo conquistarlo antes, ahora con más años menos podrá, y
al considerar que a este vividor las mujeres le sobran, pues con
seguridad va a fracasar.

- Es verdad David, es una apuesta perdedora. - Apuntó Walter.

- Por supuesto. Estar seguro de eso es lo que me evita volverme
loco de celos. Yo perdí pero ella también perderá. – Los tres
guardaron silencio, pensativos. - Vámonos. Creo que sería
buena idea salir a comer algo. ¿Les parece?

Por la noche bastante bebidos salieron los tres del restaurante.
Llevaron a su camarote a Mariana. Se despidieron y los vio marcharse.
Los miraba cómo se alejaban lentamente. Sintió una emoción. Sus dos
amigos la hacían sentirse protegida.

Mariana vivía sola y sólo estaba dispuesta a entablar un
romance que en realidad le garantizara una relación madura. Ya
estaba divorciada y había sufrido un peligroso aborto. Después del
rompimiento con su marido tuvo un par de pasajeros romances, uno
con un hombre casado, que rara vez la buscaba y otro que pronto
demostró su grosería, su vulgaridad. Ambas relaciones la dejaron
decepcionada de las aventuras superficiales.

No era puritana y a veces tenía un encuentro casual, incitado
por efecto del alcohol combinado con el deseo y por la necesidad de
sentir a un hombre junto a ella. Relaciones casuales y vacías. Esto
había terminado de convencerla de que los hombres eran infieles y
egoístas. Se sentó para aplicarse sus cremas humectantes y pensó que

SOBRE LOS SUEÑOS ROTOS 25

en realidad sobrellevaba su vida con suavidad, con la compañía de sus amigos, con la asistencia continua a reuniones familiares. Por si fuera poco, desempeñaba un trabajo que le gustaba; venderle joyas a la gente rica, siempre tan educada como lo era ella.

CAPÍTULO 3

El paraíso de los sentidos

1

Aquella noche David se acostó particularmente angustiado, le costó conciliar el sueño, al dormirse tuvo una larga pesadilla.

Soñó, que su amigo Walter preocupado como estaba por la alteración nerviosa que se había intensificado en él, a partir del establecimiento de la inmensa sucursal de la ferretería de los Almacenes Omega; una de las cadenas más poderosas en ese ramo y la cual habían ubicado tan cerca de su ferretería; decidió tomar cartas en el asunto y ofrecerle una solución de fondo.

Según los cálculos de Walter, la ferretería de David caería en un proceso de declive en pocos años y terminaría en bancarrota. Walter comprendía que el punto más débil de su amigo era todo lo concerniente al aspecto monetario. Hizo conjeturas respecto a cómo en lo futuro sobrellevaría este proceso lento pero indefectible hacia la quiebra. Imaginó la postración física con la que acabaría al cerrar su negocio, exclusiva fuente de sus ingresos y para lo mejor que estaba capacitado. Temía que una aguda crisis económica consumiera la salud mental de David y que en último grado pusiera hasta en riesgo su vida. David tenía tendencias depresivas muy marcadas.

Walter por el estrato social alto en que se desenvolvía conocía muchas más opciones que las que pudiera concebir David y adoptaba medidas prácticas para resolver los problemas sin considerar situaciones de índole moral; él tomaba decisiones de orden práctico que le beneficiaran directamente sin pensar cuanto pudieran perjudicar a las demás personas. Pero la situación de David si le importaba. Estaba consciente que cuando se muere financieramente en vida, se está irremisiblemente destruido. ¿Qué objeto tenía que David desafiara a un adversario tan formidable con el que no tenía oportunidad de guerrear victoriosamente? ¿Qué utilidad tenía aferrarse a un negocio condenado a desaparecer? Lo que le sucedería al negocio de David le ocurrió antes a miles de pequeños negociantes que fueron arrasados por los avances tecnológicos o la expansión de grandes cadenas. ¿Cuál sería la indignidad o aquello que resultaría vergonzoso si él eligiera poner punto final a una lucha malograda de antemano, resguardando su circunstancia personal a despecho de lo que ocurriera con sus empleados? ¿Por qué habría de considerarse como un pusilánime y no como un hombre prudente asumiendo la elección correcta para defender su legítimo interés? Walter opinaba que lo más sensato era que David traspasara su negocio, todavía próspero y salvaguardara su capital y situación personal.

Walter por lo mismo se propuso persuadir a David para que se fueran a radicar definitivamente al "Paraíso de los Sentidos", una regia villa donde se podía morar envuelto en los mayores placeres y sin amenazas. Para él esta villa había sido una tentación desde hacía muchos años, pero no quería irse sólo. Para él y para David constituirían, según Walter, un sitio idóneo en el cual podían alejarse de todas las preocupaciones mundanas y darle rienda suelta a lo exclusivo que él estimaba esencial: el placer de los sentidos. Porque asumía que lo único tangible que tiene el ser humano en su entorno inmediato es su cuerpo, y que éste generaba con las sensaciones, pensamientos y creencias, toda su circunstancia personal. Consideraba que todas las conjeturas y especulaciones no comprobables, no eran más que cándidas invenciones engendradas por la mente humana pretendiendo negar la naturaleza finita de su existencia y la esencia animal que lo conformaba. ¿Qué objeto hacía sacrificarse por combatir si una huída a tiempo concretaba una resolución más juiciosa? Él sabía que tendría que poner en juego toda su capacidad de persuasión para convencer a David de que renunciara a este enfrentamiento inútil y que acordara el traspaso de su negocio con un amigo con el que ya había concertado tal transacción.

La cuota del "Paraíso de los Sentidos" era millonaria pero única y para toda la vida. David ni siquiera sospechaba que esa villa existiera, pero Walter por sus nexos sociales estaba al tanto de los pormenores de los beneficios que eran entre otros: alojamiento de lujo, banquetes a diario y a la hora que a uno le apeteciera, bebidas y licores ilimitados, servicios médicos de primera clase, toda tipo de diversiones gratuitas, pleno descanso, además sin ninguna obligación para con la institución y ningún pago adicional. Y esa cuota estaría holgadamente liquidada con el dinero que David obtendría por el traspaso de la ferretería. Por su parte, él contaba con el capital necesario sin tener que vender o liquidar sus negocios y acciones. Se preguntaba: "¿Qué objetaría David por más reacio que fuera a traicionar a sus preceptos morales?" Walter estaba convencido que le brindaba la posibilidad de disfrutar una vida de holganza y plenitud completa, apartado del nerviosismo, de la rivalidad y defensa frenéticas, y de las historias de horror de una economía competitiva.

Walter tenía que ser plenamente convincente y lo logró. Para su buena fortuna abordó a David en un día en que estaba más pesimista y decepcionado que nunca. En su base de datos estaba percatándose que algunos de sus consumidores más asiduos ya no acudían a su negocio, por lo que era obvio que ahora le compraban a su competidor. Walter argumentó a David que esto solamente era el principio, que en este momento su negocio estaba bien acreditado y que había un empresario interesado. Tenía la opción; para liberar su conciencia; de solventarles jugosas indemnizaciones a los empleados y sobradamente cubrir la cuota única y para siempre del "Paraíso de los Sentidos".

Cuando David accedió, Walter se dio prisa para evitar que se arrepintiera y antes de lo que se hubiera sospechado ya estaba finiquitada la negociación.

David procedió a la liquidación de su gente y todavía contaba con muy buenos fondos. Tenía mucho escepticismo de que aquel paraíso del que nunca había escuchado, existiera. Presentía que había un truco en todo el asunto y reflexionaba que si invertía erróneamente su capital, habría perdido su negocio y todo su dinero también. Walter se dio a la tarea de proporcionarle todas las garantías que demandaba para asumir la decisión, porque aquel paraíso era una certeza absoluta y estaba avalado por el más poderoso Banco de la Nave, el cual se comprometía que de fallar cualquiera de las cláusulas pactadas no solamente reembolsaría el total del dinero de la cuota pagada, sino una indemnización tres veces mayor. Con este contrato en la mano David ya no dudó, y él y Walter se embarcaron de una vez y para toda la vida hacia el "Paraíso de los Sentidos".

En menos de un mes ya estaban abordando el tren que los conduciría. Se reunieron por la mañana para ingerir el último desayuno en aquella estación bulliciosa. David viajaba un poco anonadado y escéptico. Desde su adolescencia todo lo que a su vida concernía podría equipararse a subirse a un ring a boxear contra las circunstancias y si había alcanzado la categoría de ser un recio contrincante, no por eso era menos agotador incorporarse cada mañana a batirse contra las presiones cotidianas. Aceptar que no tendría que hacerlo nunca más escapaba a su marco de comprensión. Walter que estaba al tanto de los procedimientos que regían en el "Paraíso de los Sentidos" no dijo nada y prefirió que los hechos fueran sorprendiendo a su amigo. Dar sorpresas agradables era uno de los placeres que más disfrutaba y ahora que participaba con uno de sus mejores amigos de aquella experiencia inmejorable y que de paso se figuraba que lo había rescatado, lo tenía alborozado, pero guardó silencio.

En primera instancia subieron en un vagón típico y este los ubicó en una estación. Transitaron por unos túneles hacia otra estación y a medida que se adentraban se iba haciendo patente todo el lujo que les esperaba. El grupo lo integraban cuarenta personas seleccionadas sobre todo examinando su salud que tenía que ser óptima para impedir enfermedades contagiosas y en general padecimientos degenerativos. Era indudable que la mayoría de aquellas personas optaban por ese derrotero por alguna específica circunstancia personal. David discurrió que tendría tiempo de indagarlo así que no estimó prudente comunicarse en principio con ninguno de ellos. Ya tendría tiempo de sobra de conocer sus historias personales y averiguar la razón por la cual emprendió cada quien la huída de la sociedad

Al llegar a la estación recibieron la bienvenida con los más delicados y variados menús y bebidas. David lamentó haber desayunado antes pero aun así probó varios de los bocadillos. Se proporcionaba todo con tal abundancia que se impresionó. Había bandejas con toda clase de platillos presentados en elegantes charolas. Pronto arribó el vagón que los llevaría hacia el "Paraíso" y su comodidad y lujo no daban cabida a dudas. Todos los detalles desde la tela de los mullidos sillones, la decoración, el ambiente eran enteramente confortables. Los edecanes eran personas de la más fina educación y una afabilidad permanente. El viaje duraría varias horas con todo y que aquel vagón viajaba a una velocidad vertiginosa. David no tenía idea que rumbo llevarían, y no había manera de que lo averiguara. Walter tenía una sonrisa condescendiente y esto calmaba a David, de pronto le daba algún golpecito en la espalda y le hacía una señal de que esto sólo comenzaba. David se dejó llevar por las circunstancias y accedió tranquilizarse.

Durmió por un buen rato y luego se incorporó y se dispuso a escudriñar por el vagón. Aún estaba incrédulo y se paseó por todos lados. El baño era de una limpieza y lujo que solo se disfrutaba en los más lujosos hoteles. En el salón comedor había las viandas más suculentas y meseros prestos a atenderle con la mayor obsequiosidad. Resolvió ordenar un licor para relajarse y solicitó la bebida que Walter acostumbraba y se la llevó.

- Parece increíble – concedió David
- Aún no has visto nada. No dejarás de sorprenderte de este lugar maravilloso – le contestó Walter.
- Así lo espero
- No te defraudará, de eso estoy seguro – declaró Walter con convicción.

David permaneció meditabundo, procurando asimilar ese giro rotundo en su vida. ¿Sería posible que fuera como lo estaba imaginando? Cesar de pelear, de fatigarse, de tensionarse, de presionarse todo el resto de su vida. Más bien parecía una alucinación.

Las sorpresas no tardaron en aparecerse. De repente David se percató que los edecanes completamente desnudos entregaban unos maletines a los pasajeros pidiéndoles que depositaran sus relojes, grabadoras, revistas, libros, plumas y todos sus artículos personales. Los pasajeros obedecieron y cerraban sus propios estuches que sellaban con una combinación secreta, sin saber que irían de inmediato a parar a un basurero. La mayoría de las mujeres optaron por no depositar sus anillos ni alhajas y guardaban su neceser de maquillaje. Los edecanes les permitieron que se quedaran con estos, sabiendo que no les dejarían ingresarlos a la villa. Posteriormente acudieron con Walter y David, éste observó a la edecán desnuda que le sonreía y le facilitó el maletín. David llevaba una grabadora que era su tesoro. En ella había grabado toda la música de su vida, lo que más amaba de la cultura era la música y le estaban requiriendo su equipo. Primero se rehusó, pero la edecán con la mayor amabilidad le confirmó que no estaba permitido ninguna clase de equipo en el "Paraíso". Alarmado y como si se hubiera desprendido de un tesoro incomparable entregó la grabadora. La edecán le garantizó que jamás le faltaría la música en la villa. La edecán se llevó su grabadora y quedó con un sabor de pérdida irreparable. Walter le calmó diciéndole que tenía que estar dispuesto a abandonar todo lo que se conectaba con aquél mundo miserable que se había sacudido para siempre, y que solo era cuestión de tiempo y de adaptación. Pero tuvo un oscuro presagio acerca de la mucho que extrañaría a la música. Se presentó un edecán varón totalmente desnudo y les ofreció bebidas. David ingirió un par para librarse de su malestar.

De pronto el tren comenzó a calentarse. Era obvio que la temperatura del aire acondicionado había aumentado en varios grados como se reflejaba en el medidor. Los pasajeros comenzaban a sudar y a acalorarse hasta que se les hizo insoportable tolerar la ropa que llevaban. Primero se quitaron sus sacos y chamarras, luego se desabotonaron las camisas. Algunos botaron los zapatos y en seguida los calcetines. Las mujeres se sacaban sus medias. El bochorno se hacía inaguantable y algunos de ellos casi se desvistieron. El sudor les corría por la espalda, por las sienes, por la nuca.

Cuando aparecieron los edecanes muchos de los pasajeros que estaban irritados les interpelaron airadamente que sucedía con el aire acondicionado, estos afablemente y sin inmutarse les participaron que era parte del proceso de una nueva adaptación. Les confirmaron que nada que les sucediera en lo futuro tenía un objeto de provocación. El calor se elevó otros tres grados y no hubo opción. Los pasajeros tuvieron que mostrarse en ropa interior exclusivamente.

David entró al baño para refrescarse. Para su sorpresa advirtió que todos los espejos habían sido retirados. En un principio no se explicaba para que lo hubiesen hecho. Reflexionó sobre los espejos y columbró un poco sobre lo que les aguardaba. Se percató que los separarían del mundo en el que usualmente se desenvolvían para entregarles otro. La idea lo entusiasmó. Regresó con Walter y para su sorpresa él y varios de los pasajeros estaban absolutamente desnudos.

- ¿Y tus calzones Walter? – preguntó David azorado.
- Para que los quiero. Quítate los tuyos, te sentirás más cómodo.

David accedió y se desvistió. Indudablemente aquel iba a ser otro mundo. Las edecanes acudieron con algunos maletines para que los pasajeros acomodaran la ropa que se habían quitado y empezaron a invitar a aquellos que todavía tenían prendas a que se despojaran de ellas. Muchos lo hicieron. Casi todo el vagón contenía una comunidad de hombres y mujeres encuerados chorreantes de sudor. Los más recatados al fin consintieron en desnudarse y entonces la temperatura lentamente descendió.

Cuando esto se verificó algunos pasajeros asentían meneando la cabeza entendiendo con que objeto habían elevado la temperatura.
Rápidamente el ambiente volvió a ser plenamente confortable. Los edecanes aparecieron nuevamente. Llevaban una charolitas con cigarros de marihuana.

- ¿Es marihuana Walter? – Averiguó David un poco confundido.
- Si ¿Por qué no? A muchas personas les complace drogarse, y como lo puedes observar está alcanzando una gran aprobación esta propuesta. - Aseveró Walter sin escandalizarse.
- Estoy intentando entender. – Aclaró David
- No entiendas nada, déjate llevar. ¿Qué caso tiene pensar David? - Le comentó Walter, como diciendo "Que más da" - Aquí especular te será de lo más inútil. Déjate vivir. Disfruta. Ya no hay nada de qué preocuparse, ¿Comprendes eso?
- Estoy tratando de hacerlo.
- Pronto te sentirás a tus anchas. - Concluyó Walter complacidamente.

David oyó a una mujer un poco colérica exigiendo dictatorialmente que le explicaran: "¿Por qué habían retirado los espejos en el baño de las damas?" Le aclararon que ya no los necesitaría. La dama se molestó y le exigió al edecán un espejo con modales bastante groseros. Éste le indicó que no tenía ningún espejo y que en lo futuro ella no tendría ocasión de encontrarlo. La mujer se calló pero se le veía muy enojada. Se sentó con su compañera y se quejó agriamente. Las mujeres que conservaban su estuche de maquillaje captaron lo valioso que este era y decidieron vigilarlo como si fuera un tesoro extraordinario.

La marihuana y el alcohol surtieron sus primeros efectos. Se comenzaron a escuchar risotadas y no faltó aquel desinhibido que asediara a alguna hembra que consintió practicar el sexo a la vista de todos. Al rato otros se incluyeron y se oían jadeos y alaridos de placer y júbilo, como un grito visceral de libertad.

Antes de descender del vagón recibieron una hoja con la reglas de la villa:

> *Cláusula 1ª: Está prohibida toda clase de violencia sea esta verbal o física. La infracción a esta regla se castiga la 1ª vez con tres días de arresto en un cuarto aislado, la 2ª con una semana, la 3ª con un mes y la 4ª con la expulsión definitiva.*

> *Cláusula 2ª: Están estrictamente prohibidas las prácticas religiosas y políticas de cualquier índole. Al infligir esta regla se aplicarán castigos iguales a la Cláusula 1ª.*

> *Cláusula 3ª. Cualquier tipo de discriminación será sancionada con los mismos castigos.*

> *Cláusula 4ª: Quedaba terminantemente prohibido consolidar relaciones sentimentales o de exclusividad. Las penas por transgredir esta disposición serían iguales a las antes expuestas.*

> *Nota. Ninguna posesión personal les servirá de nada, ya que todo lo que requieran lo podrán obtener gratis.*

Cuando descendieron del tren, David y Walter ya estaban suficientemente ebrios por las muchas copas que habían bebido. La villa era un recinto gigante. Había una comitiva de bienvenida celebrada por los moradores, que se veían muy alegres y despreocupados. Todos los hombres tenían la barba crecida incluyendo a los que eran casi lampiños, las mujeres se exhibían sin maquillaje, sin excepción alguna todos estaban desnudos.

Los nuevos pasajeros bajaban sin equipaje alguno y sin más preámbulos fueron acogidos por los antiguos huéspedes que pronto los invitaron a beber, comer, drogarse y a sumarse a cualquier de los grupos para practicar el sexo. David estaba maravillado por la libertad que se disfrutaba en la villa y concluyó que sí, ese era el auténtico paraíso.

Walter miraba a su amigo pleno de júbilo sabiendo que lo había llevado a un valle de sanación y de cordura. Estaba eufórico y cariñoso y fue a abrazar a David, que lo recibió con los brazos abiertos, sintiéndose muy agradecido y feliz. Se dieron una largo y efusivo apretón que reflejaba ostensiblemente el gran afecto que se tenían.

2

A la mañana siguiente David se percató que los licores que les servían eran de la mejor calidad, ya que no le provocaron ningún malestar. Tenía sed y ganas de orinar por lo que se levantó en busca del baño. Recordaba cómo estaban dispuestas las tasas, empotradas a ras del piso. Se dirigió hacia ellas, enfiladas en dos hileras de tres tasas cada una y separadas por aproximadamente un par de metros. Cualquiera que orinara o defecara lo hacía a la vista de todos. Terminó, fue a las regaderas y se dio un buen duchazo. No había toallas, pero se podía uno secar en los aparatos que expelían aire caliente. Tampoco había cepillos para el pelo, así que se lo alisó con los dedos. En el lavabo agarró un cepillo de dientes desechable y oprimió un surtidor de pasta. Ya más fresco se encaminó hacia las mesas repletas de comida. La villa era atendida y limpiada en forma permanente por una legión de empleados sordomudos. David dedujo: "Es probable que los contraten así para que no cometan ninguna indiscreción y para que no se inmiscuyan en los grupos". Desayunó como náufrago y pronto sintió la urgencia de desalojar sus intestinos. Se evacuaba en cuclillas que era la manera recomendada para descargar más plenamente el intestino grueso. Primero observó a un hombre entrado en años y sin ningún recato se acercó una mujer joven que defecó junto a él, a sólo un par de metros. Ni se miraron siquiera. Para lavarse se acudía a una modalidad de bidet que arrojaba un chorro de agua directamente al recto y disparaba jabón líquido. No había papel ni toallas. El bidet también estaba a ras de piso, por lo que se ponían en cuclillas abriendo las piernas tanto como la posición lo permitía y se limpiaban con los dedos. Era tanta el agua y el jabón que la operación dejaba inmaculado al individuo que lo usara. Bastante desazonado defecó a la vista de los demás que ni se fijaron en él. Siguió andando y contempló el corpachón de Walter. Seguía cuajado en un profundo sueño. Lo miró con ternura y agradecimiento y en su rostro se dibujó una sonrisa de complicidad. Había varias mujeres y hombres tendidos a su alrededor "indudablemente habrán sido participantes durante la noche una de esos jubilosos grupos de fornicadores drogados y alcoholizados". Continuó caminando y explorando la villa. En general todo era sencillo. Había muchas albercas, sillas por doquier con sus respectivas mesas para colocar bebidas y botanas. Un poco más allá se ubicaban las salas de juego. Pero como no había dinero ni se autorizaba apostar y no había manera de llevar marcadores, los juegos se tornaban en insípidas partidas que poca emoción despertaban. Había dos clases de dormitorios, los que eran gabinetes de cristal muy grueso transparente con una cama extraordinariamente cómoda y con aire acondicionado. En estos recintos se disfrutaba de silencio, un clima agradable pero nada de privacidad. No había llave en la puerta y cualquiera podía observar lo que sucedía en su interior. Los otros dormitorios eran comunales. Cada hallazgo lo asombraba más sobre lo juicioso como este Paraíso había sido configurado.

Se sentó y discurrió enumerar sus incipientes descubrimientos: Libertad total sexual, excluyendo la viabilidad de consolidar una pareja. Fuera los celos y la posesividad. Eso evitaba conflictos de toda clase. Muy inteligente. Por otro lado esa obligatoriedad de la desnudez integral y en todo momento; pues era manifiesto el beneficio de la aceptación propia y de los demás. No había almacenes para ir de compras, todo estaba preparado y era gratuito. Adiós al mercantilismo. No había forma de hacer negocios o fraguarlos. Adiós codicia. Tampoco había torneos ni confrontaciones. Fuera la envidia. Fascinante. Ningún equipo que facilitara tener contacto con el mundo exterior o manipular este. No había ninguna herramienta. Tampoco había papel, ni plumas, ni libros ni nada que tuviera un nexo con la cultura. Eso le contrariaba, pero reflexionó que debido a que la desintoxicación era integral, habría que romper de tajo con toda la cultura. Ni modo. Ya se acostumbraría. El ser humano se adapta a todo, y más a lo cómodo y fácil, de eso no había duda. También estaba el incidente de los espejos, adiós al culto de la imagen personal, porque no había cosméticos ni tintes, ni siquiera cepillos de pelo. Sin embargo la higiene estaba vigilada con total escrúpulo. Todo el recinto estaba inmaculado. De manera permanente los pisos eran desinfectados por el ejército de sordomudos. Para las mujeres representaba una liberación indiscutible que no tuvieran que hacerse cargo de la preparación de los alimentos y los hombres jamás tendrían que pagar por nada. Qué alivio. Era casi inconcebible tanta perfección, tanta libertad, tanta igualdad. Era incuestionablemente maravilloso. David se irguió extasiado, apreciaba como poco a poco se regeneraba toda su vitalidad y razonaba: "Tan solo he permanecido aquí un día y ya siento como los efectos positivos de este nuevo concepto están sanando mi mente y mi salud". Contempló eufórico, las amplias albercas, los sillones para dormir, las largas mesas repletas de comida y de bebidas y la humanidad erotizada de hombres y mujeres dispuesta a recibirlo sin reparos ni exigencias.

Eufórico evocó los axiomas del budismo Zen, del "aquí y el ahora" que jamás pudo practicar del todo. Rememoraba las máximas de la conciencia de sí perpetua, aquí las practicaría con toda asiduidad. No habría distracciones y las exigencias corporales en vez de convertirlas en un martirio al pretender anularlas, simplemente las satisfacía uno y el individuo volvía a recobrarse a su percepción interior. A su yo penetrante y observante. A la plena expresión de lo interno, liberando las cadenas de los instintos y prejuicios, de la obligación de tener y ser, ¡Que tranquilidad! Como no había posesiones, tampoco había que cuidar nada. Como todo el mundo tenía derecho o posibilidad de saciar sus apetitos sexuales, no había razón para competir con aspectos de apariencia física. Cada que analizaba, su asombro crecía. Este magnífico "Paraíso" había sido ideado por preclaros sabios. Ya había calculado lo que podía costar su permanencia y lo había cotejado contra lo que había gastado y a leguas constituía un negocio de gran envergadura, no por nada había sido avalado y financiado por el principal Banco de la nave, pero que importaba, ahora el dinero ya no tenía relevancia. Podía haber pagado el triple ¿Y qué?

De pronto reparó en una chica que había permanecido aislada. Había sido la última en desvestirse en el vagón, él la reconocía claramente porque había notado cuanto le incomodaba estar desnuda. David se figuró "Quizá sea por su extrema flacura" pero ¿Y qué? Resolvió no intervenir ni ayudarla, "¿Para qué? Se liberará de la vergüenza a la desnudez, ya que esta se vence ejecutando un acto repetidamente. Esta villa la salvará de cualquier manera"; ¿Cuánto tiempo tardaría en mezclarse en los grupos orgiásticos? ¿En demoler el concepto del "yo" en función de la opinión de los otros? La timidez no es más que eso. Estar atrapado en el círculo vicioso de lo que suponemos que los demás piensan de nosotros. Por fortuna aquí nadie destacaba, todo mundo pertenecía a una masa anónima, pero una masa no aborrecida como sucede en las ciudades. En las ciudades es patente que los individuos neuróticos y agresivos, detestan a sus semejantes sin estrechar lazos, solo por estar, por estorbarlos. Aquí por el contrario nadie sobraba. Todos hacían un conjunto armonioso y despreocupado. El cuerpo de cualquier persona podría proporcionar un momento de pleno placer sexual a cualquier otra. Muchas de ellas eran poseídas y ni siquiera volteaban a ver quién se los estaba haciendo. Con cualquier miembro de esta comunidad existía la eventualidad de entablar un diálogo de comentarios superficiales, aquí no había presunciones. "¡Que placidez extraordinaria! – pensó".

Pasó nuevamente cerca de los baños y contempló a hombres y mujeres desalojando sus intestinos. Prosiguió su recorrido en medio de una sensación interior de excitación combinada con paz y satisfacción casi total. Paseaba con su hábito adquirido de caminar y observar.

Conversación con Tomy

Walter platicaba con David, ambos estaban semiacostados en unas sillas de playa reclinables muy cómodas.

- Ves a ese muchacho negro. Es hijo de Tom, el formidable pelotero de Dark Ball *. ¿Sabes de quién hablo David?
- David le contestó - ¿De Tom el superestrella del Dark Ball?– preguntó sorprendido.
- Exactamente. El mismo Tom.

El juego del Dark Ball

El Dark Ball era el juego más popular en la nave. Vista desde arriba la cancha de juego parecía un cuenco ovalado, de 50 metros de longitud por treinta de ancho. Su pista no era plana sino que estaba confeccionada en base a lomas y hondonadas perfectamente pulidas y sin ningún reborde. Toda la cancha, con sus lomas y hondonadas, era de metal sólido y por ella resbalaban velozmente los patines con ruedas esféricas de los jugadores. Circundada por una cerca curva de 5 metros de altura; debido a lo cual la pelota siempre estaba en disputa; pues nunca salía de la cancha. Si chocaba en la barda resbalaba hacia la cancha, por lo que todo el interior de la pista era área de juego. Los jugadores manipulaban la pelota de caucho duro con una paleta cóncava parecida a una cuchara. A cada extremo de la cancha se situaban las "metas". Las metas tenían agujeros donde debía introducirse la pelota y se ubicaban a tres metros de profundidad en cada extremo de la cancha. El agujero situado más alto, colocada a tres y medio metros de altura era también el más angosto, medía 50% mayor al diámetro de la pelota y valía 50 puntos. Las 2 "metas" de 10 puntos tenían un diámetro 2 veces mayor y su altura era de tres metros. Las de 5 puntos con diámetro de 2 ½ veces y altura de 2 metros y medio. Las de 2 puntos con diámetro de 3 ½ veces y altura de 2 metros y medio. Las de 1 punto con diámetro de 4 veces y altura de 2 metros y medio. El objetivo era anotar puntos al meter la pelota en las "metas".

Los jugadores estaban embutidos en un uniforme de cuero acolchado por aire y con armaduras. Las jugadas defensivas consistían en chocar al jugador que intentaba lanzar la pelota a la meta, ya que debido a la altura y la distancia no podía apostarse un guardameta. Una pelota lanzada no podía ser frenaba por un jugador, pero si este no registraba puntos la pelota resbalaba hacía la cancha y continuaba en disputa. Todos los golpes eran válidos inclusive los que se propinaban con las paletas.

David se levantó y empezó a observar a Tomy con mucha curiosidad.

- Mi amigo Mario que fue jugador de Dark Ball lo considera un ícono, el mejor jugador de que tenga memoria.
- No lo dudo. Tom hace un equipo por sí mismo. No hay equipo en que él juegue que no gane el campeonato. Su carta cuesta millones. – aseveró Walter entusiasmado. – Bueno, pues ese muchacho negro que se llama Tomy es su hijo.
- ¿Qué hará el hijo de un hombre tan rico y famoso en este lugar? – Dijo David sin dejar de mirar a Tomy.
- En eso precisamente he estado cavilando. Ese muchacho tiene una historia familiar un poco enmarañada. ¿No sé si la conozcas?
- De Tom estoy informado por las revistas y periódicos, pero de Tomy no. – Aclaró David.
- Walter comenzó a relatar: Su abuelo era negro y se casó con una mujer rubia. Nacieron cuatro hijos de entre ellos la madre de Tomy. Para desgracia de ella como lo ha declarado a la prensa, nació negra, pero muy negra. Se casó con Tom cuando éste era mozo y jardinero de los Legarreta. Ya sabes de quién te hablo, gente del jet set. Tom era su jardinero, mozo y todo lo que se les antojara a los Legarreta. Era el mandadero personal de sus engreídas hijas. Todas rubias de ojos azules y que se suponen ser el centro de la creación. El propio Tom lo admitió ante la reportera que le preguntó sobre que hacía con los Legorreta, él declaró que lo ocupaban como mensajero, mozo y de todo lo que a estas insolentes y pedantes muchachitas se les ofreciera. Luego la reportera le comentó que alguien había aseverado que le mandaban a él con los modales más despectivos. Tom asintió. La reportera le cuestionó a Tom – refirió Walter – porque había soportado ese humillante trato. Tom respondió: "Porque esa mansión tenía una cancha de Dark Ball y su patrón le permitía usarla a su antojo." Bueno pues lo que sucedió es que Tom y su esposa negra tuvieron dos hijos, una hermosa rubia con un cuerpo hermoso, maravillosa, y a Tomy. Tom es un exultante negro de lo más agradable y jovial. Ni un ápice ha perdido el piso, pero su esposa Sandrina es bien diferente. Es más déspota y grosera que las estúpidas y

engreídas Legorreta, con eso te digo todo. A partir de que me percaté de que Tomy es su hijo, me interesé por él y lo empecé a observar.

David permanecía callado pero ahora estaba muy intrigado en lo que Walter le narraba.

- Se ve fuerte y sano – Comentó David.
- Sus hábitos son peculiares. Jamás se droga. Come solamente alimentos nutritivos. Aprovecha la alberca para hacer ejercicio. El mismo se las ha ingeniado con sillas y una barra para hacer una especie de gimnasio. Por eso está así de fornido y esbelto. Si está aquí, obviamente está huyendo de un problema. Me pregunto si es del peso de la fama del padre. Eso es aplastante. Imagínate escuchar continuamente: "¿Tomy eres el hijo de Tom?" - Considera padecerlo siempre que te saludan: Te presento a Tomy, es hijo de Tom.
- Molestísimo – recalcó David
- Eso se torna castrante, sin duda, pero mi otra teoría es que la madre le haya inculcado un agudo complejo de inferioridad racial.
- ¿Por qué no lo averiguamos? – David se había interesado en el caso.

Walter se levantó y fue por Tomy y lo llevó junto a David, éste se acercó y lo saludó amistosamente acercándole una silla reclinable.

Walter fue por unas bebidas y además trajo agua para los tres presuponiendo que Tomy no le aceptaría el licor, como así ocurrió.

- Tomy he estado recapacitando sobre ti – inició Walter de esta manera la conversación - y no alcanzo explicarme que haces en esta villa. Este es un lugar de destierro para aquellos que huyen de un entorno aplastante. ¿Pero tú siendo tan joven y rico?
- Si tú te figuras que todos los conflictos son de dinero, estás equivocado. – rebatió Tomy.
- Que poco conoces de mi muchacho. Yo he vivido mucho, mucho y de casi todo. He vivido lo suficiente como para poder comprenderte. – Le replicó Walter a la defensiva.
- ¿Qué edad tienes Tomy? – Indagó David.

- 22 años.
- ¿Y cuánto tiempo llevas aquí?
- Cómo tres años más o menos – contestó Tomy.
- Como es posible, apenas a los 19 años ya estabas huyendo del mundo. – declaró Walter - No mi Tomy, tú debes de tener graves complejos de inferioridad ¿No es así? - se aventuró a decir Walter.
- ¿Por qué lo dices? - Interrogó Tomy entre asombrado y molesto.
- Porque te he observado. - Explicó Walter. – Tú tienes un comportamiento especial, me pareces sensible, inteligente. Además aquí no vienen seres normales. O somos seres extenuados como mi amigo David que ya casi lo desquiciaba una abominable cadena de almacenes, o somos seres huyendo de la criminalidad y los secuestros como yo, todos los demás son personas inadaptadas. Si estamos exilados es porque tenemos una incómoda conflictiva. ¿Cuál es tu problema?
- ¿Por qué te interesan mis problemas? - Le preguntó Tomy a la defensiva.
- Tienes personalmente mucho de especial y no me refiero a que seas hijo de Tom. Me reuní en el Dark con tu padre pero me importas tú.
- ¿Qué estimas que tenga de especial? - Inquirió Tomy acariciando escuchar alguna opinión estimulante sobre sí mismo.
- Pues mucho. Eres muy disciplinado pero lo que más me llama la atención es cómo eres ensimismado. Me cuestiono ¿en qué piensas? – Le argumentó Walter
- Imagina que desde que naces, naces negro y nadie ni nada te puede quitar esa característica.
- Bueno yo nací blanco lechoso, mi pelo era rubio y delgado y así he sido ¿Cuál es el punto de comparación?
- ¿Tus padres se avergonzaban de que fueras blanco? -Se dirigió a Walter con una expresión inquisidora.
- Por supuesto que no, era un bonito niño rubio, ¿Por qué habrían de avergonzarse? - Repuso Walter sin inmutarse.
- Ya lo ves. Ahí está una diferencia fundamental. No existen puentes tan grandes para un abismo como este. - Señaló Tomy sentenciosamente.

- ¿Cómo es ese abismo? Le preguntó David. - Walter y él permanecieron callados animando a Tomy a contar su historia. Después de unos momentos comenzó a vaciarse.
- Mi abuela materna era rubia y mi abuelo materno negro. Mi madre nació negra como yo y se aborrecía por ello. Por eso cuando nació mi hermana blanca fue su adoración. Mi hermana es una belleza rubia y yo salí negro, negro azabache como mi padre y como mi madre. Mi madre justificaba con ansiedad que los genes de los negros son más preponderantes que los de los blancos. Yo percibía su desencanto por mi color, lo descubría en sus ojos, en sus expresiones y entendí entonces mi desgracia.
- Si, los padres son los que enferman a sus hijos con sus prejuicios. - Asintió David acordándose de sus propios apuros.
- ¿Alguna ocasión han padecido lo que es la indefensión? – les preguntó Tomy. - Si tienes armas te dispones a luchar por tu causa, pero ¿Si estas indefenso, digamos como un hombre en el mar rodeado de tiburones, exhausto y con sólo sus manos para pelear? ¿Qué expectativas tiene? No le queda más que gritar o encogerse esperando ser devorado. Pero la miseria social es mucho, mucho más cruel. Te acuestas absolutamente hundido por tu indefensión y luego despiertas y sigues vivo. ¿Cuántas veces puedes soportar ser desgarrado y engullido por una sociedad que te discriminará en los muchos años que por fuerza tienes por vivir? Preferirías acabar definitivamente pero, sin opción alguna, retornas a la realidad. Al dormir descansas, al levantarte revives la pesadilla. En ese momento comienzas a amar a la muerte, y la percibes como la única amiga misericordiosa que te amparará. Antes fuiste creyente rezando que con un milagro asombroso te volvieran blanco, después te vuelves ateo por incredulidad, por desilusión. Ahora ya no creo en nada.
- Pero has de conceder que todo eso es generado por tu mente, no por la realidad. - Precisó Walter.
- La mente forja nuestra realidad, estoy de acuerdo ¿Pero aquello que te inculcaron de pequeño y que esta incrustado en lo más recóndito de tu mente no es acaso el origen de tus creencias y emociones? -Cuestionó Tomy a Walter.

Walter iba a contestarle, pero David lo contuvo deseaba saber cómo se había originado la problemática de Tomy. Era uno de los pocos diálogos estimulantes que se le habían presentado en la villa.

- ¿Por qué no nos cuentas de tu padre? - Le pidió David a Tomy.
- Mi padre fue un gran ídolo. Cuando logró tres anotaciones de cincuenta puntos en un solo juego el estadio se caía en aclamaciones. La multitud se puso de pie y gritaba su nombre.
- Yo vi ese juego Tomy - exclamó Walter.
- Si yo también lo recuerdo. Lo he visto en varias ocasiones. Es un clásico – Comentó David.
- Recuerdan como fue. El juego de campeonato contra los Dorados. No todo el equipo de los Dorados lo conjuntaban blancos pero si contaban con la tripleta de los rubios hermanos Henry, Jonathan, Paúl y James. Mi padre es portentosamente musculoso, pero James era como veinte centímetros más alto y por lo menos le llevaba 30 kilos. Eso lo hacía un poco torpe. Ese hombre y Andrés eran los defensas que vigilaban a mi padre. El juego inició parejo, los dos equipos tenían buenos delanteros. Los Dorados llevaban seis puntos de ventaja y consiguieron marcar otros cinco puntos. Eso los colocaba once arriba. En un rebote Sammy del equipo de mi padre se hizo de la bola y la lanzó a mi padre que la tomó de aire. Esto descontroló al gigantesco James. Mi padre se enfiló y en lugar de asegurar un tiro de cinco o máximo de diez puntos se fue por todo, y acertó a uno de cincuenta. El estadio rugió. Poco después Jonathan disminuyó la ventaja con un tanto de diez, contestó nuestro equipo con una de cinco pero hicieron otra de diez. Se estaban aproximando. Siguieron presionando y en seguida mi padre quedó solo ante el enorme James, lo dribló y se perfiló hacia la meta y otra vez se la jugó y registró otra de cincuenta. El juego se decidió con esa anotación. Más tarde en los videos aprecié claramente como a despecho del entrenamiento mental, los Dorados desde ese momento ya estaban vencidos psicológicamente. Y cerca del final vino el milagro, mi padre encara al gigantesco James y lo bota con un golpe inesperado de cadera. Se plantó entonces frente

a Andrés del equipo de los Dorados y lo chocó con su casco. Andrés cayó tendido de espaldas, mi padre estaba solo ante las metas y volvió a jugársela tirándole a la de cincuenta, y acertó nuevamente. Fue la locura. Había grandes jugadores que jamás habían atinado una de cincuenta y ninguno había anotado dos en un juego. Mi padre hizo tres en un juego de campeonato. Mi padre convirtió en campeones a los Halcones contra los invencibles Dorados.

- Memorable, yo he repasado ese juego en repetidas ocasiones. Compré un video de él y me deleito viendo ese golpe al enorme James y luego como colisionó al rápido Andrés. Estupendo. - Declaró entusiasmado Walter.

- Lo curioso de todo esto es que el dueño del equipo de los Dorados cambió a los tres hermanos por la carta de mi padre adicionando la suma de muchos millones. Al año siguiente los Dorados por primera vez fueron campeones. ¡Ese era mi padre! Se convirtió en un ícono para los negros, el valía lo que los tres rubios Henry juntos y varios millones más. Mi padre negro era la estrella de los Dorados.

- Suena irónico. - Expresó Walter.

- ¿Qué estimas que haya forjado esa fortaleza mental de tu padre? -Indagó con curiosidad David.

- Mi padre trabajó de niño en un circo. Un chino era el dueño del circo y apreciaba en mi padre facultades excepcionales. Así que él lo educó con sus teorías sobre el alma, la mente, la meditación, la focalización. Colaboró la disciplina del circo con sus rutinas al repetir en forma constante los mismos giros. Mi padre participaba con un juego de bolos que derribaba desde distintos metros de distancia antes de los diez años. Todo eso más una complexión y musculatura portentosa. Esa fue la base.

- ¿No has intentado de emular a tu padre? - Preguntó David con cautela.

- No y sí. Como jugador no es realizable. A mi padre lo contrataron en exclusiva para anunciar un cereal fortificado. "El gran Tom adquirió sus facultades por desayunar "Fortisan" todas las mañanas" un contrato supermillonario que disparó las ventas de esta firma.

Walter y David asintieron haciéndole saber que recordaban los comerciales.

- Pero esto es una gran mentira, mi padre fue el hijo de un pescador negro que se hacinó en la miseria y de miseria se nutrió. Jamás de pequeño comió un solo plato de cereal. Pero heredó sus genes de un abuelo que era descomunalmente grande y vigoroso, a pesar de la mala alimentación los genes fueron más determinantes. Más tarde entró al circo y ese chino lo formó, le moldeó la mente y le infundió resolución. Yo no heredé esas facultades de mi padre ni conté con ese chino, al contrario a mí me afectó toda la cultura de mi madre. Esa fue mi desdicha. ¿Ustedes se extrañarán de que una mujer deplore tanto su color de piel? ¿No es cierto?
- Pues sí – dijo David
- Pero si ustedes vieran como fue educada comprenderían. – Quiso explicar Tomy.
- No me queda claro – Le dijo Walter sin entender lo que Tomy quería decir.
- Lo que te inculcan de niño. Como conforman tu mente tus padres. A ella la comparaban en términos despectivos contra cualquier niña blanca. Mi madre perdió su anclaje en la vida al polarizar su característica racial. Su mente la nulificaba, tal como les sucede a las muchachas anoréxicas, que solo pueden ver la complexión de los cuerpos, de tal forma que catalogan a los seres humanos en gordos y flacos. Mi madre lo hacía al clasificarlos en blancos con características típicas blancas y negros con lo típico negro. Súmenle la pobreza en que se desenvolvió y las humillaciones que sufrió, no por ser negra, sino por ser negra y pobre.
- ¿Cómo te afectó ella si tenías el ejemplo de tu padre? – Preguntó David.
- Como familia nos hicimos muy ricos, millonarios. Mi padre percibía en un año más de lo que ganaban todos los ejecutivos blancos de la compañía de cereal. No incluyendo a los accionistas, por supuesto. – Aclaró Tomy - Entonces nos mudamos a la cubierta de primera. Mi madre estaba aterrada por la inminente convivencia con la clase rica blanca,

pero a mi padre le resultaba familiar, porque en ella se había desempeñado como mozo. Era natural que ahora ambicionara residir en el barrio de los Legorreta como dueño de una mansión y poco le impresionó que una Legorreta le dijera en una fiesta que para ella seguía siendo un simple negro. Él le rebatió que para su maldición ella nunca sería más que una sosa güerilla, que en nada se distinguía de todas las demás siempre y cuando fueran igual de desabridas que ella. Pero mi padre era mucho más que un simple negro para las demás rubias y negras. Era un ídolo. Además de que su actitud simpática y despreocupada lo hacían aún más atractivo.

- ¿Qué hizo el señor Legorreta al enterarse? - Averiguó intrigado Walter.
- La chica procuró hacer un de escándalo, pero nadie la secundó.
- Tu padre debió de sentirse reivindicado. Que bien la puso en su lugar. -Walter sonreía complacido.
- No piensen que le concedió mucha atención. Lo invitaban invariablemente a fiestas de lo más elegantes y él nos llevaba. Al principio iba mi madre, después ya no quiso asistir. Era comprensible, él era un ídolo, pero ni ella, ni mi hermana ni yo contábamos en las reuniones. Para ella debió ser muy incómodo. Yo estoy convencido que mi madre aborrecía a las blancas por sus propios complejos de inferioridad. – Tomy hizo una pausa y continuó - Ella pudo hacerse todas las operaciones de cirugía plástica que se le ocurrieran, pero escogió refugiarse en su mansión y en su resentimiento, y ahí me enfermé. O se consolidó mi mal, mejor dicho – señaló Tomy con una mirada que se perdía en su memoria. - Si, ese no fue el origen, reconozco que ya renegaba por ser negro mucho antes, pero ahora el asunto de la "peste blanca" como mi madre designaba a las mujeres blancas se volvió un tema recurrente y sombrío. Yo seguí acudiendo con mi padre a las fiestas, él no bebía ni se drogaba, pero se follaba a todas las mujeres que se le ofrecían y eran muchas. Además de que en esas reuniones era normal toparse con parejas haciendo sexo y asistían muchas personalidades. No había velada en que mi padre no follara con dos o tres de esas millonarias. Mi madre lo sabía y al inicio discutía con él. Después mi padre no se aparecía por varios días.

- Natural la actitud de ambos – aseveró Walter.
- Por aquel tiempo ella empezó a odiarlo – recordaba Tomy, procurando abarcar detalles relevantes – No le reconocía que él la hubiera sacado de una pocilga y viviera como una reina, en una mansión. Le había regalado un palacete, le contrató servidumbre para su servicio y le permitía conseguir todas las joyas que se le antojaran. En las tiendas sí que la consentían y las empleadas la trataban con gran deferencia así que ella compraba toda clase de joyas, de ropa, con voracidad. Acabando un tour de todo un día ella no se mostraba más feliz y más bien parecía que lo hacía como una venganza. Pero mi padre ganaba mucho más de lo que mi madre pudiera gastar, porque además como me lo confesó en la clínica, tenía cuentas propias de las que ella no sabía. "Hijo si no hubiera hecho eso tu madre se hubiera encargado de regresarme a la pocilga de donde salimos." Ese rencor que profesaba mi madre por mi padre y por los blancos me lo inculcó a mí y éste me penetró transfigurado en un monstruoso complejo de inferioridad. Primero ella arremetió contra Dios por ser tan injusto de hacer a unos seres blancos y a otros negros, posteriormente la agarró contra la vida y contra toda la sociedad. Ustedes conjeturarían que siendo negro mi madre se solidarizaría conmigo; pues no, no lo hizo; la verdad era que yo mismo participaba en su vergüenza y desprecio. Me aborrecía por haber nacido negro y luego empecé yo a detestarme por serlo. Me sublevaba impotente por tener un mal al que no podía vencer.
- Terrible – Concedió David.

Tanto él como Walter estaban impresionados con el relato.

- Tomy continuó: Día con día fui absorbiendo esa abominación y esa rivalidad irracional contra los blancos a los que veía hermosos. Nunca calificaba sus complexiones. A todos los percibía radiantes. Cuando cumplí los once años e inició mi adolescencia, yo ya estaba por completo contaminado. De alguna manera tuve un doble ejemplo y la imagen de mi padre me impulsaba a imponerme para desafiar mi condición de inferioridad manifiesta. Así que resolví poner en juego mi mayor destreza, mi habilidad para dibujar y pintar. Teníamos enciclopedias y me hice experto en apreciar a los grandes pintores. En mi mente surgió la ambición de redimirme a través de la pintura. Ahí encontré un refugio seguro para atravesar la adolescencia sin desintegrarme interiormente. – Tomy hablaba observando el fondo de su vaso o alzaba la mirada y la fijaba en el horizonte. Solo furtivamente reparaba en David y en Walter que lo escuchaban con callada curiosidad -Según yo, ya a los quince años estaba logrando progresos notables y mi padre estaba orgullosísimo de mí. – Tomy sonrió al evocarlo- Mi madre pretendía que estudiara una carrera pero mi padre reafirmaba que dominando las matemáticas tendría elementos para administrar todo el dinero que me procuraría. Además de que todo estaba en un fideicomiso; tendría rentas hasta el final de mis días, por mucho que viviera. En mis condiciones el dinero no constituía una de mis ansiedades. Yo aspiraba con sobresalir. Le solicité a mi padre que me hiciera una modalidad de cueva mística en la mansión. Lo auspició y yo la diseñé con mi fantasía. Ese fue mi refugio hasta ingresar a esta villa. Pese a mi corta edad ya había creado mi propio estilo. Me inscribí a una escuela de arte y pintura, entonces en secreto decreté una implacable guerra intelectual contra los blancos. Por supuesto que esta era secreta, ya que había aprendido a serles simpático y a convivir con ellos, sin embargo en el fondo temblaba de pánico. Más de una ocasión me enamoré de alguna chica blanca pero ellas no se enteraron, para ellas yo solo era un simpático chico negro que les costeaba todos sus caprichos. A mis dieciocho años después de tres años en el instituto ya estaba listo para mi presentación en el alto nivel de los blancos. Le pedí a mi padre que invitara a sus amigos blancos y yo les mostraría mis pinturas, me ganaría su respeto y admiración como él lo había merecido a través del deporte. Ahí recibí el más rudo golpe hasta ese entonces. Mi padre organizó la fiesta, mi madre por supuesto no asistió. Comenzaron a arribar los convidados, pura gente postinera, la mayoría blanca. Vi unas damas tan hermosas y yo me figuré las expresiones de fascinación y arrobo que tendrían al contemplar mis pinturas. Ardía en ansias de que empezaran a recorrer mi cueva. Dos horas de zozobra porque muchos llegaban atrasados. Al fin mi padre los encaminó y yo estaba sumamente pendiente de sus opiniones, de sus apreciaciones. -Tomy se detuvo, le pesaba recordar.

Walter y David se miraron. Tomy a su vez volteó su mirada hacia el cielo y continuó:

- Al iniciar el desfile noté que solamente se fijaban en las primeras pinturas y en seguida recorrían la exposición casi sin ver. Reían y platicaban sobre tópicos que en nada revelaban su excitación por mi arte. Y de súbito empecé a oír las opiniones más hirientes: "No están mal para un chico negro" "Los negros nunca han sido buenos para el arte" "Que suerte que es rico, así no se morirá de hambre" "No seas cruel, recuerda que es sólo un muchacho negro" "A los negros les falta esa sensibilidad, son hábiles para el deporte, pero para la pintura, discúlpame, no". Acabó la exposición y recibí insinuaciones como "Tienes dotes Tomy, sigue intentándolo" "Lindos", en eso uno de los magnates comenzó a detallar sus adquisiciones en la última subasta. Ahí acabó todo para mí. Retorné al vago anonimato de siempre. Mi frustración no tenía límites. Anhelaba desaparecer, dormir eternamente. Para mí fue la derrota más humillante. Todavía estuve un rato en la fiesta, una o dos veces me reconocieron y me sonreían con condescendencia. Al poco rato nadie se fijaba en mí. Yo salí de la reunión y nadie se percató. Estaba tan apesadumbrado que me hubiera drogado si mi padre no me hubiese demostrado que eso destruía el cerebro y yo sabía que mi cerebro era lo mejor que tenía. Pero si me fui a emborrachar, y entonces sí que lloré.

David y Walter escuchaban atentos, imaginándolo todo. Tomy no los observaba, sino que su visión se extraviaba en sus añoranzas. Quedó en silencio un rato, hasta que David lo animó a proseguir:
¿Qué sucedió después Tomy? – Preguntó David

- Estuve deprimido varios días y descuidé la pintura porque ahora la menospreciaba, como ridiculizaba todo lo que se relacionaba conmigo, con mis pretensiones. No sé en qué hubiera parado, cuando por ventura coincidí con Hansen; tenía nombre de blanco pero era negro como yo y tenía una idea para un negocio. Es importante reconocer que Hansen no tenía problemas con ser negro, él no se avergonzaba de sí mismo. Era algo gordo y se rapaba la cabeza. Usaba pantalones que le llegaban a las rodillas y tenis. Un hombre simpático. Tenía contactos, gente que le apreciaba y me propuso que iniciáramos un comercio de marquesinas. Yo sería el dibujante. Para mí eso era sencillo y él sería el vendedor y administrador. Los dos seríamos socios y dueños. Me arrastró y decidí actuar con infalible fervor. Las marquesinas gustaban mucho y el negocio prosperó, además yo contaba con todos los fondos que precisáramos. Como entretenimiento me resultó muy saludable. Fue una buena temporada porqué yo me la pasaba encerrado en el taller, pintándolas, diseñándolas y Hansen era un estupendo cómplice. Pronto inauguró nuestro minúsculo club negro con chicas, licor, drogas que yo no usaba pero ellos sí y mucho sexo. Fue una excelente época hasta que conocí a Jenny. Era una chica blanca, indiscutiblemente era hermosa; no sólo por ser blanca sino por la armonía de toda su figura, la belleza de sus facciones, la apariencia de su cabellera dorada y el azul de sus ojos. Más pronto de lo que hubiera deseado me encontré como un loco enamorado de Jenny. Fui muy cauto en mi acercamiento con ella, no me arriesgué a que me rechazara. - Tomy suspiró y luego prosiguió. Walter y David cruzaron sus miradas, impresionados, pero guardaron silencio. Continuaron atentos al hilo del relato.

- Ella me reportaba a mí y eso me daba una cierta ventaja. Poco a poco fui encargándole tareas para que yo la supervisara, eso me facilitaba estar cerca de ella. De algún modo me percaté que ella apreciaba mi talento. Y eso me hizo retomar la pintura. Un día sin que lo sospechara le hice un retrato y le fascinó. Entonces le hice otro. Comencé a pintarla como hada en la nubes, como diosa entre flores, como maga, como hechicera, y mientras más la idealizaba más se apoderaba de mi mente. Todo mi ser exudaba a Jenny. Fantaseaba todo el día con ella. Un día por la tarde la induje a que me mostrara su pecho desnudo para que la pintara, con renuencia cedió. Y el retrato en que la concebí como reina de los mares fue mi mejor obra. Ella quedó encantada. Se vistió, me felicitó, me dio un beso cálido en la mejilla y me dijo lo más lindo que yo había

escuchado: "Tomy eres un gran artista". Estaba perplejo.
Sentí un orgullo y una felicidad insólitos. Por fin alguien me
reconocía y pensé que tenía probabilidades de conquistarla
porque era un artista. ¡Qué pretencioso, que iluso!" se
recriminó Tomy.

- No creas que estabas tan desencaminado Tomy – dijo Walter.
- Estaba tan anonadado que permanecí en el taller toda la noche,
entre extasiado, entusiasmado y por primera ocasión percibí
la esperanza. Una noche mágica. Mi mente era un torbellino
que creaba escenarios románticos, encuentros en el éxtasis.
Se hizo de mañana y nadie sabía que estaba arriba tumbado
en el taller despierto. Primero llegó Helena. Una empleada
de nuestra empresa. Yo estaba a la expectativa de que entrara
Jenny. Reconocía hasta su manera de abrir la puerta. Al entrar
fue hacia Helena y la besó al saludarla. Emocionada le reveló:
"Tengo que mostrarte algo". Sacó el cuadro y se lo mostró. Yo
las veía y las oía con claridad. Helena declaró azorada "Jenny
es bellísimo. ¿Cuándo lo hizo?" "Ayer por la tarde" - contestó
Jenny rebosante de alegría, "¿Te das cuenta que este hombre
además de ser un excelente pintor, te ama?" le dijo Helena
"¿Tú crees?" - Preguntó Jenny. "Pero por supuesto," insistió
Helena con un fulgor de alegría en la mirada "¿Bromeas?
Tomy es muy lindo, muy sensible, pero no me atrae" objetó
Jenny incrédula. "¿Por qué?" le preguntó Helena. "No puedo
explicarlo con claridad. Quizá porque es negro" Contestó
Jenny. "Pero esa no es ninguna razón, Jenny" le rebatió
Helena azorada. "Es tan amable, tan sensible y además es
rico, inmensamente rico" "Aun así, él no me gusta" - Aseveró
Jenny un poco conturbada. Escuché todo, todo. Estas palabras
me consternaron tanto como las que oí en día de la exposición
y retumbaban en el fondo de mí ser porque era el reflejo
exacto de lo que mi madre me había inculcado. Embonaban
perfectamente. Ya no quise levantarme. Me escondí en el taller
y me acosté esperando que se fueran para marcharme sin ser
visto. - Tomy tomó aliento, como para soportar y tener más
vigor para proseguir. – Por la noche me fui a la mansión de
mi madre y me dirigí a mi amada guarida mística. Entré sin
que nadie me viera. Sin aliento me tumbé en un amplio sofá.
Ingerí algunos tranquilizantes porque ya había experimentado

como el alcohol exacerbaba mi tristeza. Y dormí días enteros. Había quebrantado todo el sentido de mi vida y entonces decidí abandonar la empresa de marquesinas. No tenía ánimo para hacer nada. Habían aniquilado mi incipiente autoestima que apenas llevaba una horas de haber nacido.

Los tres guardaron silencio. Tomy se mostraba abstraído contemplando el crepúsculo. Walter fue por otras bebidas y David permaneció callado. Cuando Walter regresó David le preguntó a Tomy:

- ¿Qué sucedió después, Tomy?
- No obstante ese juego aún no se consumaba. Ustedes saben, allá arriba mueven las cuerdas como si fuésemos títeres. Me hallaba hasta lo más profundo, sumido en oscuras introversiones cuando alguien tocó con violencia la puerta de mi guarida. Primero decidí no abrir pero no se dio por vencida y tocó con mayor ahínco auxiliándose del gran aldabón. Me paré bastante atontado y vi a Julia, una vendedora de nuestra empresa, una señora muy propia que era muy profesional, ella conocía mi guarida porque ahí tenía pinturas que le había mostrado. Julia ya estaba entradita en años y en carnes pero era rígida y difícil de tratar. Yo la soportaba porque era de las mejores vendedoras. Le abrí la puerta y ella me vio como horrorizada, lo cual me molestó. Le pregunté que se le ofrecía. Ella emitió un sonido que me puso furioso: "Puf, que feo huele." Yo había sudado copiosamente. – "Pues entonces vete." Le dije secamente, pero ella no era de las que se daban por vencidas. "¿Cuándo vas a entregar la marquesina del espectáculo del Ingeniero Beltrán?" me increpó intentando contenerse. "Julia, como podrás percatarte no estoy en condiciones de pintar" "¿Estás drogado?" Me inquirió escandalizada. "¿Te incumbe acaso como esté?" "¿Y la marquesina?" Insistió angustiada. "No la voy a terminar" - Afirmé tajantemente. Sin medir sus fuerzas me gritó: "Que irresponsabilidad. Que le digo al Ingeniero Beltrán." "Despreocúpate ya no trabajas en mi negocio". Ella en el colmo de la rabia bramó: "Serás mi jefe y me echarás de tu cochina empresa, pero jamás dejarás de ser un simple negro

irresponsable" Yo estaba demasiado irritado para conservar la compostura así que le contesté

- : "Y tú serás una piel blanca, pero no eres más que una nefasta cerdita gorda y vieja y ahora lárgate". Me siguió insultando pero se fue. Quedé abatido. Ella tenía razón, fuera jefe, dueño o lo que fuera, seguía siendo un negro. Me sentí tan indefenso como si aspirara a vencer a la ley de la gravedad. Cerré la puerta y me recosté en un sillón en mi guarida. Al poco rato llegó mi padre a la mansión y de inmediato preguntó por mí. Mi madre le indicó con su típica ironía "Estará en su negocio persiguiendo a la "peste blanca" tal como tú lo enseñaste". Mi padre no le recusó. La sirvienta corroboró la información diciéndole que tenía días sin verme. Seguí en el sillón tendido, tanto mi estado anímico como la debilidad por los barbitúricos que había ingerido ya no me permitían actuar ni razonar de manera equilibrada. De pronto reparé en una cuerda. Enredé un tramo en mi cuello y el resto lo pase por unas vigas escenográficas que yo había instalado. Me trepé en unos barriles subiendo con desmedida torpeza y me lancé. Las vigas cedieron, y se vino abajo el entramado que produjo un gran estrépito.

Walter hizo un mohín al imaginarse el ruido, el caos.

- Mi padre lo escuchó y corrió hacia la guarida, abrió la puerta y me encontró en el suelo, con la soga en el cuello y comprendió. Me acunó en su regazo como si yo fuera un pequeño y comenzó a llorar. Esto me hizo llorar a mí también. – Los ojos de Tomy se tornaron vidriosos - Y lo abracé. Durante un largo rato permanecí al amparo de ese cuerpo de roble que sollozaba por mí. Jamás lo había visto derramar una lágrima y ahora escurrían sobre mi rostro. Recibía yo la caricia más dulce y consoladora que podía expresar un ser. No hubo recriminaciones ni me pidió explicaciones. Con extremo cuidado revisó mis huesos pero estaba ileso. Le exigió al conserje, que estaba parado en la puerta sin atreverse a acudir, que lo ayudara. Se comunicó por teléfono con un amigo médico y sin hacer comentarios me cargó y me llevó a la clínica. Mi padre me acompañó varios días y fue la primera ocasión que me confesé con él. Ahí también me contó su historia y su lucha y lo admiré y lo amé más que a la vida misma. Recuerdo lo que me expuso en una de las conversaciones: "Hijo tu madre le llama a los blancos la "peste blanca" y tiene razón, esta peste ha costado muchas vidas y originado mucho sufrimiento, pero entiende Tomy existe una peste peor, la "peste negra" esa la hemos creado nosotros los negros al creer que los blancos son mejores que nosotros. Esa peste corroe nuestra voluntad, nuestra autoimagen y nos destruye envolviéndonos de odio". Posteriormente me aconsejó que viniera a esta villa y aquí llevo tres años. Esa es la historia.

- Impresionante. – Exclamó David conmovido.
- ¿Has considerado marcharte Tomy? - Averiguó Walter.
- ¿Para qué lo haría?
- Me impacta lo que nos has narrado, pero al fin y al cabo un complejo de inferioridad solo subsiste en la mente, si empeñas tu vida entera en vencerlo habrás desperdiciado tu vida combatiendo contra fantasmas engendrados por tus prejuicios.
- Fantasmas tan sólidos que son capaces de quebrantar la más recia de las mentalidades.
- No siempre y no para todos Tomy. -Aseveró David.
- Tomy permaneció unos segundos meditando lo que afirmó David: Tienes razón, pero me conviene rehacerme. ¿Cuánto tiempo seguiré aquí? Mi padre me explicó que los complejos de inferioridad se impregnan en lo más oculto de la mente y que al momento que creyese que estaba curado ni siquiera había avanzado mi saneamiento. Me aconsejó que estuviese aquí años. "Hasta que tu mente drene toda la basura que guarda en su inconsciente" La meta me indicó: "es que partiendo de aquí ya no persista en tu mente el concepto de negros ni blancos, sino cuerpos de humanos sencillamente" y que en ese momento estaría capacitado para entrar en contacto con seres espirituales, no para refugiarme de la sociedad ni para reivindicar a los negros, sino porque estaría a la altura de ellos y sólo estos seres podrían alimentar a mi espíritu con sabiduría superior. Supongo que eso se lo enseñó el chino.
- ¿Qué crees que este sitio le contribuya a un pintor? - Inquirió Walter.

- No tienes idea lo mucho que me ha instruido esta reclusión. Quizá para ustedes sea un sitio para aislarse, para mí ha sido la mejor escuela. – aseveró persuadido Tomy.
- ¿A qué te refieres Tomy? - Le inquirió David
- Observar día a día esa masa de carne blanca como lo que es, me ha permitido sustraerle ese significado mágico que le atribuía. Los veo comer, drogarse, aparearse y luego defecar. Casi cada día elijo uno como meta de análisis y lo examino con detenimiento. Alterno, en ocasiones a un hombre, otras una mujer. Ya sin el glamour social, sin su status adquirido por su raza. Sin cosméticos en sus rostros, con pelos en las axilas, sus barbas, los cabellos encanecidos. Los hombres con sus penes fláccidos, las mujeres con sus nalgas aguadas. Todas las nalgas de las mujeres son iguales, y todas las nalgas de los hombres son idénticas. En ocasiones cuando me paseo y los contemplo acostados advierto lo semejantes que son sus cuerpos. Las espaldas, las piernas. Sobre todos los pies. Si ves los pies por el lado de las plantas te sorprenderás de la similitud. Después los analizo cuando despiertan, abotargados. Semi despiertos, semi drogados, semi borrachos, crudos. Todos hambrientos y sedientos y a continuación van a orinar y defecar. Más tarde ya comidos da inicio la típica sesión de droga con alcohol y sexo. Yo he poseído a cada mujer de esta la villa. No influye la edad, ni la complexión, deseaba tener la colección completa. Cuando llegan nuevas, solo es cuestión de esperar. Este recinto te remite a tu naturaleza básica. Ser para los sentidos. Es probable que si yo hubiera renunciado a regresar asumiría la actitud de todos ellos. Pero aquí me estoy curando del condicionamiento.
- ¿Te hace sentir superior? - Averiguó Walter un tanto irónico.
- No, no es el objetivo. Me hace sentir un ser igual a ellos, los blancos están en la mira, pero también lo están los demás. Poco a poco te capacitas para vislumbrar por encima de tus propios límites. Paulatinamente entiendes que la realidad no era ni con mucho como la concebías. Sé que está prohibido el contacto con el mundo exterior, pero recibí una misiva de mi padre en que me aconsejaba que por lo menos estuviera aquí otros tres años. Primero pensé que era demasiado, pero ahora sé que pretende. Toda esta concepción tiene que penetrar hasta el último reducto de mis creencias, de mi inconsciente.

- Es extraño lo sabio que es tu padre. - Concedió David
- Aquellos días con mi padre comprobé que a despecho de lo que afirmen los cínicos o los apáticos, el amor existe. Yo mismo experimenté ese sentimiento en sus brazos y en los inolvidables días que pasó conmigo, y reconozco con claridad por lo que yo siento por él. El amor auténtico existe. Aquí también estoy buscando y descubriendo la realidad.

Tomy quedó silencioso. Los tres permanecieron absortos observando un incipiente grupo de seres humanos que empezaba a juntarse, aletargados, casi como autómatas unían sus lazos de instinto animal. La pequeña masa se hacía más grande. Todos desnudos, sudados, borrachos y narcotizados. Practicando el sexo, acariciándose y besándose y luego dormitando. Nadie era discriminado. Parecía una hermandad de la carne.

Tomy se despidió y se fue. Walter pronto se durmió y David permaneció horas analizando los cuerpos casi como lo haría Tomy. Vivamente impresionado, David captaba como los prejuicios y las falsas creencias emanadas y sustentadas en la mentira y la artificialidad, o sea hijos del vacío y de la nada, producían resultados concretos, aunque fuesen incoherentes, conformaban y desfiguraban la personalidad del humano y con más encono la del neurótico, como lo eran Tomy y Sandrina y como lo era él mismo.

4

Las realidades del Paraíso

David se daba cuenta con creciente espanto que a medida que transcurría el tiempo se aburría más en el "Paraíso". Se reprendía pretendiendo convencerse de que debía acostumbrarse a la paz y quietud que aquella villa le brindaban. Con honestidad no había queja alguna, todas las cláusulas del contrato se cumplían con cabalidad; la limpieza era integral así como el orden. De la comida nadie podía protestar, había una diversidad insólita de platillos exquisitos todos los días. Las bebidas y los narcóticos autorizados estaban siempre disponibles. Había practicado el sexo hasta casi extinguir el deseo; al principio lo efectuaba dos a tres veces por día, luego una sola vez y cada día espaciaba más y más los actos y estos palmariamente eran menos satisfactorios.

Con el propio Walter la conversación se iba agotando y su amigo permanecía casi todo el día aturdido entre el alcohol combinado con drogas y su adhesión a cualquier grupo de bebedores y fornicadores que se reintegraban día con día. No podía anclar su mente a ningún proyecto porque ninguno se precisaba ni podía llevarse a la práctica. Todo estaba acabado y era inalterable. La inmensa mayoría de los participantes, por no decir todos, estaban plenamente complacidos. David se cuestionaba "¿Por qué él se aburría de aquella manera?" Se percibía de un humor irritado y se cuidaba de ahuyentar a cualquier borracho o drogo que intentara entablar un dialogo. Anhelaba un momento de intimidad con alguna mujer pero esto ni estaba autorizado ni era posible. Podía tomar a cualquier hembra sin remilgos ni explicaciones, pero un contacto íntimo no era plausible. Ni siquiera una plática medianamente inteligente, ¿De qué hablarían en aquel lugar donde no había ya pasado ni futuro para nadie? El futuro estaba configurado como era este eterno presente. No contaba con narcotizarse ni emborracharse. Estaba consiente a que lo llevaría el uso de drogas o alcohol de forma cotidiana. Revisaba con inquietud como entretenerse. Andaba apático, ya que aquel recinto lo había recorrido cientos de veces. Nunca variaba. Ni la decoración, ni el estilo como estaba acomodado el mobiliario. Todo era igual todos los días. Por la mañana nadaba durante horas para que su cuerpo no se arruinara, aun así había subido mucho de peso, tenía un gran abdomen y sus lonjas era visiblemente crecientes. Sus cachetes lucían redondos y plenos y su papada colgaba rellena de abundante grasa. La comida y la cerveza eran su entretenimiento permanente.

Lo que abominaba hasta advertir como se le crispaban los nervios era la música. Había tres opciones, música que se acostumbraba en los almacenes, la opción relajante con sonidos de la naturaleza o acudir a la pista de baile en la cual se tocaba de manera interminable la música que se utilizaba en las discotecas de jóvenes. ¡Como añoraba una función de ópera, un concierto! ¡Un intérprete solitario al menos!

Sabía que tenía que controlarse y habituarse porque de lo contrario esto lo llevaría a un lamentable colapso nervioso. Ya había reparado como brotaban erupciones en su piel, causadas por su excitabilidad contenida. Se hallaba asustado sin poder distinguir adonde desembocaría su actual estado mental. Pero era innegable que cada día se le hacía más insoportable aquella villa. Procuraba no lamentarse de su resolución de haberse recluido como un incompetente, consiente que era irremediable y tal como había quedado su circunstancia sólo tenía dos alternativas: regresar y tolerar la miseria en una sociedad brutal o soportar el inmenso hastío que este sitio le provocaba. Tan solo el miedo de retornar a su previa situación y ahora sin medios económicos lo retenía en aquel sitio. No estaba triste ni deprimido, pero tenía que reprimirse para no estallar. Y cada momento esto se volvía más complejo. El frágil equilibrio se estaba resquebrajando.

Analizaba y se le hacía un tonto absurdo que careciera de una biblioteca. Ahí hubiera encontrado su salvación; enfrascado en las matemáticas y en la historia, tendría para colmar su día de distracción. Pero una súplica así era tan inoperante como lo es a un desempleado rogar por una oportunidad. Que mente tan incomprensible. "Soy tan raro que aún sin tener ninguna preocupación no logro estar tranquilo y satisfecho" concluía desalentado y molesto consigo mismo. "Que raras peculiaridades tiene mi carácter. Todos se muestran tan complacidos, tan plenos, tan despreocupados y yo me siento sumergido en un mar de tedio insoportable".

Esa mañana se despertó particularmente malhumorado y optó por ponerse un freno a través del sueño. Ingirió un par de somníferos y se abandonó en un profundo letargo.

5

Todavía atontado por los inacabables días que pasaba adormecido y por el exceso de somníferos que consumía cada día, David vislumbraba desde lo alto del trampolín a los grupos. Allá se amontonaba un grupo de morsas, gordos todos, con sus hembras al lado. Su discernimiento y necesidades habían sido aplacados como las de los animales saciados. Allá se localizaba otro ridículo grupo, a las que designaba como las garzas. Eran las mujeres aeróbicas, que brincaban y bailoteaban y hacían dietas para preservar sus figuras. "¿Para qué? ¿Para quién? De todas maneras se les notaba como las estaba ajando el viento y el sol. Las más blancas se llenaban de pecas, y los cutis delicados de forma palpable se iban cuarteando. De esa masa de esqueletos brincadores, no podía disponerse una sola mujer que valiese la pena. ¡Qué insípido y poco excitante resultaba observar a estas flacas hembras haciendo ejercicio! ¡Qué lamentable recinto de gusanos mentales con cuerpo de seres humanos! Pero de pronto la reflexión se volvió contra el propio él mismo. Como el impacto de un relámpago enceguecedor que arrojaba fuera de su alcance todas sus racionalizaciones y excusas, estaba desnudo ante sí mismo, despojado de su falacia mental y de frente a la verdad vislumbró que el "Paraíso de los Sentidos" equivalía a un suicidio, que en nada se asemejaba al que asumía un ser desesperado o enfermo; no, su suicidio era ominoso porque emanaba de la más asquerosa flaqueza. Sin importar que pretendiera justificarse aduciendo que la sociedad no era mejor que un cúmulo de insectos pugnando por imponer la ley de hierro de la supervivencia del más apto a despecho de cualquier juicio moral; eso no lo redimía de su deleznable acto, de su insuficiencia de resistencia, de su carencia de osadía, de la traición a sí mismo. No podía impedir contemplar cuan evidente se mostraba su minúscula capacidad de lucha, su despreciable falta de voluntad. Había preferido huir en el preciso momento que se le había presentado un temible y formidable adversario, un rival de gran envergadura al que debía encarar. Y no le hizo frente. En este momento la disculpa de Walter de que no era sensato oponerse a un enemigo más poderoso que te viene a destruir ahora no funcionaba, porque eso no era prudencia, era un indiscutible acto de extrema cobardía.

Era incapaz de detenerse, sus propias convicciones lo condenaban, porque él siempre había repudiado la pusilanimidad moral. Si estuviera en su mano, ahora si asumiría el reto, pero había escogido un destino irrevocable. ¡Y de eso se componía el infierno, de las consecuencias de las decisiones erróneas irremediables! Cuando uno penetraba en la fuente donde había surgido la elección equivocada y ahora sin posibilidades para rectificarla, tenía que sufrirse todo el peso de la culpa.

David admitía que fue por temor y por ninguna razón más que había emprendido la retirada. Comprendió que aún en la más abominable cloaca, la voluntad y la bravura no se mancillan y son estas características las que transforman las circunstancias para bien, en lugar de ser corrompidas por el ambiente. Pero los valores genuinos no son factibles de improvisarlos, están y se manifiestan, o sencillamente no existe manera de echar mano de ellos. Lo auténtico es inimitable.

Estando sobre el trampolín sintió un vértigo y perdió el eje que lo sostenía y su mente giraba sin dirección, como si se hubiese desprendido. No anhelaba calma, ni alegría, solo parar ese dolor; acogería sin titubear la paz de una muerte en la desintegración, en el cobijo de la nada. Pero eso no existía. Sus instintos acudieron en su auxilio para mitigar tan intenso malestar, y entonces supo que estaba a punto de enloquecer para fugarse de sí. Su cuerpo se desvaneció, cayó y su cráneo se estrelló con el borde de la alberca y se partió, y sus sesos se derramaron como una masa fecal, y la sangre escurrió como un líquido morado y fétido, porque el temor los había corroído íntegramente y aquel espectáculo lo horrorizo y le invocó a Dios Todopoderoso que le diese otra oportunidad y la tuvo, porque en ese momento la espantosa pesadilla se disipó cuando brincó en la cama.

6

Despertando de la pesadilla

Ya despierto no pudo conciliar el sueño y se puso a repasar toda la horrorosa pesadilla y se dio cuenta que con nítidas y certeras imágenes su subconsciente le planteaba su realidad. Él tenía la posibilidad de traspasar su negocio, liquidar a sus empleados y quedar forrado con un buen capital, por el contrario podía decidir encarar el desafío y enfrentar a los Almacenes Omega. Estuvo cavilando por horas y volvió a quedarse dormido. Y entonces soñó que estaba con sus empleados celebrando en la campiña. De pronto divisaban una manada de lobos que se disponían a atacarlos. Todos empezaron a correr hacia una cabaña de piedra. Él, asustado avanzaba al frente de todos ellos.

Un lobo iba tras de él pero pudo llegar a la cabaña, al entrar atrancó la puerta de madera. Ya seguro respiraba aliviado pero comenzó a escuchar los gritos de sus empleados que eran masacrados por la jauría. Asomado a la ventana contemplaba su mirada implorante. Él estaba seguro pero todos los demás eran devorados por los furiosos animales.

Despertó sudoroso y no pudo volverse a dormir. Su mente lo apremiaba a que tomara una decisión. Se incorporó de su lecho todavía impactado por los sueños que recordaba con nitidez. Era de noche. Fue a su escritorio y tomó una libreta para anotar sus ideas. Algo le quedaba claro, no podría rendirse sin presentar batalla.

Concentrado anotaba el peor de los escenarios: la ferretería quebraba y perdía todo su valor comercial. De seguro para prolongar la lucha involucraría sus ahorros personales y sólo le quedaría el fondo de contingencia para liquidar a los empleados. Para muchos de ellos sería un grave problema pues llevaban años trabajando en la ferretería, desde el tiempo del tío Joaquín. Muchos de ellos pronto llegarían a la edad de retiro. Reconoció que una quiebra los afectaría severamente: "Y todo ¿para qué? Los almacenes Omega tienen más de cincuenta sucursales. Esta nueva sucursal sólo les servirá para aumentar los números de sus informes financieros. Para colmo los accionistas participan en el negocio de las succionadoras. Estos codiciosos son capaces de hundirnos sin que el aumento de sus fortunas les pueda aportar una alegría más. Con el capital que ya poseen pueden obtener todo lo que el dinero puede proporcionar. Ese pensador que escribió que los egoístas son capaces de prenderle fuego a la casa de su vecino con todo y sus habitantes para freírse un huevo, qué razón tenía" Fue a su biblioteca y extrajo sus manuales de mercadotecnia. El amanecer despuntó. Continuaba anotando ideas y estrategias posibles. Oyó que Doña Celia se levantaba y que al ver la luz encendida y escuchar la música se dirigió al estudio:

- Buen día Sr. David. ¿Se encuentra bien?
- Hola Celia. Estoy perfectamente.
- ¿Le traigo café?
- Por favor. – David la miró con afecto. La apreciaba mucho. Ni hablar, no tenía hijos pero era paternalista. Se percibía como un padre de toda la comunidad de sus empleados. Así era su naturaleza. Cuando él decía "mi gente" hablaba con total autenticidad. Reconocía que el esfuerzo y lealtad de toda ellos le permitía gozar de su holgada posición económica. Después de ducharse escogió uno de sus trajes favoritos. Se vistió con calma como lo hacían los antiguos guerreros con sus armaduras. Tomó sus plumas, su celular, sus apuntes tal como aquellos se embutían en sus armaduras, agarraban sus espadas y ajustaban sus yelmos.

Citó a sus cuatro colaboradores de confianza. Álvaro, que manejaba la bodega, Efrén, el administrador, Ana María, la contadora y Roció que era la encargada de la atender a los consumidores. Con aire fingidamente tranquilo y como si no le preocupase en mayor medida les comentaba sobre la próxima apertura de la sucursal de los Almacenes Omega en el sitio que se había destinado a los Abarrotes González. David advertía las miradas de inquietud y hasta zozobra. Pero proseguía como si no tuviera el incidente mayor relevancia. Con calma les comunicaba el plan que había confeccionado. La primera parte se refería a descifrar a fondo al enemigo al que se enfrentaban. Les explicó que debido a que esta era una sucursal tenía por fuerza que operar como lo hacían las otras, respetando precios, promociones y productos. Partiendo de esa base elaborarían el esquema de diferenciación. Por lo pronto les encomendaba que artículo por artículo en cantidad de oferta, probable desplazamiento, precio unitario, proveedor, embalaje, servicios, todo fuera gravado. Como no era factible hacer anotaciones sin llamar la atención, entonces llevarían grabadoras escondidas. Averiguarían la oferta de servicios y las promociones. Les previno sobre que serían grabados por las cámaras de seguridad de las tiendas, por lo que deberían disfrazarse y aparentar ser compradores comunes. A medida que hablaba David comenzaba a adquirir nuevos bríos. Les pormenorizó la cuantía de las reservas de contingencia con las que contaba la ferretería para que se libraran de la aprensión y los instó a pelear por su permanencia en el mercado. Álvaro el almacenista tenía una idea que pronto fue aprobada por David. Sugirió que para ampliar el espacio de exhibición de herramientas y otros artículos similares sería conveniente contratar un espacio de bodega adonde se almacenarían los tubos, bultos de cemento, madera para la construcción y demás material que no requería ser mostrado en la tienda. Con ello se obtenía un gran espacio aprovechable.

Más tarde se las ingenió para tener una entrevista con Don Jacinto y obtuvo información muy útil porque todavía no habían cerrado un acuerdo sobre su predio. Don Jacinto sabía que ahora que los Almacenes Omega obtuvieron el traspaso su apuración por conseguir un convenio era cada día mayor, y que mientras más se demorara los presionaría con mayor intensidad, por lo que para él, entre más se dilatara el proceso más jugosa sería la operación. Estaba protegido en su posición y no estaba dispuesto a ceder. Había colocado a los abogados contra la pared y esperaría.

Después investigó la fecha en que estaba programada la inauguración de los Almacenes Omega. Indagó con el Ingeniero cuánto tiempo tardarían en reedificar las instalaciones y lo que se llevarían con los decorados. Según los datos que pudo recabar calculaba que tenía entre cuatro y seis meses para prepararse.

Esta noticia le facilitaba programar sus movimientos con mayor objetividad. Lo primero era organizar una indestructible defensa para no perder su clientela actual. Posteriormente prepararía un plan de flanqueo. Al considerar que no podía desafiar a estos almacenes en sus propios términos, libraría la contienda en su propio terreno, correrían sus vagones paralelamente, esquivando a toda costa una colisión de frente entre fuerzas tan dispares.

Sabía que tendría que enfrentar las promociones y rebajas que los Almacenes Omega ofrecían con periodicidad. Estaba compenetrado de su modo de operar, ya que una sucursal funcionaba igual que las otras. Pocos días después con la participación de sus empleados contaba ya con listas de precios y confrontaba los artículos que cada negocio ofertaba. Por lo tanto tendría que conseguir iguales descuentos que los que le otorgaban a los Almacenes Omega. Sabía que esto era casi imposible para un negocio como el suyo que si bien era grande no vendía lo que una cadena de ferreterías. Para obtener mercancías a mejor precio recurriría a Mario, un ex jugador de dark ball y amigo personal de Jaime de Larios, el mayor proveedor de las ferreterías en la nave. Antes no se le ocurrió que Mario le secundara a que Jaime de Larios le diera una concesión de "Mayorista de Primera", pero ahora se obligaba a ser más competitivo en precios y que cuando hiciera promociones en base a descuentos no se mermara su utilidad.

Mario era amigo de la adolescencia de David, siempre se habían apreciado y aunque se visitaban poco, los encuentros eran muy cálidos. Mario en sus primeros años de juventud había colaborado en la ferretería del tío Joaquín. Ahí su amistad se consolidó. Mario era un hombre muy alto y robusto, medía más de un metro noventa y logró por un tiempo ser estrella del equipo de Jaime de Larios. Era un certero anotador y contribuyó en forma decisiva para que su equipo ganara cuatro campeonatos en diez años. Cada año Jaime de Larios acostumbraba reunir a sus jugadores para celebrar y volver a convivir con sus antiguos jugadores. Repasaban los videos de los últimos juegos y comentaban sobre los acontecimientos en el actual campeonato, bebían y recordaban. Uno de los jugadores que más llegó a apreciar fue a Mario, por decidido y certero.

David llamó a Mario para comentarle que tenía un grave problema y que le urgía platicar con él. Mario lo invitó esa noche al estadio porque se jugaba un partido de semifinales. Entró al palco y saludó a los amigos de Mario. El ambiente era relajado. Poco rato después se escuchaba como rugía el estadio, el locutor anunciaba uno por uno a cada jugador. David era aficionado del dark ball pero acompañado de Mario lo disfrutaba mucho más. Se sentaron juntos y Mario le comentaba sobre las jugadas que se generaban. Así transcurrieron las más de tres horas que estuvieron en el palco.

Al finalizar el juego se despidieron de los demás y ellos se fueron al palco de Mario que era un sitio privado.

Mario fue al punto directo, ya que David le había comunicado que se hallaba en una condición problemática.

- Cuéntame que sucede.
- ¿Recuerdas los Almacenes Omega?
- Por supuesto, es la cadena ferretera más grande.
- Pues están por abrir una sucursal a solo trescientos metros de mi ferretería.
- Mario hizo un gesto de sorpresa y preocupación: No me digas eso.
- Espero la apertura como en cuatro meses. - Manifestó David inquieto.
- Es un problema muy delicado David. - Mario adivinaba la gravedad de la amenaza - ¿Qué piensas hacer?
- Estoy revisando todas las áreas de oportunidad, todos los procesos. Encargue una exhaustiva revisión de las ofertas que lanzan los Almacenes. Tú sabes cómo funciona, bajan los precios de una línea, los clientes acuden a comprar la oferta pero mientras se desplazan por los pasillos les venden las demás mercancías a precios normales y hasta caros.
- Sí, pero en tu ferretería se atiende en los mostradores, no hay pasillos para exhibir los productos.
- Hice algunas ampliaciones. Las bodegas las convertí en zona de exhibición. He pensado hacer un catálogo de ofertas y una lista de precios comparativa que les enviaré a todos los clientes por correo electrónico al menos un par de veces al mes.
- Una guerra de precios te puede dejar fuera.
- A menos que pueda conseguir precios de "mayorista de primera".

- ¿Cuál es tu idea?
- Nunca quise pedírtelo pero me es indispensable que Jaime de Larios me otorgue la concesión de "mayorista de primera, es el mejor recurso para competir contra los precios de los Almacenes Omega.
- Mario abrió los ojos sorprendido por la petición y dijo - Estos millonarios no dan nada gratis. – Se quedó pensativo. – Siempre les tienes que dar algo que les interese. En definitiva no es dinero.
- Tú eres su amigo, aun guardando las distancias. Él te aprecia.
- Mario quedó pensativo. - ¿Tienes alguna obra de arte auténtica? Don Jaime es un coleccionista.
- ¿Recuerdas aquella sala donde mi tío coleccionaba uniformes? – Mario asintió – Tengo muchas fotografías, relojes, todos estos artículos pertenecieron a jugadores de dark ball.
- Me acuerdo perfectamente.
- ¿Crees que sería del interés de Don Jaime?
- Creo que sí. Para el valor no es lo importante sino la rareza. Don Jaime ya no puede ni concebir lo rico que es, pero un objeto que tenga un valor especial… ¿Puedes garantizar la autenticidad?
- El tío Joaquín me heredó plumas, relojes un montón de artículos de jugadores famosos. - Exclamó esperanzado.
- ¿Certificadas?
- Así es. - Aseveró David.
- ¿Cuántas son?
- De relojes y plumas al menos treinta o más, son varios estuches.
- Perfecto.
- Tengo también muchos otros artículos.
- Estimo que tenemos buenas probabilidades. Hay que idear como plantear el caso. Es un tipo duro, pero me recibe, eso es seguro.

Mario y David planearon por un par de horas las posibles estrategias. Jaime de Larios tenía un afecto particular por Mario y le encantó la idea de recibirlo. Una semana después David y Mario se dirigían a la propiedad de Don Jaime. Abordaron un tren que los llevó a la estación "El Puente". Ahí se apearon y fueron por el pasillo que llevaba al tren particular de Don Jaime. Les recibieron guardias de seguridad que revisaron sus equipajes y a ellos mismos y un mayordomo. Entraron al vagón de invitados, un suntuoso gabinete con todas las comodidades. El mayordomo les llevó unas bebidas refrescantes y se sentaron en los mullidos sillones. Mario le daba indicaciones a David de tiempo en tiempo. Era claro que repasaba cada punto que consideraba relevante. David escuchaba atento y asentía.

David observaba el gabinete decorado con los tapices de la seda más fina, las llaves del baño y los muebles con múltiples incrustaciones de piedras preciosas. Los cuadros eran originales carísimos. David estaba por entrar en contacto con el lujo extremo. Poco después cruzaron en medio de la grandiosa fortuna de aquel hombre poderoso. Como todo mundo sabía el papel moneda se basaba en la cantidad de tonelaje de pescado seco tratado. Éste se depositaba en el Banco Central, pero Jaime de Larios pudo negociar que él fuera el depositario de sus propias torres de pescado. Con el pescado disecado edificó una ciudad de oro y plata. Grandes edificios, puentes, almacenes. Avenidas iluminadas. Todo daba un aspecto impresionante. Era una auténtica ciudad dorada. David estaba atónito. No podía concebir una riqueza como aquella.

Don Jaime era adicto pero no a las adicciones de los seres comunes que se esclavizan en sus pasiones por el juego, el sexo, el alcohol o las drogas. Él era adicto a los orgasmos del ego y estos sólo los seres sobresalientes podían tenerlos. Mario como jugador los disfrutó cuando ganaron los campeonatos, pero a Don Jaime no le interesaba nada tan efímero que se vinculara a la juventud, la belleza personal o la fuerza física. Él los obtenía por su riqueza y su poder.

- Mario sonreía al observar la cara de perplejidad de David. – Te anticipé que era rico en serio. Desde siempre fue un hombre rico. Pero ahora con las succionadoras que están bajo su control, ya puedes ver.
- Esto es casi inconcebible.
- No es el único pero si es de los más ricos de esta nave. Cuando subamos a su torre podrás contemplar las construcciones panorámicamente.
- ¿Para qué los tiene en su propiedad? - Indagó David asombrado.
- Le fascina apreciar su riqueza. Jaime critica a los ricos que miden su fortuna en acciones y reportes. A él le embriaga

estar en contacto con su propia riqueza. Aquí hay cientos de trabajadores. Jaime es un magnate que disfruta palpar las piezas. Permite que tenga en la mano las plumas y relojes de famosos jugadores y después ya no podrá soltarlos. No vayas a ceder antes de tiempo, David. Lo más probable es que inicie la negociación con una oferta bajísima pero me inclino a suponer que será positiva.

- Sólo me sirve la concesión Mario. - Afirmó David.

Llegaron a la torre. El mayordomo los acompañaba. Entraron a un ascensor panorámico. El ascensor subió y David contemplaba asombrado la ciudad dorada. El mayordomo los condujo a la oficina de Don Jaime. Un secretario los recibió. Entró a la oficina y luego los invitó a pasar.

Don Jaime era un hombre de baja estatura y de complexión delgada pero con una recia personalidad Tenía setenta años y reflejaba la salud de su cuerpo y de su mente clara. Sus modales no dejaban lugar a dudas, mostraba en cada movimiento la fuerza de su carácter y la firmeza del hombre que está acostumbrado a mandar y a someter al mundo a su voluntad. Cuando entraron, Don Jaime vio a Mario y con una gran sonrisa lo recibió. A David le quedó claro el gran aprecio que le tenía. Lo saludó apretando la mano que le extendió Mario con sus dos manos y le dio una palmada en el hombro. Mario se mostró orgulloso del recibimiento de Don Jaime, a quien apreciaba y respetaba como si aún fuese su jefe. A pesar de la gran diferencia de estaturas a Don Jaime no le importaba en lo absoluto, Mario se mostraba en exceso ceremonioso y presentó a David. Don Jaime lo saludó con cortesía.

Mario y Don Jaime entablaron una cálida plática. Mario le había comentado con anticipación que su amigo tenía una colección que le podía interesar. David veía desde la oficina circular aquella grandiosa edificación que para Don Jaime de Larios representaba lo más bello que existía en la nave, era la evidencia de su poderío y de su notoriedad.

El primer día no se tocó el asunto. En la cena se hablaba de las actualidades del dark ball. Se comentaban anécdotas de los equipos y jugadores en boga. David era paciente y era un escucha muy entrenado. Jaime de Larios tuvo una impresión de él muy favorable y antes de despedirse los convocó para el día siguiente para que disfrutaran sus colecciones. Un vagón los llevaba por en medio aquella ciudad que refulgía ostentosa, irradiando los rayos del sol. David estaba maravillado ante tanta riqueza, pero su resolución no se achicaba. Era hábil en el proceso de las negociaciones y sabía que mientras tuviera algo que fuera del interés para el magnate, existían probabilidades de negociar con éxito.

Al día siguiente por la mañana Jaime de Larios los esperaba para llevarlos a un recorrido por cientos de vitrinas con objeto de compartir su colección de rarezas. Antes de salir David quedó absorto contemplando una estatua erigida a la "injusticia" de al menos tres metros de altura. Estaba representada por una hermosa mujer de pelo dorado, de finas y duras facciones que sonreían con desdén. El pelo de la mujer circundado por una hermosa diadema de oro macizo con decenas de incrustaciones de piedras preciosas que refulgían por las luces que enfocaban la figura. Sin embargo el delicado y bello rostro estaba salpicado de verrugas. El ojo derecho guiñaba maliciosamente y su espalda se inclinaba de manera servil y reverencial. Le caía una túnica en la espalda que estaba abierta por el frente y dejaba al descubierto sus abultados y picudos pechos coronados por rojos pezones. La túnica se deslizaba por un costado por lo que dejaba ver las espléndidas y fuertes nalgas y un vellón tupido sobre el pubis. Las gruesas piernas terminaban en dos poderosas garras que asfixiaban a una frágil, dolida e indefensa "justicia" que con gesto impotente trataba de escapar.

La "injusticia" con una mano sostenía una balanza. En uno de sus platillos descansaban algunos peces dorados y plateados. Su peso era tan grande que desequilibraba por completo el ligero contrapeso que constituía el otro platillo, en donde una ajustada masa de asustados seres humanos se agarraban a las cadenas para no caer, otros colgaban a punto de desplomarse y otros más yacían desparramados junto a las garras de la "injusticia"

Don Jaime observó divertido a David

- Interesante, ¿verdad?
- Mucho.
- La hizo un gran artista bajo mi idea. Le pagué una fortuna pero valió la pena.
- Es extraordinaria – David leyó en voz alta la leyenda que estaba en el pedestal "La injusticia siempre favorece a quién puede comprarla"

- Una clara alusión a mi poder económico, David. – Don Jaime sonrió. Lucía más pequeño ante aquella formidable estatua, pero ni duda cabía que él era mucho más poderoso.

Salieron del salón y Don Jaime los condujo a unos salones inmensos, en donde se colocaban sus vitrinas. Contenían los artículos personales más dispares todos de personas famosas. Cada nicho estaba iluminado y contenía el certificado de autenticidad. En alguno de los nichos se detenían y Don Jaime señalaba algún detalle o contaba una anécdota del propietario. Para él eran un tesoro. No obstante que se le compararía contra una colección formidable, David se percataba lo suficiente de los efectos de la codicia. Sabía que no tiene límite, que jamás puede ser colmada. Que nunca un hombre codicioso tiene el suficiente dinero como para no anhelar más, mucho más y jamás estará dispuesto a renunciar a nada que ambicione, así tenga que llegar al límite más desquiciado para conseguirlo.

Toda la mañana se la pasaron visitando las vitrinas. Por la tarde David y Mario cargaban los estuches auxiliados por asistentes de Don Jaime. David le mostró un catálogo con las fotos de otros artículos. Don Jaime hoja por hoja los revisó con atención terminó y no disimuló su interés. Con ayuda del mayordomo pusieron a la vista los relojes y plumas. Contaron las plumas y eran veintisiete y siete, además de veintidós relojes. Lo que menos le impresionaba era el valor utilitario, quería saber a quién habían pertenecido, la descripción y el certificado. Sonreía cuando encontraba alguno de su personal interés. Con mucho detenimiento y paciencia revisó uno por uno.

- Excelente. Me convencen. ¿Cuánto quieres? – Don Jaime fue al punto de inmediato.
- Soy dueño de una ferretería Jaime. - Mencionó David con tranquilidad.
- Qué bueno. Te felicito. Los quiero, ¿Cuánto pides por tu colección?
- No la vendo, la intercambio.
- ¡No te entiendo! - Exclamó impaciente Jaime de Larios.
- Quisiera negociar las piezas por una concesión de mayorista de primera.
- ¿Qué tan grande es tu negocio? - Indagó Jaime y mientras echaba su cuerpo hacia atrás.

- No mucho, pero están por inaugurar una sucursal de los Almacenes Omega junto a mi ferretería y esto como es evidente, es una grave amenaza.
- No lo dudo. Te puede hacer quebrar. - Expresó Jaime
- Necesito obtener los precios que otorgas a tus mayoristas de primera.
- Imposible. - Jaime se reclinó sobre el respaldo.
- Para ti es posible - afirmó David. - No te cuesta nada.
- Me cuesta mucho. Si te doy esa concesión estoy en contra de mis políticas. - Mario estaba inquieto, temía que la negociación fracasara, pero David no se precipitaba ni cedía.
- No tienes que decidir en este momento Jaime. Quizá puedas comunicarme tu respuesta en una semana, si te parece bien. – Con toda calma le respondió.
- Jaime fingía desinterés, pero David pudo percibir como analizaba las piezas. - ¿Cuánto tiempo?
- Vitalicio. No podría renovarlo, no tengo acceso a más objetos como estos, de hecho los heredé y no tengo idea como los obtuvo mi tío.
- Jaime se mostraba molesto. – Autorizaría dártela por dos años.
- No me sirve, Jaime. Los Almacenes Omega llegaron para quedarse, tú lo sabes. Jamás retiran una sucursal.

Jaime guardó silencio un rato pensativo y David se calló. Mario los miraba atento.

- ¿Tú qué opinas, Mario?
- Don Jaime, sé que lo que solicita David no es un favor cualquiera. Usted sabe que yo comprendo y siempre acaté sus políticas. Me gustaría que lo ayudara porque lo necesita y él es mi amigo… Su tío fue quién me ayudó a dedicarme al dark ball. Al principio él me financió…
- ¿Lo considerarías como un favor personal para ti?
- Por supuesto Don Jaime. Un gran favor.

Don Jaime guardó otra vez un largo silencio.

- Está bien Mario. – Miró a David y le dijo -Te voy a hacer este favor sólo por la gran amistad que le tengo a Mario. – Dijo por fin Jaime. – La colección me interesa pero no es suficiente.

A David lo sacudió un escalofrío pero mostraba la mayor frialdad de que era capaz y se calló. Jaime llamó a un asistente y le dio instrucciones para que redactara un oficio. Al terminar de dictarlo le dijo a Mario "ya está listo".

- Gracias, Jaime. – Contestó David y trató de conservar la compostura.
- Dale las gracias a Mario. Lo hice por él. - Jaime no volteó para considerar a David, le tendió la mano afectuosamente a Mario – Como un refrendo de nuestra amistad, Mario.
- Gracias Don Jaime. De verdad gracias – Asintió con humildad y emocionado Mario. Fue un triunfo personal para él.

Jaime por fin le tendió la mano a David. Lo más circunspectos que pudieron Mario y David se retiraron y hasta que estuvieron solos expresaron su júbilo. David estaba radiante y su rostro reflejaba un aire triunfal de exaltación y agradecimiento. Sabía que estaba salvado. Mario se encontraba conmovido, logró socorrer a su viejo camarada y refrendar su amistad con Don Jaime de Larios.

CAPÍTULO 4

La alucinación

1

En el bar

David en un restaurante esperaba a unos comerciantes que lo dejaron plantado. Había reservado algunas horas para esa cita en la que trataría de concertar ciertas negociaciones. Después de terminar de comer salió del restaurante. Vagaba curioso, como de costumbre. Se topó con uno de esos nuevos bares en que los muchachos beben de pie, miran imágenes de grupos rockeros en unas enormes pantallas, aclamados por gigantescas multitudes de jóvenes. Estaba intrigado, intentaba entender cuál era el gusto de los jóvenes por beber, parlotear y bailar sin pareja. Se acercó a una mesa altísima, propia más bien para beber de pie. No pasó mucho tiempo sin que un pequeño grupo de jóvenes se le aproximaran y lo saludaran cordiales, pero burlones.

- ¿Le gusta el ambiente viejo? - Dijo uno de ellos. Un muchacho alto que vestía una casaca negra.
- David no se molestó. - Trato de entenderlo. - Respondió con sencillez.
- ¿Y la música? – le preguntó una joven con sus ojos muy azules y con sus labios pintados de intenso rojo carmesí.
- Interesante.
- Interesante no es una opinión que nos aclare si le gusta.
- En realidad me gusta – aceptó David sonriente.
- ¿Quiere probar de mi copa? - Le tendió su vaso la joven rubia.
- David no aceptó. – Ya bebo una copa, gracias.
- ¿Le da asco? – le preguntó desafiante.
- No me gusta mezclar, eso es todo. - David lo expresó con un tono de disculpa.

72

- Déjeme pedirle una buena bebida, sin babas, ¿De acuerdo?
- Está bien. - La joven se alejó y regresó con rapidez con una copa.
- Tiene dos bebidas diferentes: jugo de frutas y condimentos. Pruébela. - David accedió.
- ¿Le gustó viejo? – Preguntó el muchacho de la casaca negra.
- Está sabrosa, gracias.
- Corre por mi cuenta.- Dijo otro de los jóvenes. Un jovencito chaparrito con una barbita, que se llamaba Manuel.
- Yo les invito otra ronda. - Repuso David con cordialidad.
- ¡Oh! Que amable. Aceptamos, ¿Verdad? - Todos asintieron con expresiones efusivas, como si les invitara un banquete.
- ¿Le prende la música, viejo?
- Por qué no le dices señor, él se ha portado educado.
- Cállate Nora. ¿Le ofende que le diga viejo?
- En lo absoluto. Anciano lo juzgaría más adecuado. - Contestó irónico.
- No es para tanto. No se ofenda.
- ¿Por qué viene solo? – Preguntó la chica rubia viéndolo con sus pestañas largas muy maquilladas con rimel.
- Caminaba por aquí y entre al escuchar el sonido y al ver que era un bar decidí tomar un par de copas.
- ¿No le prende esta música, señor? – dijo la joven del pelo lacio negro.
- No mucho.
- Escúchela dándose un pasón y verá lo que es bueno – dijo Manuel.
- David le dio otro trago a su bebida. - Con pasión o con un pasón.
- No se haga el santito, viejo. – Le refutó con grosería Manuel.
- No seas grosero, Manuel – Le dijo la joven del pelo rubio.
- No creo que sea bueno para mi salud, eso es todo – Explicó sin molestarse David.
- Se ve fuerte. No le pasaría nada. – Comentó Manuel.
- David denegó la invitación. – No es lo mismo su edad que la mía – dijo para justificarse. Llegó la ronda y le dieron las gracias.
- Todos alzaron sus copas y brindaron - A su salud, viejo.
- Y a la de ustedes.

- Es elegante el tipo, debo reconocerlo. – Comentó el muchacho de la casaca negra.
- Gracias - y bebió otro trago.
- Ahora yo le invito otra, ¿No me hará el desaire? – Le dijo Manuel - Es especial.
- No, por supuesto.
- Voy por ella. El joven se alejó, solicitó la copa y vació una droga. Regresó de inmediato - A su salud.
- David cogió la copa y bebió. - ¿Qué tal estas chicas viejo? - Preguntó el chico de la casaca negra. David no se dio cuenta pero Manuel lo miraba con cierta burla.
- Podrían ser mis hijas. - Repuso para evitar crear un malentendido.
- Pero le parecen guapas ¿No es así?
- Las miró con detenimiento y con una sonrisa dijo - Oh sí, bastante hermosas. Pero les repito son una niñas para mí – Las dos chicas le sonrieron con coquetería.
- Pues por lo menos no nos desaire. Salud. – Invitó Manuel con su mirada maliciosa.
- David bebió otro trago. – Es fuerte esta bebida, me marea.
- Relájese. – Le contestó Manuel
- La chica rubia se le aproximó. - Beba conmigo. - David con reticencia accedió. Había consumido más de la mitad de la copa. Sintió un fuerte mareo. - ¿Dónde está el baño?
- Ni aguanta nada. Voy con usted. – Manuel le dirigió unos metros, le señaló el baño y volvió con sus amigos. – "Ahora sabrá donde no debe meterse" - Se dijo risueño.
- ¿Le vaciaste ácido? - Preguntó el joven de la casaca negra.
- Sí – Contestó Manuel. Todos soltaron la carcajada.

David en el baño trataba de volver en sí. Un torbellino de imágenes se proyectaban de manera vertiginosa en su mente. Se vio en el espejo y su fisonomía se transformaba en múltiples seres. Se distorsionaban sus ojos, los dientes y las mandíbulas le crecían desmesuradamente. Cambiaba la tonalidad de su piel que de pronto se tornaba escamosa. Se mojó la cara tratando de despejarse, pero momento a momento se sentía más indispuesto. Se agarraba del lavabo. De pronto fijó su atención en la pared y contemplaba cómo se abría un boquete en la pared de dos metros de diámetro. David se acercó, se detuvo en el umbral, primero observaba hacía el interior y después penetró por éste. Se adentraba en las entrañas de la nave, en los pasillos entre cables y tubos. Caminaba tambaleante, drogado. Se agarraba a los barandales para no caer y pisaba con firmeza y despacio para no resbalar o golpearse. Sin embargo el aire viciado de ese sitio lo despejaba. A medida que avanzaba sus ojos se adecuaban a la penumbra. Unas farolas muy altas iluminaban en forma tenue el enorme túnel por el que se desplazaba. Se escuchaba con claridad como fluían los líquidos por los tubos de abastecimiento y de desagüe. A lo lejos vio una puerta y por el resquicio inferior salía una luz. Se dirigió hacia ella y junto a ésta se abría otro boquete en la pared. Se acercó para mirar hacia adentro y una fuerza que provenía del interior del hueco lo jaló hacia su interior. Observaba el entorno, estaba en un camarote sencillo. En éste se encontraban una mamá y dos pequeños. La nena tendría como dos años y el niño como cinco. La joven madre aparentaba unos veinticinco años. Con maneras suaves y cariñosas alimentaba a su hijita en el comedor. Su cara reflejaba una satisfacción apacible y cálida. Mientras tanto el pequeño travieso jugaba, se creía participe de una fragorosa batalla. Trepaba y bajaba del sillón de la sala, empuñaba una espada láser. David se aproximó a la madre y la saludó pero ella no se percataba de su presencia. Extrañado lo intentó de nuevo, pero fue inútil. Volteó y le habló al pequeño que tampoco lo notaba. Volvió a tratar de contactar a la madre pero para su desconcierto su presencia no era advertida por ninguno de ellos. Fue hacia una silla y recargó sus brazos en el respaldo. Contemplaba a la madre que alimentaba a su pequeña hija, le daba una papilla y la nena jugueteaba con sus manecitas. El pequeño travieso vestía una vistosa playera estampada con un bello dibujo muy detallado de soles, cometas y estrellas. David lo observó con detenimiento. Era una hermosa representación del cielo pintada con mucha creatividad y destreza. Mejor parecía propia para estar enmarcada que plasmada en la playera de un niño. David divertido veía como el pequeño travieso, con una energía propia de sus cinco años y de imaginarse en medio de una peligrosa batalla, subía al sillón, se montaba en el respaldo como si fuese un caballo y se dejaba caer sobre los cojines. En uno de sus giros, resbaló y cayó en la alfombra, sin hacerse daño, pero muy cerca de una mesa de madera, que servía como centro de sala. La madre se dio cuenta que podía golpearse y lo instó a que dejase de jugar en la sala. El pequeño obedeció. Caminó y se paró junto a David, quién pudo observar con toda claridad una mancha que el pequeño tenía en la cabeza rapada. Era un lunar del tamaño de su puñito cerrado. También pudo apreciar con más detalle la pintura estampada. El pequeño miraba hacia donde él se encontraba, y por lo mismo creyó que lo había visto. Pero no, desvió la mirada sin percatarse de su presencia. David entonces se levantó y le habló al oído, pero en vano. Se puso en cuclillas y para tratar de hacer contacto visual. De nada servía. La cercana energía del pequeño le hizo sentir como si fuese un ser conocido, como si entre los dos existiese una conexión, un vínculo pactado que entrelazaba sus destinos.

El pequeño con la espada en la mano se fue a su cuarto. Poco después se escuchaban crujir los resortes de la cama aplastados por sus vigorosos brincos. De nuevo observaba a la madre, que con paciencia llevaba la cucharita a la boca de la nena. De pronto se escuchó un golpe seco y un gemido. La madre se levantó en el acto y por instinto sentó a su hijita en la alfombra. Corrió hacia el cuarto y profirió un gritó espantoso. Su hijo Lalo había caído de espaldas y se había desnucado con un seco y brutal golpe que le astilló el cráneo. Abundante sangre manaba de su cabeza rapada. La madre levantó el cuerpecito y lo acunaba en su pecho, gritaba inconsolable, trataba de devolverle la vida. Doblada por el dolor se dejó caer de rodillas con su hijito muerto entre sus brazos. David que contemplaba la escena desde el umbral padeció un fuerte vértigo. Sus piernas flaqueaban. Gruesos lagrimones empañaban sus ojos y resbalaban por sus mejillas. Recargado en la puerta se entregó al llanto. Momentos después escuchaba como introducían la llave en la cerradura. La puerta se abrió y pudo contemplar al padre. Éste se acercó a la bebé que estaba en la alfombra pero al escuchar los sollozos de su esposa, se levantó con una cara de espantado. Se dirigió con rapidez hacia la recámara. David en la puerta lo vio venir y sintió miedo al saber que ahora el dolor de esa madre se sumaría al de ese padre. Encogió su cuerpo que se sacudió al escuchar el alarido horroroso que emitió el hombre. David se llevó las manos a la cara para sofocar su llanto pero éste lo desbordaba. Tenía años sin llorar por nada, pero ahora estaba traspasado por el dolor más agudo. La pena llegaba al límite cuando observó al hombre hincado junto a la madre que abrazaba destrozada el cuerpo de su hijo muerto. Escuchaba "Lalo, Lalo" entre sollozos desquiciantes. El dolor se hizo intolerable y su cuerpo se convulsionaba. Se irguió levantando la cara hacia lo alto y profirió un grito atronador que emergía de lo más hondo de su alma, un grito puro y amoroso con tal potencia que pudo traspasar las barreras de la densa energía y llegar hasta las profundidades del cosmos:

-No, no, no puedo soportarlo. Haz que esto no suceda, te lo ruego. No permitas que esto sea real. – David se sentía ahogado por la pena y entonces escuchó una voz tersa y envolvente, que provenía de otra dimensión y que le preguntaba: ¿Qué estarías dispuesto a dar para que esto no ocurra? – David respondió sin dudar: "Todo. Mi vida si es preciso. Todo, excepto mi alma que pertenece a Dios" - ¿Harías un pacto con el Cosmos? – Lo hago – contestó con plena convicción. – ¿Te das cuenta que has tenido una visión del futuro de esta familia y quieres modificarlo? – Lo entiendo, por lo mismo doy mi vida a cambio de que esto no suceda, es un juramento. - Como es tu deseo se hará. – "Gracias, gracias" expresaba con toda la emoción de su alma. Estaba seguro que esta vez había sido escuchado. Volteó a ver a los padres pero ahora con ternura, porque sabía que todo se compondría.

Extenuado fue a su silla para sentarse y recargar su cara en el respaldo. Habían sido cimbrados sus nervios, sus huesos y sus músculos. Agotadas sus energías, se quedó dormido.

Al amanecer los primeros rayos de luz dieron de lleno sobre su rostro. Abrió los ojos y se despabiló. Vio como la madre salía de su recámara tranquila y alegre. Entró al baño. Enseguida fue a despertar a sus pequeños. David escuchaba la voz de un niño y luego de la pequeña. La mamá jugaba un rato con ellos y luego salieron los tres. Vio con claridad al pequeño que se había destrozado el cráneo unas horas antes. Estaba por completo sano y travieso con su mancha en el cráneo. Su hermanita tenía una muñeca en las manos y entraron a la recámara donde estaba su padre. David escuchaba frases cariñosas de este hombre y los jugueteos con los niños. De seguro les hacía cosquillas. Salieron de la recámara juntos, el papá cargaba a la pequeña en brazos. El niño tenía puesta la camiseta de soles, estrellas y cometas, que él viera ensangrentada y que ahora estaba limpia. Los tres se sentaron mientras la mamá les preparaba el desayuno. La madre volteaba a ver a su familia con una mirada feliz y apacible. David se dijo "Bendito el Señor que nos escuchó".

Los miraba sin prisas. Sobre todo a Lalo y volvió a pensar que en algún lugar, en algún tiempo, se habían conocido. Lalo reía con el papá. Le ponía mantequilla a sus hot cakes. Denotaba la alegría del niño que es amado. David pensaba "Con seguridad vivirá muchos años" Una dulce alegría lo hizo sonreír.

Con su vitalidad recobrada se levantó de la silla y se aproximó, pero igual que antes, no lo vieron ni lo escucharon. Estaba satisfecho y pensó que lo mejor sería irse.

David se hallaba inmerso en una guerra comercial que amenazaba toda su estabilidad económica. Además de que no se reponía por completo del dolor que le había causado su divorcio; no obstante, antes de salir, volteó a ver a la familia reunida y con plena satisfacción sonrió. Pensaba que a pesar de todo, ese sólo acontecimiento había hecho que su propia vida valiese la pena de ser vivida.

Con paso tranquilo se dirigió al boquete, salió y el boquete se cerró tras de él.

2

Caminó otra vez por aquellos pasillos, llenos de tubos, con un ruido de desagües y aguas que corrían en las tuberías. Vapores y charcos bañaban los corredores apenas iluminados por una luz penumbrosa. Extraviado y confundido avanzaba hacia una zona con luz. Leyó un letrero que decía "Desayuno mensual de Empresarios". Un mesero fue a su encuentro y con extrema cortesía lo condujo a una mesa. Había cuatro parejas. Con calidez lo invitaron a que los acompañara. Se sentó y el mesero le sirvió jugo en su vaso y le pidió su orden. Cinco tiempos. Muy abundante menú para un desayuno, pero en el estado de debilidad que estaba, todo cuanto leía en el menú lo juzgaba muy apetitoso. Una bandeja con frutas fue lo primero que el mesero le trajo. Tres de las parejas llamaron en forma poderosa su atención. Parecían estrellas de cine o modelos. Una de ellas se levantó para ir al baño y otra la acompañaba. "Que cuerpos tan hermosos. Perfectos bajo todos los aspectos. Vaya que sí existe la belleza en la mujer" pensaba David y luego desvió la mirada para no incordiarse con alguno de los maridos. Platicaban sobre temas triviales, que él sin leer las noticias de sociales no estaba al tanto. Las mujeres regresaron, una de ellas vestía una corta falda y David pudo apreciar sus primorosas piernas, sus rodillas redondas. La otra más delgada, era bellísima y elegante. Pensaba que esas parejas podrían ser estrellas de la pantalla. Tal era su perfección. A su lado derecho estaba una mujer esplendorosa y el vestido se le encogía y le permitía mostrar sus carnosas y firmes piernas. David se esforzaba por no quedar alelado al ver semejante espectáculo. La mujer cruzó las piernas y el vestido dejaba ver sus gloriosos muslos. Sin duda había caído en un palacio de Apolos y de Venus porque los hombres no se quedaban rezagados en apostura. El esposo de la rubia que fue al baño con su compañera era un guapo hombre, de pelo dorado, muy fino y el marido de la otra, era un gentleman, elegantísimo. No se quedaba atrás el esposo de la mujer que estaba a su lado. Era un Apolo hercúleo. De facciones firmes y una complexión de atleta. Sólo una pareja desentonaba. David era reacio a clasificar a las personas por su aspecto físico, pero entre aquellas beldades, este hombre y su mujer, se distinguían bastante simplones.

- Veo que usted traía apetito. Le dijo la dama que estaba al lado de él. - David la miró. Un gran escote permitía sospechar los espléndidos senos que estaban a punto de desbordarse del sostén. Pero la dama no era vulgar. La vio y quedó pasmado ante tan perfectas facciones, ante sus profundos ojos azules.
- Mucho. - David la veía con cautela, no quería exponerse a una fricción con su marido.
- Me alegra que se haya sentado junto a nosotros, porque veo que viene solo. - La dama, coqueta y fascinadora estaba acostumbrada a anonadar con sus encantos.
- Gracias. Me siento honrado en medio de esta distinguida compañía. - La dama le sonrió y David hizo un esfuerzo para no quedar paralizado al observar a aquella hechicera mujer. El mesero trajo el segundo tiempo. Un delicioso filete, del que pidió otra ración. Sonaba una banda para amenizar el desayuno. El ruido cesó y los asistentes aplaudieron. David no sabía a quién ver, sus ojos delatarían sin duda lo mucho que aquellas damas le atraían y no deseaba ocasionar un conflicto. Así que decidió mejor entablar conversación con la pareja de aspecto más normal.
- Exquisito platillo. - Comentaba con trivialidad.
- De verdad - dijo el hombre. La mujer estaba callada, se comportaba como apocada ante la belleza y elegancia de las otras mujeres.

- Se ve que la comida le ha reconfortado, tenía un aspecto cansado cuando entró. - Dijo el hombre.
- Una larga noche. - El hombre asintió. No deseaba saber más. David lo observaba. Era un hombre robusto, calvo en la frente y con una corona de pelo entrecano que le rodeaba desde las sienes todo el lado posterior del cráneo. Tenía tipo de obispo. No tenía idea de que hablar, hubiera platicado con la mujer que tenía junto a él, pero el espectáculo de sus muslos lo perturbaba. Como de costumbre surgió el tema típico de la nave, la succionadora. Ningún tema lo juzgaba menos apropiado que hablar de esa máquina en aquella circunstancia en que se hallaba exhausto, pero los hombres se enfrascaron en una polémica. Pocos minutos después David miraba a las dos mujeres que tenía de frente. No cabía duda que estaba bajo los efectos de una alucinación, porque se le figuraba que habían envejecido como cinco años. Aun así, eran un portento de hermosura. El mesero trajo el tercer platillo, unas crepas de espinaca. Deliciosas. David vio a los hombres, ellos también mostraban señales de envejecimiento. Uno de ellos, el que tenían el pelo rubio, presentaba profundas entradas de calvicie, que no había notado antes. La polémica los acaloraba.
- El hombre con aspecto de obispo se dirigió hacia él: ¿Y usted como considera a la succionadora?
- Un tema controversial - contestó para evadir el tema.
- Pero ¿Cuál es su opinión?
- Que estábamos mejor cuando estábamos peor. - La mujer sentada junto a él rio y contó la ocurrencia a los demás, que les causó bastante gracia. David volvió a verlos y reconocía como envejecían en forma apresurada. Él mismo se sentía más viejo. Miraba sus manos y distinguió pecas que no tenía. Creía ver visiones. Pidió café oscuro para aclarar su mente. Para acabar de despertar. De súbito las damas daban la impresión de mujeres jamonas, sobre todo aquella que era más robusta. La otra dejaba ver unos pliegues muy marcados en su cuello. Volteó para ver a la mujer que estaba sentaba a su lado. Su rostro estaba ajado, como si llevase años expuesta al sol. La pareja del obispo se volvía una mujer en exceso fea. El obispo echaba panza y su calvicie aumentaba, su pelo era casi blanco. Vio a los hombres, no cabía duda que aquella agria polémica

los había arruinado. El esposo de la dama que se sentaba a su lado, lucía una papada enorme y unos cachetes plenos, rubicundo. Otro de ellos, el gentleman, se veía como arrasado por una enfermedad que lo consumía, su rostro resaltaba las huellas de una vejez galopante. El otro hombre había quedado calvo por completo. David ya no podía acordarse del aspecto que tenían cuando llegó. El mesero volvió con una copa de helado. David lo veía espantado, aparecía veinte años más viejo, pero se comportaba del mismo modo obsequioso. David le hizo una seña para que pudiera hablarle sin que lo escucharan los presentes:

"¿Por qué envejecemos tan rápido? ¿Qué sucede en este lugar?" - El mesero no entendió a qué se refería. La polémica no cesaba en torno a la succionadora. Él no deseaba tomar parte en esa discusión.

- Es usted un glotón, perdóneme la expresión. Pero ya lo vi como devoró dos filetes, tres crepas y dos porciones de helado. No me diga que todavía va a querer pastel. – Le dijo la mujer que tenía a su lado.

- Oh sí. Se ve delicioso y no crea que probaré de uno solo. - David veía a una mujer gorda, avejentada, como si de súbito llegara a los setenta años. Seguía con la pierna cruzada, pero sus muslos estaban fofos, gordos en demasía. La mujer del cuerpo exuberante lucía un abdomen apenas contenido por su vestido y los senos le colgaban. El hombre flaco, el gentleman, se notaba enfermo, su cara envejecida estaba marcada no por arrugas, sino por surcos profundos. Su mujer, la dama esbelta, tenía apergaminado el rostro con cientos de arrugas. También estaba cadavérica. El gentleman, abatido por el paso del tiempo y de las enfermedades cayó al suelo. Extenuado expiró en el piso. Otros meseros vinieron y se llevaron su cadáver. La mujer esbelta les contó, con dos lágrimas en sus ojos, que su marido había muerto. Todos le dieron el pésame, pero prosiguieron su diálogo como si nada. El obispo cada vez más decrépito tenía unas bolsas marcadísimas bajo los ojos. Su mujer, sumada su decrepitud a su fealdad, serviría de modelo para un cuadro de espantos. David comía su pastel en el estupor total. Se interrogaba "¿Que broma es ésta?" El hombre calvo se encorvaba bajo el peso de los años y el otro hombre con aquel cuerpo de atleta, era un gordo imponente. Con su cara roja, su cuerpo aún lucía sano y fuerte, pero era un rotundo obeso. Su mujer aún con la pierna cruzada, mostraba várices. Se quitó el zapato y alzó la pierna. Sin recato David la veía. Él se preguntó, ¿Cuál será mi aspecto? Se tocó el pelo, lo conservaba pero con seguridad estaría por completo canoso, además se percibía viejo y cansado. Al poco rato se llevaron al calvo de la espalda encorvaba. Retorno el mesero apesadumbrado y le dio el pésame a la señora.

- La mujer que estaba sentada junto a él comentó: Los hombres no se cuidan, por eso viven menos. Tú mi gordo, debes cuidarte. - La polémica cesó

- Pero las damas se enzarzaron sobre el tema de la gente con clase: - Yo Aurora, estoy convencida que hay gente con clase. Con eso se nace.

- Así es, - respondió displicente Aurora con su cara como pergamino arrugado. A continuación le preguntó a David que pensaba.

- Yo no he meditado sobre el tema.

- Véalo. Es la diferencia entre las personas ¿No lo cree usted?

- Lo profundizaré señora. Creía que era un tema añejo y superado. - Comentaba con la intención de zanjar el tema.

- La dama insistió - Pero si es lo que hace diferentes a las personas.

- Con seguridad tiene usted la razón. – Le respondió David conciliador. La ponencia tuvo éxito porque no tenían otra tema mejor sobre la cual conversar.

David increpó a un Ser superior: "Explícame, ¿Qué disparate se vive aquí?" y en lo profundo escuchó: "Querías unas lecciones de realidad. Te las estoy regalando"

Las opiniones muy similares despertaban las agudezas de las damas, ya sin duda viejas. El hombre gordo se aproximó a David para comentarle:

- ¿Qué opina de éstas viejas? ¿No se comportan como chicuelas chismosas? - dijo en plan jovial.

- No cabe duda que la ancianidad es la peor de las infancias, - respondió David y tambaleante por la debilidad y vejez de sus miembros, se dirigió hacia la salida. Avanzaba con pasos menudos y vacilantes. Sus débiles piernas sostenían el cuerpo enjuto de un anciano. Salió y aspiró profundo. El aire enrarecido del interior de la nave lo percibió como si fuera una oleada de brisa fresca y purificadora. Minuto a minuto recobraba su fuerza y otra vez tenía cuarenta años.

3

Prueba de valor

Ya dueño de sí vislumbró otra luz y se encaminó hacia ese lugar. La luz emanaba de un ser que él conocía desde siempre. Un Ser que lo conocía en lo más íntimo y que aun así lo amaba. David fue a su encuentro gozoso. El Ser lo recibió con un cálido abrazo.

- Has ofrendado tu vida para salvar a una familia. No solo el niño se salvó, sino que pudiste contemplar lo que hubiera sucedido sin tu invocación. Esa familia hoy estaría sumida en la pena más grande. Tengo que decirte que ni idea tienen de lo que tú hiciste por ellos.
- No importa eso. - Afirmó alegre David. ¿Cómo agradecerte por ese regalo tan grande?
- Lo merecías por eso te fue concedido. Tú siempre has buscado la verdad, por eso te di un premio especial. Guiarte por las apariencias es una lección que no has terminado de aprender por eso apresuré el paso del tiempo para que pudieras entender lo que el tiempo le hace a las apariencias. Quiero darte otro regalo. Recuerda con claridad todos los detalles que puedas. Cuando eras niño pequeño, cuando jugabas y luego fuiste un adolescente. ¿Pensabas como ahora lo haces?
- No, desde luego que no.
- Sigue recorriendo el tiempo. Acuérdate cuando eras empleado y estudiante. Tampoco sentías ni habías aprendido lo que ahora sabes. - David asintió. - Luego rememora aquel momento de euforia, cuando te enteraste que tu tío te heredó la ferretería. ¿Lo contemplas con claridad?
- Con nitidez absoluta.
- ¿Sientes real esa emoción tan envolvente e intensa?
- Uno de los momentos más felices de mi vida, lo reconozco. Bendito sea mi tío Joaquín. – dijo David enfático.

- Pero ese David, pensaba y conocía mucho menos que este nuevo David, ¿No es así?
- Muy diferente. Hasta fui por un tiempo optimista. - Se expresaba con un dejo de amargura.
- ¿Y el dolor cuando te traicionó Silvia? ¿Te dejó alguna enseñanza?
- Mucha, tanto que me dejó infectado de un despecho que aún no supero.
- Entonces ¿Volverías con ella? - El Ser proseguía sin cesar.
- De ninguna manera. – Aseguró David categórico.
- Eso es crecimiento, aprendiste. Si no lo hubieras hecho me dirías que si regresarías. - Afirmó el Ser. - Seguimos volando a través del tiempo, ¿No te sientes cambiado a raíz de tu batalla contra los Almacenes Omega, ese contrincante colosal?
- Si – respondió humilde.
- ¿Acaso esa batalla no te ha templado?

Por supuesto pero que desesperante situación.

- Me gusta tu humildad, pero de joven no lo eras tanto. Eso es refinamiento. ¿A qué crees que se deba?
- A tanto golpe. A ver y sufrir tanto horror e indiferencia.
- Pero ahora te sobrepones cuando antes te abatían.
- Es verdad.
- ¿Cuántos David han aparecido en tu vida? ¿Entiendes lo que te pregunto?
- Muchos
- Sin embargo cada David es diferente del anterior, no obstante puedes percatarte sin duda alguna que tus has sido todos ellos, pero ya no eres como ellos.
- Si – Contestaba azorado, empezaba a comprender.
- Pues eso es la evolución de tu entendimiento. Todos esos dolores han sido necesarios para que convirtieras en este nuevo David, en lo que tú por tú propio esfuerzo ahora eres. ¿No te sientes orgulloso?
- Realmente no.
- Todos esos David son parte de tu misma alma, y descubre cómo ha cambiado tu cuerpo, fuiste un bebé indefenso, luego un niño, después un joven y ahora un hombre maduro. Todos

con una apariencia muy diferente y David es David, es siempre el mismo aunque su figura cambie. ¿Me entiendes?

- David estaba estupefacto, le resultaba bastante claro. - Sí, creo que empiezo a hacerlo.

- El adelantamiento de un ser es fácil y preciso de medir, basta saber: ¿Ese hombre actuaría contra su alma por dinero? Si la respuesta es positiva, el dinero está por encima del valor actual de su alma; si es incapaz de emprender una ruda tarea en bien de otro, pues entonces su alma es inferior a la tarea que se le podría encomendar; si huye ante el peligro y desampara a los suyos, pues su cobardía está sentada sobre su alma, aplastándola. - El Ser lo observaba con la mirada penetrante ante la cual no podía ocultar nada.

- El Ser prosiguió - Pues ahora te vas a desligar de tu cuerpo y vas a contemplar todos los David que has sido y sin asomo de duda reconocerás que es la misma alma. El alma de David. - David sintió el desprendimiento y vio su cuerpo en aquel pasillo y luego pudo contemplar imágenes precisas que él reconocía como su alma en otros cuerpos, en otros tiempos, en otras poblaciones. – Sentía al Ser incorpóreo al lado de él. - Cambian los escenarios, los cuerpos, los contendientes, los personajes, los retos pero sin duda te reconoces como David.

- David estaba sorprendido. - Todos esos David he sido. De verdad he tenido una evolución - dijo reconociéndose. - Ahora comprendo que la vida es tan solo un episodio del alma. Toda una travesía para transmutarse. Un largo recorrido que he transitado por miles de años.

- Algunas de esas encarnaciones han sido muy significativas, ¿Las recuerdas?

- Una aparece con mucha claridad: Soy un joven alto y muy delgado. Mi pelo es lacio y dorado. Tengo veintidós años. Desde pequeño acompañaba a mi padre de cacería. Siempre he tenido una puntería sorprendente. Cualquier animalillo que pasaba ante mi vista caía muerto, ninguno se me escapaba. Mi padre presumía mi habilidad con sus amigos, pero ahora cargo un fusil de alta precisión, estoy en la guerra. Me recluté cuando supe que los Trokers habían matado a mi padre. Soy parte de una compañía de fusileros. Regresamos a la granja para pasar la tormenta. Éramos doce y sólo quedamos nueve. El capitán nos dio la orden de que volviéramos a la granja para resguardarnos de la tormenta. Estuvimos en ésta hace unos días y ahora que regresamos la familia está de luto. Los Trokers estuvieron hace pocos días aquí. Violaron a la madre y a la hija y asesinaron al padre y al abuelo cuando pretendían defenderlas. El hermano mayor está acostado inválido por un balazo que le afectó la columna vertebral. Después de escuchar su relato ardo en indignación. Pasamos una noche tempestuosa. Todos estamos serios y tristes, plenos de rabia. Por la noche nos llevan un puchero caliente y mantas. Temprano en la mañana el vigía da la voz de alarma, una compañía de Trokers se dirige a la granja. Querrán guarecerse del mal tiempo. Alguno de los soldados que estuvieron aquí les habrá comentado su ubicación y les habrá dicho que además de la comida aquí se hallan dos mujeres indefensas a las que podrán violar y después matar. El capitán nos apremia a defendernos. Unos adentro y otros afuera bien escondidos los esperamos. Contamos a los Trokers, son treinta y dos y vienen bien armados. Nosotros contamos con rifles de precisión y metralletas. Los Trokers caminan lentos, muy fatigados por su larga jornada. Seguro creen que sólo la familia está en la granja. Nos preparamos. Será la primera vez que mate a un hombre. La hija viene y le presto los prismáticos. Reconoce algunos de ellos y me indica quien hirió a su hermano y quienes mataron a su padre y a su abuelo. Procuro identificarlos para vengarla. El capitán nos indica que apuntemos a uno diferente y que esperemos la orden de fuego. Le digo a la hija que a quién quiere que apunte y me señala al que invalidó a su hermano. Lo tengo en la mira. Para mí es cosa hecha. El capitán da la señal y abrimos fuego. Caen ocho hombres y los demás corren. Alguien erró el disparo. Yo le atizo a varios a plena carrera como animalitos en el bosque. Luego el silencio. Han rodeado la granja y se han ocultado en el bosque. Preparan su contraataque. Sólo tenemos rifles, metralletas y granadas que por la distancia no nos sirven para atacarlos. Empieza el contraataque con obuses y metralletas. Apenas asoma uno y le atino a la cabeza, he contado seis muertos a los que he victimado. El fuego es intenso y percibo como se han ido acercando. Algunos de mis compañeros han muerto y quedamos apenas cinco. La madre está muerta alcanzada por las esquirlas de un obús. Una granada destruye el techo y una viga me cae en las piernas y me las rompe. Estoy en el suelo sin poder moverme. No siento dolor en medio de ese infierno. Tomo la metralleta para defenderme. Tratan de entrar por la puerta y con la metralleta baleo a dos pero avientan una granada y mi cuerpo vuela destrozado. Estoy muerto y me veo desmembrado. Los Trokers muy diezmados entran en la casa y matan a todos. Buscan a la hija pero una granada la descuartizó. La casa de la granja no sirve para nada. Muchos Trokers han muerto y los que quedan ni siquiera podrán usarla como resguardo ya que está destruida y en llamas.

- Aprendiste a no rendirte y a no entregarte a la falsa misericordia de tus enemigos.
- ¿Y los demás? Nos envían y luego nos abandona.
- No, no es así. Cuando ustedes invocan nuestra ayuda es para que suprimamos un dolor que deben de sufrir o evitemos una experiencia que tiene que vivir. Lo que nosotros apoyamos es el fortalecimiento de la voluntad y la iluminación. Cualquier desgracia por dolorosa que sea con la muerte tiene un término y se convierte en una experiencia necesaria. La condición más ignominiosa después de la muerte deja de serlo y se transforma en conocimiento.
- Acude a mí otro recuerdo muy vívido: Trabajo como capataz en una mina. Soy un hombre corpulento y de carácter violento. Además lo exagero porque me gusta ganarme la aprobación de la familia de mi esposa que es la dueña de la mina. Mi suegro me presiona para que sea duro e inflexible y yo cedo, primero porque su personalidad me impone, segundo porque soy bien remunerado y la clase de vida que llevo cuesta mucho dinero. Además yo no pertenecía a la clase social en la que hasta ahora soy aceptado. Mi esposa me ama, pero su estilo de vida y las costumbres de su familia son inflexibles. Gracias a mi carácter enérgico e intolerante con mis empleados y la estricta sumisión a la familia de mi esposa me mantengo como el hombre de confianza. Estar a la altura es mi mayor preocupación. Muchas veces me avergüenzo del grado de indignidad al que me puedo prestar, pero al ver a mi encantadora esposa de la que estoy

enamorado como un loco, al contemplar a mis hijos admitidos en las altas esferas sociales y el estilo de vida que llevo me envuelven y procuro olvidar los incidentes bochornosos.

-   Con objeto de bajar los costos de producción los dueños se niegan a implementar las medidas de seguridad que se requieren. Trato de convencerlos pero la mirada de mi suegro me intimida y cedo. Estoy preocupado, sé que una grave amenaza se cierne sobre los mineros. Pasan varios hasta que se produce el accidente. Una explosión derrumba un túnel y sepulta a catorce mineros. Mis patrones acuden con sus abogados y representantes y logran salvar las responsabilidades de la empresa pero yo me desmorono. Me siento sucio y cobarde. Sé que soy culpable. Lloro de vergüenza y mi esposa intenta consolarme. Ella es rica, hermosa, es una aristócrata y la vida de esos miserables no le interesa pero yo sí le preocupo porque me ama. Veo a mis hijos y me siento indigno. Ella en nombre de nuestro amor y del de nuestros hijos me exhorta a superar el incidente y me alienta a seguir adelante. Pero no puedo, no me atrevo a volver a dirigir la explotación de la mina. El día del sepelio acudo solo. Veo el dolor de las familias y sus miradas acusadoras. Pero estoy decidido. En un memento de silencio tomo la palabra y con voz fuerte para que todos me escuchen les pido perdón. Las lágrimas inundan mis ojos y el llanto me cierra la garganta. Sacó una pistola de mi abrigo y me disparo en el paladar. Me veo muerto. La gente se agolpa a mí alrededor.

-   Te vendiste al sistema y luego la vergüenza ante tu infamia. Doloroso pero aprendiste una dura lección.

-   ¿Y los demás?

-   Cada quién debe acudir a su propio rescate.

-   Ahora sor una mujer indígena. Soy vieja y desdentada. Mí cabellos largos y canosos están enroscados en una trenza. Cabellos canosos y negros. Soy muy bajita. Vivo de tejer cestas. Soy sumamente pobre. Duermo en un petate en un jacal. Cuando hace frio paso una noches helándome tapándome con papel y trapos. Me he acostumbrado al sufrimiento y no aspiro a nada. No sé leer y nunca fui a la escuela. He visto morir a mis padres, a mis hermanos y a algunos de mis hijos. Tuve varios maridos aunque nunca me casé, unos se fueron, otros murieron.

Estoy muy cansada y deprimida. Quiero llorar pero el llanto no me sale ni me consuela. La muerte de mi nieto que era mi compañía me ha roto el corazón. Salgo por la noche. Llueve y hace frío pero no quiero regresar al jacal. La lluvia y el frio me hacen enfermar. Agonizo en un petate y muero sola. Veo mi cuerpo inerte y siento un gran alivio de haberme desprendido de esa miseria de vida.

- Discriminación, pobreza, segregación, dura prueba. Pero de todo se aprende. Pediste esa vida para redimirte de tu anterior existencia.
- Entiendo que fue un castigo.
- No, aquí no se castiga nada ni a nadie. Tu propia conciencia te presionó y por eso escogiste una historia de redención.
- Ahora soy un guerrero. Alto, moreno, con mi pelo lacio y crecido. Uso casco. Los caballeros del Templo vendrán a atacarnos. Los vemos venir. Se despliegan en sus caballos. Mi hermano enfrenta a su líder y este con certero golpe lo mata. Tomo una lanza y lo desafío. Me embiste pero primero ataco a su caballo, lo ensarto. Se encabrita y lo tira. Tomo mi daga y me aviento sobre su cuerpo. Antes de que se reponga le abro la visera. Nuestras miradas se clavan una en la otra. Sin perder tiempo le apuñalo los ojos. Segundos después uno de los caballeros me cercena la cabeza. Caigo muerto. El caballero baja de su montura y se acerca al caballero muerto. Seguramente era muy importante porque enseguida vuelven la mayoría. La lucha cesa. Con una especie de parihuela llevan el cadáver y se alejan. La tribu se salvó.
- Tengo un recuerdo feliz. Soy el traductor de Duque. Vivo en una capilla medieval rodeada de bosque. Me encanta. Me gusta traducir los viejos pergaminos y el Duque valora mucho mi labor. No me falta nada. Soy un erudito y me apasionan los conocimientos que se describen en los pergaminos. El Duque me invita a veladas para que le exponga mis hallazgos. Es un hombre generoso conmigo y paga espléndidamente mi trabajo.
- La felicidad también es parte del aprendizaje.
- Ahora me veo en una montaña helada. Hemos ido de excursión un grupo de amigos y nos alejamos del albergue. De pronto mi novia Brenda cae, se golpea contra una roca y se rompe la cadera. Está nevando intensamente. Por el tipo de accidente no

soporta que la movamos. Sufre mucho. Yo estoy desesperado, si no la llevo a un albergue morirá congelada. Mis amigos tratan de ayudar pero la nevada es intensa y deciden irse. Yo sé que si trato de ir por ayuda cuando regrese ella estará muerta por congelamiento. Todos deciden marcharse e intentan convencerme para que vaya con ellos pero no quiero abandonar a Brenda. Se van y me quedo con ella. Los dos morimos congelados.

- Valor, compasión, lealtad, solidaridad, vergüenza. Eso fue lo que fuiste desarrollando, lo demás no cuenta. En sus fantasías los hombres imaginan que el Creador está al tanto de toda manifestación. Esto no es así. Dios dotó a toda su creación de inteligencia y leyes y a la vida además le infundió voluntad. Y sólo los valores fundamentales son dignos de conservar, lo demás es desechable.

- Me parece entender que la vida está hecha de hechos insignificantes y casi siento vértigo al contemplar todo lo ha de acontecer para que al fin un suceso sea significativo, algo recordable. Miles y miles de seres pasan a nuestro alrededor y ninguno importa nada. Ni siquiera podemos identificarlos

- Toda su existencia está enfocada hacia la conciencia de su individualidad y de su responsabilidad personal y paulatinamente entenderán su conexión con el cosmos. Pensar que Dios creo el espíritu con su voluntad, su capacidad de reflexión para que al morir su vehículo corporal con todos sus recuerdos se diluyera y unificara en el universo como parte de las simples manifestaciones energéticas es uno de los errores que a través del tiempo tendrán que superar. La continuidad de su historia personal es lo esencial de su existencia.

- ¿Y ustedes como intervienen en nuestra vida?

- Sólo a través de la iluminación y de hacer coincidir situaciones. Su vida es fundamentalmente azarosa.

- Sólo la guía, ahora entiendo.

- Ahora te propongo que enfrentes un reto. Estoy seguro que ya estás preparado y que tienes la fuerza de enfrentar una misión que implique a los demás de forma crucial. Ya salvaste a una familia, pero ahora un pequeño espera tu protección. Eso es una misión David, y ahora tú la tienes. Desde esta perspectiva puedes vislumbrar que la elegiste, desde luego con la aprobación de tu libre albedrío y mi consejo. Pero fue tu decisión. Pocas almas avanzan tan rápido como tú, pero han sido tu férrea voluntad y tu perseverancia lo que te ha propulsado. Todas las almas sin excepción tenderán hacia el sendero que las conduzca hacia el Creador. Un hombre poco evolucionado me preguntaría, ¿Por qué no sencillamente nos dan la sabiduría, la valentía y el amor en vez de encerrarnos en un cuerpo de animal? La respuesta es que debes merecerla. El amor no se regala, es producto de la evolución, del conocimiento. Cuando te sometes por tu propia voluntad a enfrentar el miedo, si lo dominas, el alma crece, pues el miedo turba el entendimiento.

- En el fondo sé que existen situaciones que me harían temblar de miedo. – reconoció David con humildad.
- ¿Estarías dispuesto a enfrentar una prueba para que reconozcas al David que te has convertido?
- David dijo atemorizado. - ¿A qué te refieres?
- Una prueba de valor.
- ¿Crees que lo lograría?
- Sin duda – dijo el Ser.
- No creo ser valiente. Además podría defraudarte – retrocedió David.
- ¿Consentirías ponerte a prueba? Ya invocaste al Cosmos y te respondió, porque te lo has ganado y ahora te pregunto si te sientes apto para cumplir tu promesa.
- ¿Tengo que morir en este momento?
- ¿Estarías dispuesto?
- Sí. En definitiva sí. – afirmó David.
- Tendrás que enfrentar una prueba de valor mucho más intensa ¿Estás listo?
- Espero que sí. - David se sentía asustado, pero a la vez decidido.
- Sé que saldrás airoso, pero ten presente que el valor sólo se consigue al vencer al miedo. No es un don que se otorga gratis. Mira este pergamino. Tiene una réplica de la fotografía de un hombre que fue atacado por defender a su perrito de un mastín.
- Que espantoso. ¡Cuánta sangre! ¿Sobrevivió? – La cara de David se contrajo ante la visión.
- Sí, sobrevivió y el perrito quedó ileso. Al mastín lo sacrificaron. ¿Qué sientes por éste hombre?
- Lástima y admiración.

- ¿Lástima? - Preguntó el Ser.
- El perro lo destrozó. Ve sus carnes desgarradas.
- Él abrazaba a su animalito y lo defendió al tenderse en el suelo, mientras recibía furiosas dentelladas de este salvaje animal. ¿Sientes su dolor?
- ¡Oh, sí!
- Concéntrate y trata de ponerte en su lugar, ¿Sientes su dolor?
- Por supuesto.
- Pues tu lección será la diferencia entre imaginar y vivir la experiencia. Así aprenderás que no podemos crecer sólo con el intelecto. Tenemos que experimentar para entender. La vivencia constituye la base de tu esencia.
- ¿Cuál será la prueba? – preguntó David atemorizado.
- La diferencia entre sólo imaginar y experimentar en carne propia.
- ¿Será terrible?
- Así es. Pero no es forzoso que lo vivas. Sólo si estás dispuesto a crecer.
- David comenzó a sudar. Sabía que elegía una alternativa durísima. - ¿Tan dolorosa será?
- Si David, pero como siempre, estaré a tu lado.
- De acuerdo - dijo temeroso. - No me desampares.
- Nunca lo he hecho.

David vio que se aproximaban dos personas vestidas con trajes de cuero negro Tenían el aspecto de guardias de la reserva especial. Los dos eran altos y fuertes. Un hombre y una mujer.

- ¿Y ellos? Percibo su maldad.
- Vienen por este pergamino. Sin embargo es tu conexión con el Cosmos. Por medio de éste me comunicaré contigo. Tú decidirás hasta donde lo defiendes.
- David se paró y empezó a correr. Los dos guardias mucho más ágiles que él, pronto le dieron alcance. La mujer con su látigo enlazó sus pies y lo hizo caer de bruces. Se oyeron carcajadas de burla. - Danos el pergamino. – Le exigieron.
- No. - David lo guardó en la bolsa de su pantalón. El hombre le dio una patada y la mujer encajaba su filoso tacón en su muslo. David emitió un grito de dolor.

- ¡Danos el pergamino! - David se negó. Le dieron una patada en la cara y un latigazo que le cortó el cuello. - ¿Cuánto crees que aguantarás idiota? - El hombre intento meter la mano para arrancarle el pergamino, David sintió su fuerza, sus manos las palpaba como pinzas de hierro, sin otro recurso empezó a retorcerse y le mordió el brazo. El tipo retiró la mano y la mujer como poseída le propinaba tremendos latigazos en la cara que cortaron su mejilla y le dejaban surcos profundos. La sangre escurría por su cuello. El hombre volvió a tratar de quitarle el pergamino y David le picó los ojos. El hombre pegó un grito y se llevó las manos a su cara. La mujer furiosa azotaba el cuerpo de David hasta que el látigo se enrolló en su brazo. Empezaron a forcejear. David lo soltó y ella resbaló. Se incorporó con rapidez pero David alcanzó a brincar a un tubo vertical y por este pudo deslizarse hacia un piso inferior. Los guardianes corrieron a las escaleras tras de él. Pero él alcanzó a llegar a un corredor con una abertura profunda, si caía, quedaría muerto. El miedo de verlos lo hizo tomar impulso y saltar. Ellos no lo hicieron. -Trae a los perros.- Ordenó el hombre. David huía cuando escuchó el ladrido de dos enormes mastines que iban a cazarlo. Al levantar la vista los vio correr escaleras abajo. Se detuvo para buscar con que defenderse. Encontró una varilla. Con ésta esperó a los animales. El primero se lanzó sobre David y le pudo encajar la varilla en el hocico penetrándole la garganta, pero el segundo perro se abalanzó sobre su pierna y lo derribó Con feroces dentelladas le destrozaba el músculo de la pantorrilla. David extrajo su cúter y le rebanó los ojos. El perro aulló y lo soltó. Resolvió liquidar al mastín y le dio un tajo en la enorme lengua. Se paró apoyado en su pierna izquierda agarrado de un barandal. Tenía el músculo de la pierna derecha desgarrado. No pudo sostenerse y volvió a caer. Empezó a arrastrarse para cambiar de corredor. Un piso arriba los guardias contemplaron la escena. Decidieron enviarle más perros para liquidarlo.

Momentos después escuchaba el ladrido de una jauría. A pocos metros había una endeble puerta de alambre, entró y la cerró. Como ratas en un laberinto lo buscaban. David miraba hacia abajo, eran las cloacas de la nave. Los desagües de toda clase de desperdicios.

Los perros llegaron a la puerta y comenzaron a brincar, intentaban alcanzarlo. Poco después la puerta cedió y vio como los perros salvajes lo iban a atacar. Justo antes de que lo alcanzaran David se lanzó a la inmundicia con la mejilla cortada, múltiples heridas sangrantes y la pierna desgarrada. Cayó y un manto de lodo amortiguaba el golpe. Materia fecal convertida en barro suave por la combinación del agua de los baños y los orines. La corriente lo arrastraba con lentitud. Había pedazos de mierda flotando, de basura, orines que se revolvían con el agua, todo alrededor de su cuerpo se mezclaba con sus heridas, con su sangre. La corriente lo alejaba de aquellos furiosos animales. Por espacio de varios minutos estuvo en esa inmundicia hasta que llegó a una escalera de grapas. La pierna le dolía a tal grado que sentía que perdía el sentido pero no quería perecer enterrado en ese mar de fango y suciedad. Con los brazos trepaba por las grapas. Una de sus piernas estaba destrozada y él músculo sangraba desgajado. Con lentitud y como pudo subió peldaño a peldaño hasta que pudo llegar a la tapa de una coladera. La levantó y salió a la cubierta de primera; sangrante, batido en mierda desde la cabeza a los pies y con un olor nauseabundo. David se arrastraba y se acomodó. Minutos después se desmayó del dolor. Los transeúntes lo miraban asqueados, se tapaban la nariz y se alejaban horrorizados. Se presentaron unos hombres con una manguera y lo trataron de limpiar con el chorro del agua sin acercarse. Un violento aguacero se desató y lo dejaron desamparado en la intemperie. Allí permaneció el resto del día y toda la noche. Todos los que pasaban veían un espectáculo del que huían espeluznados. Daba asco y despedía un olor repulsivo. La mañana llegó y David solo deseaba morir, tenía dolores insoportables y estaba congelado. Sabía que se había infectado de diversas enfermedades y que quedaría cojo y marcado en las mejillas. Tenía los párpados pegados a los ojos y no podía abrirlos. Pensaba que quedaría ciego. Recordaba con asco como había tragado de ese lodo inmundo. Nadie le prestaba auxilio. De entre la multitud que miraba a distancia se abrió paso un hombre vestido con un manto. Lo envolvió con una sábana y al tocarle la frente el dolor cedió. El hombre lo cargó como si no pesara. Como si fuese un muñeco de algodón lo levantó y se lo llevó. Ya fuera del alcance de los mirones, le sonreía y le dijo: - Eres un alumno muy adelantado. ¿Tu pergamino? - Le preguntó - David metió la mano en la bolsa y se lo enseñó. – Excelente. Ves estas manchas en el reverso de la imagen. David asintió – Por medio de ellas me comunicaré contigo. Sólo tú podrás interpretarlas - David no se reponía aún del trauma - Bien, muy bien, ya sabes porque estás en esta nave; tienes que vivir la experiencia para comprenderla - David asintió otra vez – Duerme confiado, que yo estaré contigo para que cumplas tu misión. Estoy orgulloso de ti.

4

Al regresar de la alucinación

David despertó con una máscara de oxígeno en la cara. El dueño del bar temeroso de que David lo demandara llamó a un doctor. Le colocaron una mascarilla. David con lentitud volvía en sí. Al despertar le retiraron la mascarilla.

- Tremendo susto nos ha dado. - Dijo el dueño del bar.
- David se reponía de su alucinación, con la mente en blanco. Poco después reconocía el sitio. Se encontraba acostado en un cuarto del bar. Unos chicuelos le echaron un ácido a su bebida. El efecto del alcohol y la droga produjo una extraña alucinación. Se sentía tan mal que fue al baño a vomitar. Le subieron un café bien cargado y unas pastillas con bicarbonato. El dueño del local estaba a la expectativa. Preveía que David se enojara y presentara una denuncia. – Temeroso le preguntó - ¿Cómo se siente?
- Mareado, será mejor que me acueste. Deme agua simple por favor. - David tomó unas pastillas para quitarse la jaqueca. - ¿Me permite dormir aquí?
- Por supuesto.
- Tranquilícese, cuando me despierte estaré mejor y me iré.
- ¿Si algo necesita? - Dijo solícito el dueño.
- Yo lo llamo, se lo prometo. – Con sigilo salieron el dueño, el doctor y un ayudante.
- Ya afuera el dueño comentó: No creo que haga lío. Se ve un hombre pacífico.

Horas después se despertó y fue en busca del dueño. Éste acudió a su encuentro con su cara asustada. David le dio las gracias por sus cuidados y se retiró.

5

El pergamino

David salió del bar. Caminaba aturdido. Abordó un tren rumbo a su camarote. Se bajó del vagón y fue a un restaurante. Después de beber dos cafés minuto a minuto se sentía mejor. De pronto palpó algo en su pantalón, una tela. Metió la mano en el bolsillo y sacó un pergamino flexible como una tela, el cual tenía impresa la fotografía del hombre que fue atacado por un mastín al defender a su mascota. Lo revisaba con minuciosidad. Distinguía el cráneo de un pequeño con su cabeza rapada. La observaba con atención y descubrió una mancha en su cráneo, arriba de la oreja derecha. Entonces pudo ligar las dos imágenes, el recuerdo se hizo nítido en su mente. Volteó el pergamino y leyó:

"Hiciste un pacto con el Cosmos. Estaré contigo para fortalecerte, pero siempre podrás apelar a tu libre albedrío"

Trataba de descifrar el significado de las imágenes y el mensaje. Por un lado el hombre que defendía a su mascota, por otro, el accidente y recuperación del pequeño con su mancha en la cabeza y el texto. La afirmación era categórica: "Hiciste un pacto con el Cosmos". A su memoria acudía el recuerdo de su invocación. Se estremeció y recapacitó. Se dijo: "Por mi intervención se evitó ese espantoso accidente y todo el destino de esa familia cambió, tal como lo hace un tren cuando el conductor modifica la dirección de las vías. Su futuro será distinto. Por lo mismo, debo suponer que mí trayecto también se alterará" Tuvo una reacción de escalofrío. Se preguntaba "¿Hacia dónde me llevará esta nueva ruta?" Con cierta inquietud intentaba enlazar las piezas de ese acertijo. Se preguntaba: "¿Tendré que ofrendar mi vida o sólo defender a alguien con valor tal como lo hizo el hombre con su perrito?" Seguía pensativo, trataba de recordar detalles: "¿Cómo llegaría este pergamino a mi bolsillo? Conjeturaba que era posible que los jóvenes del bar le jugaran la broma. "Parece la explicación más lógica" Guardó el pergamino procurando olvidar el incidente, pero no podía. Un oscuro presentimiento sobre el significado de ese mensaje lo dejaba muy inquieto.

CAPÍTULO 5

Origen mágico del 21

Walter fue a una de las salas de su camarote. Contaba con tres que usaba de acuerdo al número de asistentes a sus reuniones. Tenía un nutrido grupo de amigos a los que denominaba "mis cuates" Les hubiera llamado camaradas porque sonaba más eufónico, pero este término había quedado en desuso después de que con este se identificaran los seguidores del barbón filósofo del odio y sus tres ángeles de la muerte que causaron cien millones de muertos entre deportados, desaparecidos y fusilados. Su gran idea preconizaba que los problemas entre los hombre pueden resolverse a través del asesinato, el despojo y la deportación. Esta idea que pretendió combatir el gran mal de la explotación con la violencia resultó de una crudeza sin par, el burocratismo totalitario militarizado encumbró a seres de la peor estofa y les dio el poder para que lo usaran brutalmente. Debido a que la palabra camarada ahora implicaba pertenecer a aquel grupo ignominioso mejor los bautizó como "mis cuates" y le servían para disfrutar y llenar los espacios ociosos que le permitía su trabajo. Él era un hombre simpático e irreverente y un ateo consagrado. Esa mañana iría a jugar tenis con Raúl y Claudia que eran ostentosamente devotos, Walter se burlaba diciéndoles que ellos tenían mucha culpa de los problemas humanos ya que continuamente declaraban "Alabado sea el señor, Aleluya, aleluya" y entonces distraían al Dios que habían escogido, porque había varios a elegir, y como éste era muy educado y vanidoso, además de enojón y vengativo, gustaba de que todo el tiempo sus fans estuvieran alabándolo y cantando sus glorias, pues se distraía al contestarles "Gracias hijo" y por lo mismo perdía la atención y un niño bajo su cuidado se ahogaba y enseguida "Aleluya, aleluya" y otro niño caía de las escaleras.

Raúl le refutaba que debería de creer en Dios para que dejara de ser tan superficial y él le contestaba que buscaría en internet las diversas ofertas de Dios, sopesando cual hacía más milagros y concesiones a sus hinchas. También les decía que se fijaría bien ya que no le placía decirle "Aleluya, aleluya" y cantarle las alabanzas a un Dios que le pidiera a sus fans ir a matar a los infieles, tal como sucedió en la cruzadas donde cada Dios armó a su equipo, y que lo peor es que ese campeonato ya llevaba mil años con resultados muy confuso en el marcador y con miles de muertos en la hoguera o por la bombas que se destinaban a matar a las mujeres y niños de sus contrincantes. Walter les decía que buscaría un Dios pacifista y eso no era fácil de encontrar.

Walter tomó el periódico matutino y fiel a su costumbre se dirigió a su jardín para leerlo. Iba envuelto en una fina bata de seda azul y con pantuflas. Hacía una mañana soleada. Doña Catarina le llevó una jarra de jugo y un platón de frutas con queso y le preguntó que le apetecía de desayunar. Era un hombre muy alto y corpulento y su mayor reto era controlar su propensión a la obesidad.

Tenía cuarenta años y era soltero por elección. Ni por asomo pensaba casarse y menos criar hijos. Tenía una amante con la que llevaba varios años de relación pero no era la única mujer con la que tenía relaciones sexuales. No obstante, no todo en su mente era burla y trivialidad. Fue hijo único y sus padres fueron una pareja que se amó profundamente. El primer gran dolor que le marcó para siempre fue la muerte de su madre. Él y su padre sufrieron un luto por años y aunque éste se recuperó no quiso casarse otra vez. Decía con cierto cinismo que como estaba viejo le era más cómodo y barato conseguir carne fresca en el mercado en lugar de estar mendigando amor y aceptación. De su padre Walter heredó su carácter práctico y utilitario pero también aprendió el sentimiento del amor y la lealtad. La vida le reservó otro golpe devastador cuando murió su padre. Por la mañana desayunaron juntos y al mediodía le comunicaron que su padre había sufrido un accidente y había fallecido. Lloró como desquiciado y se derrumbó. Mariana y David estrecharon más que nunca su compañía. Walter fue acogido por la familia de Mariana y a pesar de que no se fue a vivir con ella casi todas la noche se quedaba a dormir en el sofá. El mismo David se quedó a dormir en el sofá durante incontables noches para respaldarlo. Mariana que era tierna y protectora lo cuidó como a un hermano. Ella y David fueron su constante compañía por todos los meses que le llevó reponerse de ese agudo dolor. Walter recibió como herencia los bienes de su padre que eran muchos y cuantiosos seguros de vida. Su holgada situación le permitía tomarse la vida a la ligera y sólo ante la muerte, con la simple palabra, retrocedía asustado.

Ojeando el diario miró un artículo que hablaba sobre el número mágico veintiuno. Alguna vez escuchó una historia de cómo surgió el mito y que era un claro ejemplo de la gran cantidad de situaciones que en la sociedad humana se originan por una deslumbrante intuición y luego se tergiversan hasta plantear las situaciones más absurdas aunque tan sólidas como el acero e inflexibles como las leyes de hierro.

El escritor narraba: "La historia del veintiuno empezó en la buhardilla de un genio, que por su capacidad de abstracción había descubierto el principio de las matemáticas: el uno, la unidad. ¡Genial!. El ser humano era el único animal capaz de entender la unidad. El sabio continuó con sus elucubraciones: dos veces la unidad, y halló la suma. ¡Oh maravilla! Solamente una inteligencia de primera clase sería capaz de crear el concepto, asimilarlo y utilizarlo. Y siguió, adicionando otra unidad, y encontró el tres. Tres veces la unidad, ¡Oh! Prodigio había emergido de lo invisible la multiplicación. Le sustrajo uno y ahora de la nada surgió la resta, ahora lo dividió contra sí mismo y ahí estaba otra vez la unidad. Que portento de mente y ahora era por completo claro que únicamente el sorprendente intelecto humano podría entender y correlacionar estas complicadísimas concepciones. Porque solo los humanos podemos desentrañar tal conjunción de elementos abstractos y derivar de ahí las más complejas fórmulas matemáticas y luego aplicarlas al mundo objetivo y así configurar las grandiosas leyes de ingeniería y física". Walter quedó pensativo aceptando que esos razonamientos implicaban una inteligencia descomunal y no solamente el que los creo sino cualquiera que pudiera entenderlos y utilizarlos. Continuó leyendo:

"Pero así como somos geniales para concretar lo abstracto, igualmente lo somos para tergiversar lo concreto y también erigimos formidables catedrales sustentadas en el absurdo".

"Porque ahí no se detuvo el razonamiento. Otros sabios retomaron la teoría y la perfeccionaron. Empezaron con la siguiente reflexión: si tenemos el dos y le añadimos otra unidad, tendremos el 3. Y entonces emergió un típico razonamiento humano, el tres era superior al dos porque tiene más unidades. Con la aprobación general, otro fabuloso sabio aportó la prueba de que el cuatro era superior al tres y uno más contribuyó con vigorosos argumentos para demostrar que el cinco era todavía mejor. Y entonces se precisó una teoría de la ética, estética y política sobre el valor intrínseco de los números de acuerdo a sus propios méritos".

"La circunstancia se complicó cuando para algún cálculo específico se requirió dividir catorce entre dos llegando a la conclusión de que el resultado correcto era siete. Pero como la teoría del valor ético sostenía que el ocho era superior al siete, aquel resultado forzosamente era erróneo. Poco después apareció otro catedrático más perspicaz y estudiando a fondo el asunto entendió que el siete si era el número correcto pero que había que agregarle el número trinitario, el tres mágico por lo que el resultado indudable era el diez. Tiempo después un místico más adelantado gracias a su grandiosa intuición dedujo que no debió adicionarse sino multiplicarse y que el resultado correcto era el veintiuno y quedaba por completo demostrado ya que la suma del dos y uno del 21 nos llevaba al número trinitario Y fue así como se desarrolló la filosofía del veintiuno. Nadie recordaba que el origen fue un misterioso catorce entre dos que nunca se supo de dónde provino. Pero examinando a los números primos, el siete y el tres parecieron tener propiedades únicas. Todo el equívoco surgió porque se mezcló cantidad con cualidad, pero ahora ya perdido su origen, los más descollantes eruditos se daban a la tarea de desentrañar el auténtico número mágico. Cuando lo hubieron descifrado y legalizado, los políticos y religiosos fijaron las reglas para que todo el pueblo lo supiera y le rindiera homenaje, lo comprendieran o no y asignaron los castigos para aquel que osara desobedecer o poner en entredicho la preponderancia absoluta del número mágico".

Cuando Walter leyó esta historia se desternillaba de risa, pero no le era desconocido como se había implementado la valenciana en el pantalón de los hombres o para que servían los amplio vuelos de los vestidos de las mujeres. Muchas de las leyes que regían a la población tenían un origen mucho más oscuro y mucho más absurdo.

Pero el artículo no terminaba ahí, a continuación narraba "cuan sencillo fue para un renombrado profesor de física unir el concepto a términos matemáticos para clasificar el grado de belleza de un rostro. La fórmula consistía en tomar el ángulo inclinado y agregarle el número apropiado, el cual podría ser incrementado o disminuido de acuerdo a la proporcionalidad. Este ser superdotado dio con el número apropiado y cuando su fórmula se adaptó por primera ocasión a las tortugas, todo mundo pudo percatarse que aunque parecían similares, presentaban sutiles diferencias por lo que era indiscutible que unas eran más hermosas que otras. La industria floreciente de explotación de la tortuga en el barco tuvo ese origen. Un ejemplar de rostro perfecto podía costar millones" Y Walter reía acordándose en los concursos de perros y de la señorita más bella de la nave.

Y aquel periodista en su artículo fue aún más lejos al analizar: "Cómo se aplicaba este modelo para la evaluación de un rostro humano: Tomemos un hueso con forma oval, le cavamos dos cuencas y le agregamos canicas redondas y las circundamos de pelos, las pestañas. ¿De qué color debe ser el iris de la canica? ¿A qué profundidad debe estar en la cuenca del ojo? Esto es muy trascendente porque tal canica será el espejo del alma. A tal figura le rendirán los enamorados y será motivo de un amplio sistema de elucubraciones. Será protegido por cortinas plegadizas de delicada piel. Pero, y aquí surgió un cuestionamiento vital: ¿Cuál es el color más adecuado para esta cortinilla? Importantísimo, porque bajo el esquema del pigmento del pellejo de esta cortinilla, que será igual para el pellejo completo del cuerpo, se establecerá uno de los más portentosos y fabulosos sistemas de valoración humana. Proporcionará un método de estratificación categórica sobre quien tiene que ser esclavo, que seres son de primera, de segunda o tercera clase o sin clase simplemente. Y entonces esto da pie para que aparezcan los profetas de la actitud mental positiva, "Tú puedes mejorar tu sistema de clase mediante la fuerza de tu voluntad. Lucha y escalarás de la tercera clase a la segunda y ¡Nada es imposible! Incluso podrás ascender a la primera clase si tienes los suficientes méritos." ¿Cuáles son estos méritos? – preguntó un ser segregado y tuvo que voltearse hacia los poderosos: los políticos, empresarios, banqueros, economistas y teólogos para que se lo aclararan ya que ellos eran quienes inventaban la verdad. Ya con la posesión de tan maravillosa asesoría tenía los medios para conformar su vida y declarar al final de ella si fue él un éxito o un fracaso. Que simple es la vida. Así de sencillo"

Aquel artículo provocó sendas risotadas en Walter, sin embargo recordaba como muchos de sus amigos se ceñían a verdades de origen por completo dudoso y absurdo y las utilizaban como guía de su vida. Tantos seres que entregan su vida entera y todo el vigor de su voluntad para ajustarse a preceptos que van en contra de la enseñanza original pero que han sido moldeados y transformados por la sabiduría inmemorial de los seres iluminados de nuestra ínclita sociedad.

2

Mariana se enamora

En la empresa para la que Mariana vendía joyas, organizaron un curso de especialización sobre la apreciación de las alhajas. Mariana acudió con puntualidad a su cita. Era una mujer responsable y respetuosa. Si la citaban a las nueve, ella llegaba por lo menos quince minutos antes. Escogía su asiento hasta adelante de la sala, casi por costumbre enfrente del profesor. Dejaba su bolso y su libreta en la mesa y se preparaba un café. Cuando el Profesor entraba, ella ya lo esperaba en su asiento.

Un nuevo maestro estaría a cargo del entrenamiento. Un Físico Químico que Mariana no conocía. Pero este hombre era un experto en la materia. El curso no prometía mucho, debido a la amplia experiencia que ella tenía sobre la pedrería y las alhajas, pero la convocaron y ella siempre cumplía sus compromisos. Varias de sus compañeras platicaban de pie, en grupos cuando el maestro entró. Todos se dirigieron a sus asientos. Junto a Mariana se sentó una nueva vendedora, inexperta aún y que Mariana era la primera vez que veía. Se saludaron con afabilidad pero sin interés alguno. Mariana la observó y le pareció una muchacha joven muy atractiva. Dedujo que era una madre soltera porque en su cartera estaba retratada con su bebé, pero no aparecía el papá. Sus modales eran coquetos. Era una mujer muy llamativa según su opinión.

Ya con todos en sus lugares el profesor se presentó. Era un hombre esbelto. Mariana le calculó como cuarenta y cinco años. Su experiencia le había enseñado que los profesores que impartían cursos no eran personas prósperas. Nadie aprecia a un maestro en lo que en verdad vale. Eso sólo se daba con los catedráticos reconocidos, pero no con los free lancer; personajes bastante competentes casi siempre presionados por la falta de recursos económicos y que por lo tanto se conformaban con las ofertas de trabajo que les proponían. El curso inició. Ese maestro, tuvo que reconocer, era un hombre versado en su tema y portaba muestras muy valiosas, algunas desconocidas para ella.

El maestro daba su explicación al grupo pero con una rara insistencia volteaba a verla. Era tan persistente que la turbaba. La joven que se sentó junto a ella procuraba atraer su atención con incesantes preguntas que él respondía con peculiar conocimiento y en forma muy explícita; pero al concluir su explicación, le lanzaba una mirada furtiva a Mariana. El maestro comprobaba su experiencia, se movía con seguridad enfrente del grupo, su voz era clara y estaba relajado. Eran menos de cuarenta personas, la mayoría mujeres. En medio de ellas Mariana se sentía a sus anchas, a muchas las conocía en forma superficial de mucho tiempo atrás, los demás no le interesaban. Ninguno de sus compañeros le llamaba la atención. El maestro proseguía su exposición, pero no dejaba de verla con disimulo. Pero esto no pasó inadvertido para la joven que empezó a insinuarse. Mariana consideraba la conducta de su compañera sentada a su lado como vulgar. Pero aquel hombre habituado a tratar con diversas personas, era inmune a sus coqueterías. Mariana percibía las rápidas miradas que el profesor le lanzaba. Se sentía halagada pero también un poco intimidada. Ella estaba acostumbrada a pasar desapercibida. Hacía mucho tiempo que no recibía un halago directo. Si, le hablaban con afecto, pero con indiferencia. La clase continuó y las miradas furtivas prosiguieron. Sobrevino el descanso. Una compañera se le acercó cuando se servían café le dijo – Mariana, creo que el profesor ha quedado prendado de tus encantos. - Mariana trató de adivinar si esta compañera se burlaba de ella. - ¿Por qué lo dices? – Preguntó un poco asombrada y su colega le contestó – Es obvio como te ve. Conozco a los hombres. - Un compañero se incluyó para charlar y el asunto quedó en suspenso. La plática se desvió a otros temas. Al poco rato la clase se reanudaba. Mariana estaba inquieta. No quería ser el centro de habladurías pero el profesor no cesaba de mirarla. No la veía en forma directa y Mariana para no provocarlo, no preguntaba nada. La joven se propuso ganarle la inclinación del maestro. Era hábil, no obstante, ella lo dejaba indiferente. Mientras respondía su pregunta la miraba con atención, pero al finalizar otra vez por un instante contemplaba a Mariana. La estaba poniendo nerviosa. Al llegar la hora de la comida se hicieron grupos. Retornaron y Mariana se sentó en otro sitio, apartado de la vista del profesor. La joven se acomodaba en su misma silla, enfrente de él para proseguir su insinuación. El maestro la veía impávido, pero con persistencia buscaba la mirada de Mariana. Ella trataba de esconderse entre las espaldas de sus compañeros, pero parecía como si éste hombre se hubiera propuesto perseguirla. Al concluir el curso Mariana estaba bastante perturbada. Llamó a David. Le urgía desahogarse.

David fue en su busca y Mariana le contó sobre el comportamiento del profesor. Él la escuchaba interesado pero todo el suceso lo juzgó natural.

- Fue tan incómodo – le dijo quejándose.
- Tú eres una mujer muy atractiva. Es probable que hayas sido el tipo de mujer que a él le atrae.
- A mis años – Dijo incrédula.
- ¿Cómo que a tus años? Estás en una edad esplendorosa y eres una mujer extraordinaria.
- ¿A qué te refieres con que pudiera ser su tipo?
- Vemos cientos de personas, de súbito una de ellas capta nuestro interés. Debido a que estuvieron juntos todo un día, y tú le gustaste, él que no es un hombre apocado, decidió disfrutar de ti.
- ¿Sin siquiera hablarnos?
- Claro.
- ¿Qué crees que hice yo? – Le confesaba Mariana contrariada consigo misma.
- Ni idea
- Al despedirnos del maestro me miraba con una sonrisa inolvidable y en forma directa me dijo: - "Que fascinante eres. El hombre que es tu compañero recibe una oleada de embeleso cada vez que te ve. Qué suerte la de ese hombre" – Sin afectación pero con una seguridad que me dejó pasmada. Fue tan de improviso y como lo expresó en medio de mis compañeros no supe que contestar. – Gracias - le dije y me alejé. Él recibía las felicitaciones de los demás con una sonrisa cordial. Mientras bajamos por el elevador me sentía enojada conmigo, me decía - ¿Por qué, estúpida, no le contestaste?, "Inténtalo" o "Si tú lo quisieras" Una insinuación cualquiera. Con simpleza le dije gracias. Con frialdad fingida desvié mi mirada. – Estaba furiosa conmigo por haberme quedado callada y por ser tan cortante. Pero por un instante alcé mi mirada y vi la suya, cálida, envolvente. Tenía una expresión embelesada, tierna, que esperaba una muestra de aceptación. Pero fui

fría contra toda mi voluntad. Recordaba como él no le había prestado ninguna atención a ninguna de mis compañeras, ni siquiera a la joven coqueta que trataba de atraparlo. Salí del elevador y me entretuve para esperar que él lo hiciera. Estaba con otras compañeras que lo asediaban. Ellas se despidieron del profesor y él volvió a mirarme y me hizo un mohín que me apenó, como si me aventara un beso. Lo vi irse. Sentí que perdía mi oportunidad. Poco me faltó para correr en su búsqueda, pero me quedé como petrificada. – Mariana estaba alterada - Creerás que ya no me siento la misma. - David empezó a reírse. – Mariana le reclamó – No te burles, por favor.

- No lo hago. No me malinterpretes. Así de rápido se enamora uno.
- Siento como si se hubiera apoderado de toda mi vida en su puño.
- Pero ya no la tiene.
- Pero quisiera que la tuviera. ¿Puedes entender eso? No sé quién es. No sé siquiera si es un buen hombre, solo sé que me cautivó. Que estupidez. – se lamentaba Mariana.
- ¿No tienes posibilidad de volverlo a ver? - Indagó David
- Es la primera vez que lo veo. - Repuso desalentada.
- De seguro volverá a tu empresa.
- Rara vez volvemos a encontrarnos a los profesores. - Dijo desconsolada.
- Pero no va a desaparecer de la nave. Con seguridad lo localizaremos. – Trataba de consolarla y su mente buscaba alternativas. Mariana estaba muy perturbada. David quiso distraerla y la llevó a cenar.

Al día siguiente por la tarde, Mariana le llamó por teléfono. Fue directo al punto:
¿David?

- Dime Mariana. - La voz de ella sonaba agitada pero no triste.
- ¿Sabes de qué me enteré?
- Cuéntame.
- Que el maestro fue con Ofelia, mi amiga del departamento de ventas a preguntarle por mí. Le solicitó mi expediente y me dijo que lo revisó con mucho detenimiento. Eso no me

deja dudas de su interés por mí. Le pregunté a Ofelia cuando volvería y me dijo que preparaban más cursos para otros vendedores de la empresa. Que con seguridad volvería. No sé cuándo lo hará. Como sabes, casi todo el tiempo lo paso fuera de la oficina. ¿Qué hago? - Preguntaba angustiada.

- Pues rompe un poco tu rutina. Inventa un pretexto para quedarte hasta que lo veas. Ordena tus expedientes, lo que sea hasta que lo veas.
- Tengo tantas citas. Sabes que son largas.
- No Mariana, haz lo que debes de hacer. A como dé lugar permanece en la oficina hasta que vuelvas a conversar con él
- Ay David, mi vida transcurría tan apacible. Monótona si quieres, pero me sentía a gusto, tranquila. Por primera vez me siento rara. Anoche cuando me dejaste vi mi camarote tan vació y me observé tan sola, como si estuviera aprisionada. Como si viviera en una tumba. No podía dormir. Ni con la televisión me pude distraer.
- Mariana, estás enamorada – afirmó convencido.
- Ni siquiera sé quién es. – Se quejó Mariana
- Ya lo averiguaremos, mientras tanto tienes que propiciar otro encuentro, Es indispensable.
- No es guapo. Es atractivo, se ve pulcro. Es agradable. Y si da clases no debe ser un hombre rico ¿Por qué me he enamorado? - Dijo desconsolada. No había que hurgar muy hondo para encontrar la causa de su súbito enamoramiento. Su intuición había calculado en su subconsciente sus posibilidades y sopesado las conveniencias. Medía la atracción y la compatibilidad, entonces las hormonas se recombinaron y acto seguido el flechazo se disparó. En ese momento Mariana dejó de tener el control.
- Es tu tipo. Atracción mutua. Por favor Mariana haz lo que te pido.
- Como tú digas. – aceptó un tanto desconcertada.

Mariana procuró estar todo el día en su oficina. Ese día no se presentó Raúl, ni el siguiente. Pero al tercer día el profesor regresó a platicar con sus empleadores. Ella lo vio. El profesor no sabía que estaba ella en la oficina. La junta duraba horas. Apenas si se atrevía a ir al baño, temía que él saliera justo en ese momento. Las empleadas comenzaron a irse y la junta no terminaba. Escuchaba risas. Mariana procuraba fingir que estaba inmersa en una tarea muy importante. Era estimada en su empresa. Además era una de las mejores vendedoras.

Vigilaba ansiosa. Observaba cómo se levantaban. El maestro estaba con dos gerentes y otros dos funcionarios. Salieron juntos. Pasarían por fuerza por el sitio donde ella se encontraba. Estaba dispuesta a interrumpirlos y saludarlo. Tenía lista hasta una pequeña felicitación para el profesor. Se sentía temerosa. Caminaron unos metros y él la vio, se desprendió del grupo y fue a su encuentro.

- ¡Qué sorpresa! – comentó con jovialidad- ¿Qué hace usted a estas horas en la oficina?
- Tenía que ordenar mis expedientes. – Dijo ella para justificarse. - Me gustó mucho su clase - expresó ella con timidez.
- Y yo quedé como alelado ante su belleza. – dijo con atrevimiento.
- Es usted tan amable – trataba de ser coqueta, sin conseguirlo como hubiera querido. Sus compañeros aguardaban.
- Lo digo en serio – Mariana otra vez no supo que contestar. Sus compañeros fueron por él.
- ¿Te gustó el curso Mariana? - Preguntó uno de ellos.
- Fue magnífico – dijo ella para enaltecerlo.
- Pues lo vamos a premiar y nos vamos a celebrar. Ya sabes Mariana, aunque él no quería nos lo llevamos al Table Dance. - Le dijo uno de los gerentes.
- Diviértanse - Mariana intentaba disimular el aguijonazo de los celos. Irían a contemplar hermosas jovencitas descaradas por completo desnudas.
- Ha sido un placer volver a verla. – Dijo el profesor al despedirse con su mirada irresistible
- Igualmente profesor.
- Vámonos Raúl. Adiós Mariana. Nos vemos mañana. - Se despidió el funcionario de su empresa.

Se fueron entusiasmados, Raúl aún volteó para verla otra vez. Mariana quedó frustrada, celosa y furiosa. Se imaginaba el local, atestado de mujeres que se sentaban en las piernas de los hombres y que les permitían que ellos las manosearan. Guardó sus expedientes y empezó a llorar. Le llamó a David.

David estaba en una junta pero tomó la llamada.

- ¿David? - Preguntó a punto de llorar.
- Sí, Mariana.
- Tengo que verte enseguida.
- ¿Tienes algún problema? - Indagó preocupado.
- No, sólo que me urge platicar contigo.
- ¿Dónde estás?
- En mi oficina
- Vete a tu camarote. Termino mi junta y voy para allá. Salió en su búsqueda. Llegó antes que ella y la esperó. La observaba venir. Algo malo le ocurría, ella no caminaba así.

David fue a su encuentro y ella lo estrechó desconsolada. Entraron al camarote y ella le platicó todo el incidente. La escuchaba con atención. Mariana estaba triste, se sentía indefensa y sin atractivos.

- ¿Qué hago David?
- No, ¿Qué haremos? Esto no ha acabado. Le expresaba resuelto a tomar parte a favor de ella.
- ¿A qué te refieres? - Preguntaba esperanzada
- Ese profesor caerá en tus manos, te lo prometo.
- ¿Qué planeas? - Indagaba ansiosa.
- Mariana soy un hombre de recursos. Él es un maestro. Lo mismo da un curso a tus compañeros que puede hacerlo a mis vendedores. – Hablaba con convicción.
- ¿Lo vas a contratar?
- David asintió - Así es. Primero lo voy a investigar. Quiero saber la clase de hombre que es. Tengo cazadores de talento que me contratan a la gente. Los espulgan sin piedad. Sabremos la clase de hombre que es él, su vida, sus costumbres, tendrás una ventaja enorme con esa información y luego tú decidirás. Te prometo que propiciaré una reunión.
- David, te quiero tanto – repuso agradecida.
- Déjamelo. Confía en mí. - Le contestaba con su acostumbrada capacidad. Ella lo conocía.
- El semblante de Mariana se distendió. - Me siento diferente.
- La miró con cariño - Lo sé. Tu cara cambió. Bueno, platícame como es él.

Mariana se desató. Le narraba sucesos que de sobra conocía David. Le contaba de sus frustraciones y de cómo había formado una caparazón de indiferencia. Como había suprimido sus ilusiones y se avenía a su soledad hasta habituarse a ella y de cómo había aprendido a disfrutarla. Bebían ron y hablaron horas y David con una mirada comprensiva la escuchaba. Se hizo de noche y él se despidió.

-   David, hoy no te vayas. No quiero pasar esta noche sola imaginándome a esas mujeres desnudas en las piernas de Raúl.
-   Como quieras. - Ella estaba necesitada de una caricia, requería que la consolaran y deseaba desquitarse. Lo tomó de la mano y lo llevó a su recámara, se desnudó e hicieron el amor. Mariana se comportaba ardiente, desatada, fuera de control y David la complacía.

Al día siguiente él se despertó a la madrugada. Se vistió y entonces ella cariñosa le dijo:

-   ¿Ya te vas?
-   Empieza la cacería – dijo de buen humor. Ella sonrió. - Más rápido de lo que te imaginas lo tendrás en ésta cama a tu merced.
-   Eres tan buen hombre.
-   Soy tu amigo. – Repuso con una sonrisa.
-   Ella lo miraba con admiración y confianza. - Cuando tú te propones algo David… - Él asintió.
-   Así me ha enseñado la vida Mariana. Relájate, la próxima vez que hagas el amor, lo harás con Raúl. – Le besó la frente, le acarició su pelo y su cara con ternura y se fue. Mariana quedó apacible. En manos de David se sentía confiada. Era leal y capaz. Se dispuso a quedarse en la cama toda la mañana.

David se puso en acción sin demora. En pocos días ya tenía el perfil del profesor. Era un hombre divorciado con dos hijas, una de diez años y otra de ocho, estudiantes. Tenía cuarenta y seis años. Había perdido su empleo en un recorte de personal y llevaba más de un año desempleado. Daba cursos como una salida a su crisis, para sobrellevar su falta de ingresos. Vivía solo en un camarote de huéspedes. Les dejó sus bienes a su ex esposa y a sus hijas. Las opiniones de sus antiguos colegas lo describían como un hombre afable, fino, honesto y de buenos sentimientos. Toda la información la consiguió en unos pocos días. Sólo faltaba planear la contratación y provocar la reunión. Era cosa hecha.

Unos días después David entablaba una conversación con Raúl. Lo contrató para que les diera unos cursos a sus vendedores. Raúl no lo sabía pero estaba bajo el escrutinio minucioso de David. Lo invitó a comer para indagar sobre su vida. Raúl se explayaba con facilidad. No era hombre tímido y si lo asfixiaban sus francos problemas económicos no se debía a su falta de capacidad profesional, sino al desempleo y los recortes de presupuesto que se hacían en las empresas. Después de conocerlo un poco, David juzgó que era un buen partido para su querida amiga. Le pareció un hombre refinado. No era guapo, pero era varonil, con su mandíbula cuadrada, sus cejas pobladas y sus ojos hundidos. Su sonrisa era envolvente y David recordaba lo que le dijo Mariana. Además sus cuarenta y seis años concordaban con los treinta y nueve de ella. Dispuso el escenario en complicidad con Walter. Lo invitarían a una cena en un restaurante muy elegante y ellos dos llevarían una pareja, Mariana y Raúl, irían solos.

CAPÍTULO 6

David encuentra a Alberto

Después de la apertura de los Almacenes Omega, David y sus empleados estaba bien pendientes de las bases de datos que arrojaban información sobre la conducta de sus compradores habituales, algunos ya no acudían a la ferretería por lo que con seguridad comprarían ahora en los Almacenes Omega, pero con alborozo también se percataron que los nuevos sistemas de publicidad y de promociones les estaban atrayendo nuevos clientes. Fue fundamental la concesión de mayorista de primera que Mario pudo conseguir para él, ya que con este recurso podía hacer promociones bajando precios. Pero no estaba satisfecho, no era a través de una guerra continua de precios como podía consolidar el futuro de su ferretería, por lo que decidió instrumentar una antigua idea que lo posicionara lejos del mercado que atacaban los Almacenes Omega. Obtuvo un programa de cómputo que le permitía trasladar las dimensiones, los detalles estructurales y los pormenores de la decoración de una habitación u oficina. Con la información en la computadora se podía rediseñar todo el conjunto. De este modo proyectaba vender el diseño, las adaptaciones y el material, obteniendo una triple ganancia. El riesgo que enfrentaba era el aumento de gastos fijos ya que tendría que contratar vendedores y diseñadores profesionales. Después de sopesar la situación y decidió hacer la inversión. En ´pocos meses la estrategia comenzó a dar buenos resultados.

Una tarde, de acuerdo a su costumbre en que se paseaba y miraba las mercancías de los mercados y los escaparates de pequeños negocios, con objeto de aumentar las diferencias que había entre su negocio y los Almacenes Omega, al ofrecer artículos diferentes entró en un mercado. De repente se topó con Alberto, un inventor que había conocido en el Bar de Benjamín, un oasis para los amantes de la música clásica, donde se ofrecían interpretaciones con la participación de artistas y realzado con escenificaciones de danza, todo ello en un pequeño escenario. De inmediato lo reconoció y lo saludó, pero Alberto no se acordaba de él.

- Gusto en volverte a ver, pero discúlpame no me acuerdo de ti. – Le dijo Alberto.
- Dos veces nos vimos en el Bar de Benjamín.
- Tú sabes que va mucha gente y que uno centra su atención en el espectáculo. - Contestó Alberto un poco apenado.
- Me comentaste de un invento que ideaste y que te plagiaron. - Alberto hacía esfuerzos por recordar.
- ¿Por qué no pasas y te sientas? - Le invitaba con cordialidad.
- David entró en el pequeño establecimiento y se acomodó en la parte trasera del tallercito, atrás del mostrador. – Te diré que adquirí una de las trituradoras que diseñaste, me parece muy ingeniosa.
- La he mejorado mucho, pero ni así he podido sacarle provecho. – Alberto se expresaba decepcionado. – Con la patente y todo. No encuentro patrocinador. Es muy desalentador. Si te contara los proyectos y diseños que tengo. – De pronto se detuvo. A muchas personas se los había mostrado y ninguna se interesó con seriedad.
- ¿Cómo cuáles? - David si tenía una curiosidad genuina.
- He hablado tanto de ellos, que ya me aburro a mí mismo. - Alberto arreglaba un horno. David a sus espaldas lo observaba.
- A mi podrían interesarme.
- No lo creo.
- De verdad. Esa trituradora es muy ingeniosa. ¿Cómo te va en este negocio?
- Alberto quería platicar pero tenía varios encargos y pronto iban a recoger el horno de microondas que componía. No podía dejar de trabajar. – Pues me da para vivir, de inventor me he convertido en un técnico.
- Tienes mucha destreza manual.
- Parte del entrenamiento. Tengo un hijo que no tarda en llegar. Ese me supera en habilidad. Es muy preciso.
- No te noto muy alegre que digamos.

-   ¿Por qué habría de estarlo? - Dijo un poco resentido. - Al menos esto me permite sobrellevar la vida.
-   Sobrellevarla, mala palabra para un inventor.
-   Tengo familia. Necesito ante todo sacarla adelante.
-   ¿Y tus inventos? - Le preguntó David
-   En las noches trabajo en ellos. No siempre, a veces tenemos que cerrar tarde y no puedo dejar de lado a mi esposa, ella es una buena mujer. Me ha apoyado tanto que ya no quise seguir sacrificándola.

Alberto estudió Ingeniería mecánica. Tenía una imaginación extraordinaria y una habilidad manual poco común. Pertenecía a la clase media venida a menos. Toda su juventud tuvo que trabajar para financiarse sus estudios que terminó con brillantez. Ya profesionista, había conseguido un trabajo de supervisor en una fábrica. Pero no era un hombre duro y era un mal capataz. No abusaba de sus empleados aunque lo presionasen. Sus cualidades se desarrollaban de forma productiva al mejorar procesos y nuevos productos. En ese primer trabajo nunca pudo prosperar y siempre fue un empleado de limitados alcances. Su desempeño fue sobresaliente, pero era poco valorado por sus jefes, sobre todo por su carácter suave y amigable, que no les garantizaba que fuese un hombre que pudiera exprimir a los obreros. Se casó y tuvo un hijo, Emilio. Su esposa era una mujer ambiciosa que no vio un futuro prometedor al lado de Alberto, quién tampoco le podía ofrecer la vida social y económica a la que ella aspiraba.

Hombre honrado a carta cabal, cumplido en sus tratos y educado. En aquel momento sus expectativas estaban en un muy bajo nivel. No esperaba un mejor futuro que dedicarse a componer aparatos en su taller, que tampoco le disgustaba mucho, excepto, por las exiguas ganancias que obtenía y lo incómodo que era trabajar en un espacio tan reducido. Pero él tenía sus prioridades y estaba dispuesto a dedicarse con afán para acreditar su negocio y a que sus clientes confiaran en él. No le importaba mucho sacrificarse con tal de poder mantener a su familia. Su rostro reflejaba la tristeza de todos los años de frustración y desaires con que la vida lo había castigado. Pero no estaba enfermo, ni tenía un aspecto decadente. Era hombre recio, con un bigote bien recortado y abundante cabellera que llevaba siempre bastante corta y afeitadas sus patillas. Pulcro en su cuerpo y en su comportamiento. Creía en Dios, pero tanta decepción lo había alejado de todo culto.

Rezó años enteros, sin recibir ni ayuda ni respuesta. Sintió que si Dios existía, no lo escuchaba. Con su humor negro parafraseaba al poeta y decía: "Dios mío, que solos estamos los vivos". En ese estado lo encontró David.

- ¿Tu esposa trabaja? - Investigó David.
- Tengo dos hijas, de ocho y cuatro años. Ya me dirás si trabaja o no. Tiempo completo.
- ¿Tu hijo cuántos años tiene?
- Veintidós
- Le lleva muchos años a sus hermanas – David se sorprendió.
- Es hijo de mi primer matrimonio. Me volví a casar y tuve otras dos hijas. ¿Tienes hijos? - Le preguntó a su vez.
- No. Me divorcié antes de tenerlos. - Contestó David
- Los hijos son una bendición pero una fuente de necesidades. En mi familia las cosas marchan bien, no me quejo. Por lo que veo, a ti te va bien. Ese traje es de muy buena confección. No deberías vestir así cuando visitas estos lugares. Es peligroso.
- Tienes razón. - Convino David.
- Te expones. Cualquiera se da cuenta que eres hombre de dinero y te pueden asaltar.

Emilio, el hijo de Alberto llegó. Saludó a David.

- ¿Cómo te fue en clase Emilio?
- Bien padre. Déjame ayudarte. - Emilio tomó las herramientas para arreglar el horno. Era un muchacho alto como su padre. Sonriente y educado.
- Éste si es hábil – Le dijo orgulloso a David.
- Tú me enseñaste. - Repuso modesto Emilio.
- ¡Ah que mi hijo! - Emilio sonrió.
- Vete a descansar, yo lo acabo. Dime que otro aparato urge arreglar. - Alberto se lo señaló. Él y David salieron. David lo invitó a comer. Fueron a un pequeño pero caro restaurante.
- Te confieso que no podré pagar mi parte. - Se expresó apenado Alberto.
- No te preocupes, yo te invito.

David se interesaba en los inventos de Alberto. Cómo éste vio su sincero interés se desahogó contándole de sus invenciones y proyectos y de sus frustraciones. David lo escuchaba con un interés muy preciso. Le veía futuro a esos artículos. Sopesaba contratar a Alberto. La comida se extendió por varias horas, después de los alimentos David encargó unas bebidas y Alberto seguía explayándose. Mientras más hablaba más minucioso se volvía y David estaba asombrado del ingenio de ese hombre. Lo instaba a que le contara de sus proyectos. Indagaba con un interés muy definido. Por un momento Alberto pensó que se portaba descortés al hablar tan efusiva y sin interrumpirse, pero David lo alentaba. Alberto trataba de que David hablara pero éste lo volvía a interrogar y Alberto continuaba el relato de sus peripecias. Era un hombre sin suerte. Una y otra vez había fracasado a pesar de su inventiva extraordinaria.

- Algo que la vida me ha enseñado en estos tiempos tan aciagos es el valor real de la amistad y llegué a la conclusión que si tú le pides dinero a un amigo y no te lo presta, pues te debe ser claro, que tu amistad vale para tu supuesto amigo, menos que su dinero.
- La amistad es un bien preciadísimo Alberto, y estoy por completo de acuerdo contigo que no tienes en la vida más allá de dos o tres amigos.
- Caes en desgracia y desaparecen como por ensalmo – dijo con tristeza. David notaba su decepción y pensó cuan certero era ese juicio.
- Te creo. – Guardaron silencio, ambos pensaban. David que estaba decidido a contratarlo le dio una panorámica de su negocio y de sus planes y le dijo:
- Me interesaría que te fueras a trabajar conmigo. Estoy en el proceso de reconvertir mi negocio, de una ferretería tradicional a otra que rediseñe los espacios de mis clientes, que les ofrezca múltiples alternativas. – David tomó unas servilletas y someramente dibujó su estrategia. - De este modo vendo el diseño, la mano de obra y los materiales. Un buen negocio. Por eso me gustaría que te unieras a nuestro equipo.
- Alberto recibió un impacto. Dejar su taller sería para él una bendición, pero este le proporcionaba dinero seguro para

mantener a su familia. – Tendríamos que llegar a un arreglo. – Comentó con cautela.

- Por supuesto. - David tomó una hoja de su libro de apuntes y la arrancó. – Piensa con calma con qué sueldo aceptarías dejar tu taller y venirte a trabajar conmigo.

- Alberto sintió una oleada de temor y azoro. No sabía si vivía un sueño, una broma o que por primera vez la suerte llamaba a su puerta. Tomó la hoja y reflexionó. David lo observaba, sabía con claridad lo que acontecía en los pensamientos de Alberto. Conocía con certeza los sentimientos que engendra la pobreza porque él la había padecido por años – ¿Quieres que te resuelva hoy? – preguntó Alberto dudoso.

- Me gustaría. - Dijo con firmeza David.

- Alberto calculaba. No debía excederse, pero cerrar el taller era un riesgo. - ¿Y si me despides?

- ¿Por qué habría de hacerlo? - Pregunta consciente de los temores de Alberto.

- Bueno, siempre existe la posibilidad. – Alberto trataba de ganar tiempo, temía cometer un error.

- No en tu caso, no para mí. - David hablaba con la autoridad del que tiene el poder y el dinero.

- Alberto calculaba. Temeroso puso una cantidad que le pareció alta, se arriesgó a que le pareciera excesiva a David. Eso le permitiría negociar un poco hacia la baja. Tratando de mostrar firmeza le entregó el papel a David y quedó a la expectativa.

- David miró el papel, la cantidad era exigua en los nuevos términos económicos de David. Le quedaba claro la precariedad por la que atravesaba Alberto. Apenas le pedía la mitad de lo que ganaba uno de sus gerentes. - Me parece bien. Acepto. ¿Cuándo puedes empezar?

- ¿Es un trato?

- Es un trato, cierra tú negocio y te espero a fin de mes. – David sacó su chequera. - Esto que pusiste será tu sueldo quincenal. ¿Es claro?

- ¿Quincenal? - Alberto preguntó sorprendido.

- Bueno, tú lo anotaste, no yo. Y yo lo acepto. - Le confirmó con seriedad.

Yo también. - Alberto había calculado ese sueldo como mensual y David lo sabía. Pero también estaba consciente que se llevaba una inteligencia de primera clase y no quería abusar de él. Enseguida llenó un cheque y se lo extendió.

Dame todos tus datos. - David los anotó en la libreta y le entregó una tarjeta suya a Alberto. - Este dinero es como una indemnización, úsalo con libertad, no es a cuenta de tu sueldo.

¿Quieres que te extienda un recibo? – preguntó con cierta timidez. David sonrió comprensivo. - ¿Para qué? Tómate unas vacaciones, cierras tu taller y te espero el primero del mes entrante. Me gustaría también contratar a tu hijo. - David le hablaba con la autoridad de considerarse ya su jefe. Pagó la cuenta - El jefe siempre paga las cuentas, Alberto - le dijo con una sonrisa – Disfruta tu copa, te espero el día primero. Llévate tus proyectos, vamos a echarlos a andar. Será un honor contar con Edison en mi equipo. El primero del mes nos vemos. - Se despidió y salió. Alberto estaba anonadado. De repente vacilaba, pero al ver el cheque ya no le quedaban dudas. Una oleada de agradecimiento hacia la Providencia se apoderó de él. Su vida daba un vuelco formidable, inesperado, gigantesco. Se repuso y se fue a su camarote en pleno éxtasis, quería compartir la noticia con su esposa y sus hijos. Esa travesía fue una de las más extrañas que había experimentado en su vida. Estaba impaciente, nervioso y eufórico, con un dejo de temor de que no fuese real, pero contemplaba el cheque otra vez y se tranquilizaba. Sí, todo era cierto. Miraba al Cielo agradecido. Toda una vida de duros golpes acababa de ser transformada por el poder del dinero, de la generosidad y de la buena fortuna

Muy poco tiempo después de su contratación Alberto comenzó a dar resultados positivos. Su primer nuevo diseño fueron los plafones de pared completa. Según la posición de la pared a la que se ensamblarían llevaban adosados libreros, nichos, espacios con iluminación para colgar cuadros, etc. Un simple cuarto quedaba en pocas horas decorado con puertas y ventanas artesanales, con chimeneas. Pronto hicieron negociaciones con constructoras. Por otra parte la patente de la nueva trituradora que era muy útil para procesar desechos en los hogares estaba en trámite. David constituyó una nueva empresa y lo hizo socio y así mismo contrató a Emilio. Todo el panorama le pintaba muy prometedor a Alberto, pero éste no acaba de asimilar su nueva situación. Para estrechar lazos David los invitaba con frecuencia a comer.

Terminaron cada uno de comerse tremendo pescado relleno de mariscos que acompañaron con vino. Para David y Alberto fue suficiente. Emilio pidió una tarta de manzana con helado. No tenían ninguna prisa por regresar. La mesera les llevó café y coñac. Su conversación ligera fue interrumpida por un boletín de prensa que pasaba en la televisión acerca de un terrible incidente acaecido tres días antes. Sucedió que una manifestación pacífica de pescadores desempleados fue sofocada por el ejército. De los 20,000 manifestantes murieron 22 al huir de las balas de plástico, de los gases lacrimógenos y del empuje de miles de policías armados con garrotes y escudos. Las declaraciones del Comandante General fueron bien claras: dejaba sentadas las bases sobre como procedería en el futuro con cualquier marcha civil en contra de las disposiciones del gobierno.

Esta noticia ensombrecía el ánimo de Alberto que comentó: Cuando no tienes dinero eres un ser sin arraigo, ni hogar, ni nada. El dinero te permite tener un hogar y dignidad y el derecho a existir. Sin dinero no eres nada. –

- Nuestra gran sociedad llegando a la plenitud del mercantilismo. – dijo con ironía David.
- Tantos filósofos, tantas teorías y mira lo que nos rodea. Con todas las maravillas tecnológicas y no podemos abastecer las necesidades más básicas del ser humano. Ahora con este asunto de la succionadora, la gente se siente desesperada
- Siempre ha sido lo mismo. - Replicó David.
- Estamos peor. - Afirmó Alberto.
- David entendía lo que Alberto sentía. Comprendía que además de su empatía por el sufrimiento de los pescadores, la situación económica general amenazaba su naciente prosperidad económica. David le temía más a la competencia de los Almacenes Omega, que a los embates de la inflación y los desórdenes sociales. - ¿Peor que cuándo? - Inquirió David
- Este asunto de la succionadora va a desquiciar a la sociedad. - Contestó con amargura. Emilio escuchaba con atención a ambos.
- Pasará, como toda gran catástrofe, cobrará sus víctimas y luego nos adaptaremos y viviremos como si siempre hubiera existido. – Afirmó David.
- ¿Por qué somos así? ¿Para qué inventar una máquina que desplace a los pescadores?

- Somos reptiles, recuerdas. Trata de convencer a un cocodrilo que su comportamiento debe ser más cordial. - Emilio sonrió y David también lo hizo.
- No te preguntas ¿Por qué no avanzamos? - La voz de Alberto sonaba cascada, decepcionada. La de David, era firme, convincente y despreocupada.
- Lo hacemos. No podemos pasar por alto que existen seres que luchan por nobles ideales.
- Pero son tan pocos.

Alberto, esto no es peor de lo que siempre ha sido. ¿Cómo convencer a un ser humano atrapado entre tantas presiones, mentiras, que existe otra realidad, que ni siquiera puede palparla y tú no puedes mostrársela? ¿Cómo puedes hacerlo entender que es mejor dar que retener lo que ni siquiera ha de usar? ¿Cuáles pueden ser tus poderosos argumentos que transformen a un muñeco en un ser humano esclarecido?

De eso se aprovechan los demagogos y los poderosos.

- Por supuesto. La economía tiene un principio muy simple: Está basada para el enriquecimiento de una minoría sin que explote por el hambre y la miseria el resto de la población. Su cuestionamiento esencial es: ¿Cuál es el punto exacto hasta dónde puedo desposeer a un hombre sin que se vuelva contra mí, aún a costa de su vida? ¿Cuál es la retribución mínima que le tengo que pagar para que trabaje con productividad y no haga huelgas? Esa es la economía. La teoría de la explotación llevada a la realidad. El nuevo sistema económico ha transformado al ser humano en una mercancía. Ricos y pobres, para la sociedad no somos otra cosa que una mercancía y si te crees que los ricos están exentos de esto, basta que observes lo que le pasa a un millonario arruinado.

David llamó a la mesera y le pidió más coñac y café. Miraba a ambos y continuó - Lo más triste de todo, es que cuando un ser humano por su propio mérito o su suerte se levanta de su condición miserable se comporta como un explotador de raigambre. - Afirmaba de manera categórica – Y aquí viene una pregunta esencial: Si aquellos que han padecido en carne propia la miseria y opresión, y por la circunstancia que quieran nombrar, se levantan sobre estas, si estos seres son incapaces de socorrer a sus semejantes en desgracia entonces ¿Quién lo va a hacer?

Nadie lo hará - Contestó Emilio

Así es. - David miró a Emilio y asintió y luego clavó su mirada comprensiva en Alberto. - Si renaciese uno de los grandes sabios, al observar la civilización quedaría pasmado ante la evolución de la tecnología, pero también sería por completo decepcionado al contemplar el estancamiento social. Vería la misma miseria que en los antiguos tiempos. Y todo esto se origina porque el hombre es incapaz de superar su infantil impulso básico de acaparar y porque no sabe compartir. – Hizo una pausa y continuó - Yo me he puesto a observar a los ancianos con sus vidas terminadas. No por ello están menos aferrados al poder y a su dinero. A pesar de que han visto y sufrido tantos dolores y desgracias, de que se han indignado ante los crímenes y abusos presenciados, los ancianos no son mejores que los jóvenes. Podrán ser más pacientes y astutos pero no son de ninguna manera más generosos, a lo mejor son más prudentes pero no más confiables.

Es verdad, los hombres viejos no son un referente – concluyó Alberto

-   Y esto que es una gran lástima porque demuestra la poca capacidad que tenemos de aprender sobre los sufrimientos que hemos provocado o padecido. - Tomaron sus copas y bebieron - David cambió de tema. Buscó en su bolso y extrajo su pergamino.
-   Quiero mostrarles algo. - Extendió el pergamino en la mesa donde habían comido de manera que Alberto y Emilio pudieran observarlo con claridad. - ¿Qué ven ustedes?

Alberto y Emilio lo miraron con minuciosidad. David analizaba las expresiones de sus rostros.

-   Alberto dijo: Es un estampado de un hombre que protegió a su perrito de ser atacado por un mastín. Expuso su cuerpo como escudo. Se ve que salió bastante mal herido.
-   Tu Emilio ¿Qué observas?
-   Emilio que escudriñaba las imágenes comentó: Lo mismo y también puedo distinguir el rostro de perfil de un niño como de seis años.

- Si - Admitió Alberto. - Aquí está su perfil. - Con el dedo delineaba la figura del niño.
- ¿Ven la mancha que tiene en su cabeza? – Preguntó David.
- Emilio dijo: Si, esta difusa pero se puede apreciar. - Alberto también la notaba.
- David volteó el pergamino. ¿Díganme ahora que observan? – De nuevo quedaron por un momento absortos pero no pudieron encontrar ni figura ni significado. Veían manchas como si fuesen hechas con un grueso pincel. Sólo veo manchas negras como si fuesen de un lenguaje antiguo y desconocido – Le contestó Alberto.
- ¿Tu Emilio?
- Igual. ¿Significan algo? – Preguntó Emilio.
- En apariencia, sí. – David les narró el suceso de la alucinación. Alberto y Emilio escucharon con atención. Al terminar su relato les comentó: En estas mancha leo con claridad:

"Hiciste un pacto con el Cosmos. Estaré contigo para fortalecerte, pero siempre podrás apelar a tu libre albedrío".

- David miraba el rostro de ambos que de nuevo examinaban la tela. – Si esto fuese verdad el mensaje me dice lo siguiente: Primero: Modifiqué el destino de una familia al hacer un pacto por el cual entrego mi vida a cambio de la salvación de ese pequeño, Segundo: Hay un Ser que trata de ayudarme a cumplir mi cometido y Tercero: Siempre podré retractarme y no cumplirlo. – La perplejidad de Alberto y Emilio aumentaron. No sabían que comentar. En el fondo, pensar que pudieran perder a su amigo y jefe los asustaba y los entristecía.
- Y si fuese el caso de que tuvieras que ofrendar tu vida por un niño ¿Qué harías? – Preguntó Alberto inquieto.
- No lo sé. Quizá me domine el miedo y me retracte o decida cumplir mi palabra. No puedo garantizar nada hasta que se presente la ocasión. – Comentó David con sinceridad.
- ¿No sería plausible que uno de los muchachos del bar te lo entregara cuando estabas drogado y en base a ello construiste todo la anécdota? – Le dijo Alberto.

- Ojalá sea así. Con sinceridad no me gustaría morir en forma violenta.
- ¿Y si fuese una señal? - Preguntó Emilio con cautela
- También lo pienso Emilio, de otra forma ya hubiese tirado el pergamino. – David movía la cabeza como si alguna manera hubiesen coincidido. Emilio sintió un punto de comunión con David. Ambos se sonrieron con cierta complicidad. David pidió la cuenta, pagó y abandonaron el restaurante.

4

Amadeo

Desde temprano se prepararon para acudir al Auditorio. El programa provocaba expectación porque cantaría Amadeo, un joven cuya presencia hacía desgañitarse a todas las mujeres participantes. Adriana y Walter arribaron casi con media hora de antelación. Se acomodaron en un palco. Desde esa localidad podían presenciar el espectáculo. Poco a poco la sala iba abarrotándose. Todos los boletos fueron vendidos y el éxito económico del evento estaba garantizado. En menos de media hora el salón se llenó. Las luces se hicieron tenues hasta que solo quedó alumbrado el escenario y la orquesta.

Había una expectación como electrizada. No tardaría en aparecer Amadeo. De pronto dieron inicio unos compases que la gente reconoció enseguida, y se desató una ovación grandiosa. Amadeo se hallaba en medio de una aclamación desbordante. Apenas entonó las primeras frases se oyeron aplausos y gritos. Al culminar la primera canción ya tenía a la totalidad del público en su bolsa. Con cada nueva ejecución el ardor crecía. Se oían chillidos, alaridos de entrega completa y sin condiciones. El público deliraba ante cualquier movimiento que hiciera en el escenario. Se quitaba la mascada y la arrojaba al público de primera y Walter fue testigo cómo mujeres altivas y presuntuosas se precipitaban al suelo en busca de la prenda. Amadeo sudaba y se secaba con un pañuelo diferente ex profeso diseñado para sus presentaciones, bordado y con su imagen. Después de enjugarse el sudor, todo era una repetición, aventaba el pañuelo y las mujeres se lanzaban por éste. Aquella que lo ganaba lo mostraba como un trofeo preciadísimo. Poco les trascendía que estuvieran sus maridos o novios. Poseer una prenda con el sudor del hombre que más admiraban no tenía precio. Estos pañuelos los guardarían hasta que fuesen viejitas y se los mostrarían a sus nietos. Para esas fechas el propio Amadeo sería un anciano que ya no causaría emoción alguna en las posteriores generaciones.

Walter era ajeno al talento de Amadeo pero se reservaba sus opiniones ya que la misma Adriana estaba como hipnotizada.

Muy interesado en los asistentes dejaba vagar su visión escrutadora y crítica. Walter tenía la habilidad de parodiar e imitar casi a cualquier persona y eso lo hacía muy apreciado entre sus amistades. Gustaba de burlarse y de ser un perspicaz censor. Observaba como la mayoría de las mujeres jóvenes llevaban teñido el pelo con rayos dorados y pelirrojos como se estilaba en ese momento. Una actriz había puesto de moda el maquillaje muy subido en las cuencas de los ojos y las mejillas empalidecidas. Prácticamente todas acudieron maquilladas de esa manera. En lo que si pretendían distinguirse era en sus vestidos. Llevaban modelos cuyo costo hubiera bastado para mantener una familia por varios meses y el modelo era tan notoriamente exclusivo que jamás lo volverían a usar.

El furor de las exclamaciones jaló la atención de Walter al salón del espectáculo. Amadeo lanzaba pañuelos y recibía a cambio pantaletas y sostenes de las señoritas más emperifolladas. Algunas le lanzaban sus zapatos que más tarde les harían falta para bailar. No imaginaban que todo eso pararía en un basurero al final de la función. Pero el delirio era general, en todas las zonas mujeres histéricas se llevaban los dedos a la boca, lloraban, se sacudían. De pronto empezó a percibirse un estruendo acompasado, los asistentes al unísono brincaban en sus asientos. Amadeo jugaba con el público y hacía que sus canciones se corearan. Recorría de derecha a izquierda el escenario. Los hombres cantaban envueltos en el pandemónium que éste muchacho armaba. La exaltación era total y nadie escapaba a ella, excepto Walter.

Recordaba el incidente en que Amadeo había sido abofeteado por una altiva funcionaria en la empresa que laboraba y que le había costado el despido, este sólo era conocido por unos cuantos, él entre ellos. Sucedió hacía poco menos de cuatro años, cuando Amadeo trabajaba de calculista y subía por las escaleras a entregar un proyecto que le habían encargado. Antes de él lo hacía una hermosa joven ejecutiva que llevaba una falda muy corta, le enseñaba la pantaleta con cada escalón que ascendía. Amadeo se distrajo en la contemplación de sus piernas y trasero y la joven al percatarse lo esperó en el rellano para increparlo. Amadeo aturdido expresó una ocurrencia que consideró graciosa sin sopesarla y la joven lo abofeteó. De inmediato fue llamado al departamento de personal y fue despedido.

Walter conocía el incidente porque se lo había contado el empresario que lo lanzó a la fama. También le había contado como ascendió Amadeo. Todo se propició cuando una empresa de espectáculos decidió crear un nuevo ídolo, ya que después de realizar unos sondeos identificaron al prototipo de joven que era una reacción a los cantantes en boga. Enseguida comenzaron la búsqueda de talentos. Se disponía de una extensa y exhaustiva investigación de candidatos. Se les fue probando y por un solo voto Amadeo ganó. A nadie le interesaba lo que le había sucedido a Renato, segundo lugar de la competencia. Este joven en muchas de las calificaciones superó a Amadeo. Sobre todo en la calidad de su voz, pero no tenía el carisma de Amadeo. El recuento final le dio el triunfo a Amadeo por la mínima diferencia. Ese solo punto se abrió como una brecha abismal a través de los años. Mientras que Amadeo fue apoyado y encumbrado, saboreando los privilegios reservados para los elegidos, Renato se desempeñaba en un bar, ganando una mísera paga y aun así tenía que soportar temporadas sin ocupación, vagando de un bar a otro, a pesar de su sonora y potente voz. Los otros muchachos renunciaron a la carrera de cantantes. Pero Amadeo como el billete de lotería premiado obtuvo todo. Le proporcionaron una buena cantidad de baladas que son un éxito garantizado desde que se escriben. Los productores aspiraban no solo al éxito de las canciones sino a forjar otro ídolo. Así que prepararon el tinglado integralmente. Adecuación de su imagen, vestuario, publicidad, repetición, más repetición, más repetición y la magia estaba realizada. Sería probable que aquella altiva joven que lo abofeteó ahora se quitara la pantaleta y se la diera como un humilde obsequio. Amadeo no la recordaba.

Estaba próximo el final, pero el público no lo permitía, con gritos, ruegos, sollozos, lo hicieron continuar. Y como accedía, los corazones más endurecidos le profesaban una adoración rendida y una gratitud ilimitada.

Walter estaba aburrido y dirigió su atención a un grupo de mujeres que ya lucían notoriamente despeinadas. Gemían y elevaban sus brazos. Le gritaban insinuaciones que si las hubieran escuchado en su mesa a uno de sus acompañantes, se habrían levantado indignadas, ofendidas. Amadeo les arrebataba la máscara con su vivacidad, su embrujo. Estaban entregadas y si le apetecía podía tomarlas. Pero no las distinguía, solamente captaba el escándalo y el frenesí del público. Entonces Walter reflexionó que si la vanguardia social se comportaba como una masa carente de individualidad y de valores, era imposible cambiar al resto de la sociedad, ya que lo que se imponía en la cabeza a través de los años se trasminaba a las capas inferiores, y como esto ya duraba desde el principio de los tiempos era obvio que los anhelos del vulgo eran idénticos a los de la clase alta y que la gran diferencia es que no tenía dinero. Esa era la diferencia fundamental. Se percataba que de forma irrevocable todos los estratos sociales son idénticos en sus valores, o más precisamente dicho en su carencia absoluta de valores cardinales, integran una masa compacta, y esto se ponía de manifiesto siempre que un miembro de clase inferior escalaba socialmente. Con suma precipitación su comportamiento se acoplaba, lo mejor que sus aptitudes se lo permitían, a los modales de la clase alta a la que ahora pertenecía. Las generaciones posteriores lo harían mejor hasta empalmarse totalmente.

Walter halló otra certeza incontrovertible, la raza humana nunca evolucionaría mientras la clase alta no se transformara y por lo visto no tenía ninguna intención de hacerlo. Es más, ni de manera remota concebía la idea que tuviera que hacer un cambio más allá de esfuerzos ecológicos o de higiene. Todo lo que la clase alta perseguía con fiereza y con una persistencia formidable era saciar su compulsión de comprar objetos, satisfacer sus necesidades biológicas, disfrutar al máximo y estar cómoda. Y todas las leyes que se habían formulado consistían en preservar el ambiente social que auspiciara realizar estas actividades con la mayor seguridad. Estas eran sus conclusiones que comentaría intercalando chanzas y parodias cuando narrara que había sucedido en la presentación de Amadeo. Y de todo esto pudo percatarse gracias a que no fue arrastrado por la magia de Amadeo, y sería mordaz y punzante a pesar de que él era un fiel representante de la clase alta que ahora criticaba.

En medio de una ovación furiosa y un ruido infernal fue clausurado el concierto. Las personas se llevaban un recuerdo inolvidable. Sus rostros conmocionados denotaban la descarga brutal de energía. Muchas mujeres habían llorado y llevaban sus ojos enrojecidos y vidriosos. Sus compañeros empequeñecidos las abrazaban. Salían ensimismados y tiernamente sobreexcitados. Todos los participantes se desplazaron al salón de banquetes que era la otra sección del monumental auditorio. Adriana y Walter esperaron, sus asientos estaban reservados.

El comedor podía dar servicio a más de mil personas. Tenía dos pisos y una amplia pista. Estaba alumbrado por grandes candiles que daban mucha luz. Las sillas de Adriana y Walter estaban colocadas en el piso de arriba. Desde ahí se dominaba visualmente todo el salón.

La cena estuvo animada por la música de orquesta, al concluir dio inicio el baile. Los comensales rápidamente inundaron la pista, danzaban alegremente cuando de repente Walter pudo distinguir a José Roberto con una mujer que no era Silvia. Le provocaba una gran curiosidad y trataba de reconocer con quién estaba, pronto pudo identificar a la jovencita que era hija de un próspero empresario.

- Mira aquel hombre. El que lleva la corbata amarilla y que está con la muchacha que usa el vestido de seda rosa con el cinturón negro. - Le indicó señalándole a la pareja.
- ¿La muchacha güerita y ese hombre alto? - Inquirió Adriana.
- Exactamente Adriana. Obsérvalos minuciosamente.

Los analizaron por un rato. Adriana procuraba explicarse por qué esa pareja le interesaba a Walter. - ¿Qué tienen de especial, Walter? - Interrogó por fin Adriana.

- Quiero que tú lo descubras. Obsérvalos por favor. - Insistió Walter.
- Adriana se fijaba en la pareja con aplicación pero no distinguía nada diferente en ellos. ¿Te refieres a cómo bailan?
- Míralos con detenimiento y dime qué piensas. - Le pidió Walter sin apartar la vista.

Adriana los veía. Eran una pareja como muchas que se precipitaron a la pista. Evaluaba sus movimientos, no eran estupendos pero se coordinaban correctamente. Por más que lo intentaba no hallaba nada excepcional. Concluyó que lo único especial era que el hombre parecía veinticinco años mayor a la joven. Examinaba al hombre. Era un hombre alto, muy bien proporcionado, esbelto, elegante, bien parecido, y sus casi cincuenta años los llevaba perfectamente. Tenía blondo y abundante pelo. Se movía con facilidad y tenía un radiante aire mundano. Adriana analizó su sonrisa y la mirada que le dirigía a la muchacha.

- Te podría decir que es un hombre seductor. Tiene todo el tipo. - Convino Adriana.
- Es José Roberto.
- Adriana entonces lo enfocó con vivo interés. ¿Él es José Roberto?
- -.Así es Adriana.
- Ayúdame, tengo que averiguar porque Silvia lo considera tan irresistible.
- Es un hombre muy cautivador. Es distinguido, creo que mucho es su gentileza y la manera como mira a la mujer. Sus movimientos más que rítmicos son como un abrazo sensual. Su sonrisa, si, es un hombre seductor. - Convino Adriana.
- Ese hombre ha sido la obsesión de Silvia. Sabe que es un farsante, pero no le ha importado. Posee una atracción especial, pero, ¿Por qué una mujer tolera arrastrarse por la vida por un hombre como José Roberto?

Walter ordenó otras bebidas para ambos. Tomó su celular para hablarle a David. Le pidió que les tomase fotos. Cuando colgó Walter sonreía.

- Adriana lo observaba.- ¿Qué te dijo David?
- Se río, vaya que sí le dio gusto. Me pidió que los grabara y les tomara fotos.- Empezó a grabar y a tomarle fotos con el celular. Se veía divertido.
- ¿Qué va a hacer con ellas?
- Se las va enviar a Silvia. - Adriana rio. Se imaginaba lo que sentiría Silvia a quién conocía bastante bien. - Silvia va tener un recuerdo inolvidable de esta noche, de eso puedes estar segura. – Le dijo Walter con una amplia sonrisa.

2

La reunión

David fue por Mariana acompañado por Consuelo una conocida suya. Entraron al restaurante y un mesero los acompañó a la mesa reservada. Walter se presentó enseguida con Adriana, una mujer bonita y elegante de treinta y siete años. Se saludaron y se sentaron, esperaban a Raúl acomodados de tal forma que el profesor tuviera por fuerza que sentarse junto a Mariana

Mariana estaba tensa y David lo notó. La conocía muy bien. Con mucha discreción apretaba su mano y le dijo para tranquilizarla – Relájate. Todo va a salir a la perfección. Además luces esplendorosa. - Mariana lo miraba con cariño y David le guiñó un ojo.

Raúl llegó en punto y David se levantó para llevarlo a la mesa. Mariana estaba nerviosa, se había arreglado con todo esmero y se veía muy atractiva. David y Raúl se acercaron y David lo presentaba al grupo. Raúl saludaba con cordialidad a todos pero al ver a Mariana se quedó como asombrado y con efusividad fue a estrecharle la mano y le dirigió una de sus sonrisas que a ella le encantaban. Raúl se sentó a su lado en la silla que estaba preparada para que estuviera junto a ella. Hablaron de los cursos que el profesor impartía. Walter encargó los vinos. Mariana sonreía todo el tiempo, intentaba mostrarse encantadora. David y Walter tenían un claro propósito y por lo mismo creyeron que era conveniente dejarlos solos.

La banda tocaba una melodía que le encantaba a Adriana.

-   Que linda pieza. - Comentó – Yo quiero bailar Walter. - Expresó entusiasmada Adriana. Se levantaron y fueron a la pista.
-   Mariana de manera extraña estaba cohibida Sonreía en forma constante pero estaba tensa. Permanecía callada. David intervino para suavizar la tensión. - Profesor el día que quieras enfrentar tu intelecto con la intuición femenina, tendrás que echarte una partida de cartas con Mariana. Es imbatible.
-   Será porque ustedes no son muy inteligentes. – Repuso Consuelo burlona.
-   Consuelo, no he tenido el gusto de jugar contigo. Deberíamos hacer un juego privado de prendas. – Le dijo David con una sonrisa

- ¿Así juegas con Mariana? - Repuso socarrona.
- No, en lo absoluto. - David se apresuró a evitar un mal entendido. – Consuelo, Consuelo. – Ella lo miraba. David continuó: ¿Consuelo de quién?
- No tuyo David – le respondió con sorna. Y luego añadió: Pero podría serlo. - Se miraron todos sonrientes.
- ¿Podría ser tan afortunado Consuelo?
- Puedes intentarlo.
- Ven vamos a bailar. - David la tomó del brazo y le dijo al oído. – Dejémoslos solos. Las cosas importantes se dicen en privado. - Antes de irse David se dirigió a los tres - Esta noche Cupido anda suelto y es mejor dejarnos llevar por la suerte.

Raúl y Mariana quedaron solos.

- Es un gusto volverte a ver Mariana.
- Yo también estoy… Mariana se trabó
- ¿Tú también estás contenta de verme? - Le ayudó a completar Raúl – Ella asintió. El profesor veía en su cortedad su nerviosismo. - Eso que dijo David sobre cupido es cierto. Pero me flechaste desde el día que te vi en el curso. Fue tan extraño. Había algo en tu rostro, en tu mirada que no podía dejar de verte. Ese día me pareció como desaparecía el grupo y solo estabas tú.
- Tú también me flechaste – se atrevió a decir Mariana.
- ¿De verdad? – expresó asombrado. De verdad, Raúl. - Afirmó ella con timidez.
- Así que de la forma más insólita y en medio de mí caos personal, aparece un ángel en mi vida. - Repuso éste con gracia.
- Me gustaría ser ese ángel. – Le contestó con coquetería.
- Me dejas perplejo. Son cosas que solo le pasan a los afortunados.
- Y a las afortunadas - se apresuró a añadir Mariana.
- No tienes idea en lo que se ha convertido mi vida Mariana. Yo soy uno de los muchos afectados por el desempleo. Atravieso una etapa muy penosa. Por si fuera poco, estoy divorciado y tengo dos hijas pequeñas. Veo en que medio te desenvuelves Mariana. Yo no podría traerte a un lugar así.

- Me importa el hombre, no el lugar. – Mariana tomaba confianza y valor.
- Me sorprendes con lo que me contestas. – repuso medio consternado Raúl. - ¿Y si soy el hombre equivocado?
- ¿Y si eres el hombre apropiado?
- Tendrías que arriesgarte para saberlo.
- Y la vida es un riesgo, Raúl. Expectativa imposible si me dijeras que eres un hombre felizmente casado, con un hogar placentero y con un empleo estable. – Mariana tenía información sobre la situación real de Raúl que David había investigado por medio de sus cazas talentos y por lo que el mismo Raúl le confesó a David. Toda esta información la conocía Mariana.
- Sería mejor que conocieras a fondo mi situación.
- La supongo. Un hombre que da clases no gana mucho. - Raúl enrojeció. Mariana se apresuró a salir de aquel callejón. - ¿Crees que necesito un hombre que me provea?
- Me imagino que no. - Repuso Raúl todavía avergonzado.
- Te imaginas bien. - Contestó con agudeza. Los dos se miraron y Mariana no pudo sostener su mirada y bajó el rostro. Raúl le levantó su cara. Era la primera vez que la tocaba. Se volvieron a mirar.
- Mariana, paso por una mala racha, pero eso es todo. ¿Podrías entenderlo así?
- Por supuesto. La vida es una rueda de la fortuna. En este momento muchas personas preparadas viven una situación muy difícil.
- No hay trabajo, Mariana.
- Lo sé. Estábamos mal, pero a raíz de la succionadora, todo se ha polarizado. –
- La sociedad ha cambiado. Antes cuando tenías un empleo, hacías planes. Suponías que estabas en una situación cómoda, segura. Te imaginabas que durarías años y años en esa empresa. Yo por mi parte amplié mis conocimientos para ser más efectivo en el campo de la investigación y me convertí en un especialista. De manera inesperada esa situación se volvió contra mí. Empezaron a cancelar plazas. El campo de la investigación se volvió oneroso para las pequeñas y medianas empresas. Sólo los grandes monstruos se podían dar el lujo de

continuar con esa actividad. Por eso el campo de trabajo está tan restringido.

- Lo comprendo Raúl.
- Es una época dura, durísima. Pero saldré adelante ¿Podrías esperarme a que me levante?
- ¿Existe otra mujer en espera? - Indagó temerosa
- ¡Oh no, no! Qué pena decirlo pero estoy solo.
- ¿Y crees que necesitas dinero para conquistarme?
- Mariana un hombre siempre…
- Tiene que tener dinero para cortejar a una mujer – completó ella.
- Así es.
- No estoy de acuerdo. ¿No vale lo que tienes en tu corazón, en tu mente?
- ¿Quién valora eso, Mariana?
- Una mujer que sepa valorar ¿No lo crees? – Mariana conocía mucho más sobre Raúl de lo que este pudiera imaginarse.
- Eres sorprendente. – Afirmaba él asombrado
- Se volvieron a ver y esta vez Mariana sostuvo su mirada. Raúl no cabía en su asombro. Ella lo mirada con una calidez y arrobamiento, que desde joven no contemplaba. Raúl se atrevió a estrechar su mano y ella se lo permitió. – Tú eres también sorprendente.
- No acabo de creer lo que me sucede. – Raúl habló un poco turbado.
- ¿No eres un hombre que se atreva a tomar un riesgo? – le dijo ella para acicatearlo.
- Tú no eres un riesgo. Cualquier hombre que fuera tu pareja sería un afortunado – le aseguró él. Raúl también indagó todo lo que pudo sobre Mariana.
- ¿Y tú sí eres un riesgo? - Volvió a contestarle con una pregunta.
- No, no lo soy. Sólo que tengo mi vida muy complicada, eso es todo. – Se miraron y Raúl le preguntó - ¿Te gustaría que lo intentáramos?
- Me gustaría mucho. Las situaciones complicadas se resuelven mejor cuando tienes una pareja que te apoye ¿Estás de acuerdo? - Afirmaba con suavidad y convicción.
- Por supuesto. Te juro que tengo una sensación de irrealidad. Estas cosas no me suceden a mí.

- Ni a mí Raúl.
- Pero si eres tan hermosa - Esa afirmación llegaba a lo profundo del corazón de Mariana.
- Tú me ves así. Mi vida no es áspera pero sí monótona. Como la mayoría he tenido rudos golpes. No es tan gratuito que éste sola y escamada – contestó con modestia, pero se sentía emocionada.
- Ya no tendrás que estarlo - Raúl la contemplaba - Hermosa, hermosa es poco.
- Consuelo llegó y dijo con sarcasmo: Interrumpo a los tórtolos. - David se acercó a la mesa. Él había intentado retener a Consuelo en la pista, pero ésta insistió en regresar.
- ¿Nos extrañaron? - Preguntó David risueño.
- De verdad que no – dijo Mariana con una sonrisa. David los miró y comprendió todo en el acto.
- La culpa es de los tacones de Consuelo ¿A quién se le ocurre venir a bailar con tamaños tacones?
- A mí me gustan. Pero acepto que me duelen horrible los pies.
- Qué lástima. Con lo mucho que disfrutaba bailar contigo. – expresó David.
- Perdóname, pero ya no aguanto los pies – dijo Consuelo quejándose. La verdad es que Consuelo tenía planeado pasar la noche entera con David. Se sentaron y David llenó las copas. Consuelo se sirvió otros canapés - David clavó la mirada en Mariana y la vio feliz. Sabía que había cuajado su estrategia. Walter regresó con Adriana.
- Qué buena banda.
- Mi querido Walter, creo que tendré que llevar a Consuelo, está cansadísima.
- Qué pena. Pero sí - Dijo Consuelo, fingía estar apenada.
- Ya lo ves, mejor me voy. - Llamó al mesero. - ¿Desean beber otra cosa?
- Raúl contestó – El vino está espléndido, riquísimo.
- Tráigame otras dos botellas y la cuenta. - Solicitó David al mesero.
- Yo pago – dijo Walter.
- Yo invité a Raúl. Tú pagas las siguientes. El mesero trajo las botellas y la cuenta. David se despidió. – Raúl quiero otros cursos. Ven a visitarme la semana que viene ¿Te parece bien?

- Claro David – contestó Raúl entusiasmado.
- Me voy a dejar a mi Consuelo.
- Tú deberíamos ser el mío. – Repuso Consuelo.
- Lo intentaré

David se llevó a Consuelo. Walter, Adriana, Raúl y Mariana se quedaron. Bebieron y ahora platicaban con ligereza. La banda tocaba de todo tipo la música, pero era de noche y las luces se atenuaron, y propiciaron un ambiente más íntimo. Raúl invitó a bailar a Mariana, la tomó por la cintura y ella se dejó llevar. Era un hábil bailarín y Mariana le seguía el paso. De pronto Raúl acercó su rostro al de ella y recargó su mejilla. Ambos bailaban como flotando. Walter los veía de reojo. Pensaba "Ya le tocaba" y se sintió feliz. Avanzada la noche Raúl le dio un beso a Mariana y ésta emprendió el vuelo.

Regresaron los cuatro cuando la banda hizo una pausa para descansar. Walter que ya le urgía encamarse con Adriana, propuso que se fueran.

Pidió la cuenta y dejó una jugosa propina.

Se despidieron y Raúl tomó la mano de Mariana. Raúl llevó a su camarote a Mariana y se despidieron. Le dio un largo beso. Y se fue. Mariana al entrar a su departamento comprendió que diferente sería su vida. Ahora este recinto reclamaba la presencia de un hombre, de un compañero, para dejar de parecer una tumba.

A la mañana siguiente le llamó Raúl y la invitó a salir. Empezó una relación en la que ambos pondrían todo su esfuerzo para que les durase hasta el fin de sus días.

3

El poder de la Nada

A David le gustaba disertar y Emilio, el hijo de Alberto, y que también trabajaba para él, era un muchacho por el que sentía aprecio y a éste le encantaba platicar con su jefe. En ocasiones cuando salían tarde de trabajar David lo invitaba a cenar y a tomar unas cervezas. Ya que acabaron de comer David se tomó algunas cervezas y un tanto mareado empezó a divagar:

- A veces pensamos que al morir nos extinguimos y nos convertimos en nada. Si es así, no tendríamos que temer a la muerte porque en la nada no hay dolor alguno, ni tampoco hay paz, por supuesto. – David afirmaba con la cabeza. Tomaba su tarro de cerveza y bebía. Emilio tomó el suyo. - Decir que la nada te proporciona paz es un absurdo gigantesco. La paz es un estado grandioso del ser, no del no ser. Si alguien no cree en el más allá es una tontería temer a la nada. – David se detuvo y enseguida enfatizó - Mucho peor que la improbable nada de la muerte, es la nada del aquí y el ahora y basta que un ser humano este desposeído por completo de salud y de bienes materiales para que aquí y ahora sea nada. ¿Me explico?

- Trato de seguirte. – Se apresuró a contestar Emilio.

- La presencia de la nada en nuestra vida parece una broma diabólica pero en sí misma demuestra que existe una inteligencia superior que maneja el desarrollo del juego. En nuestra vida la nada simbólica adquiere realidad material y se manifiesta con la fuerza de una mano de hierro. Lo terrible no es morir y volverte nada, aunque eso convertiría toda nuestra existencia en la experiencia más patética, grotesca y fútil, por más fructífera y heroica que hubiese sido. Pero no te hablo de algo tan patético y grotesco sino de algo absurdo y es el poder que tiene la nada en nuestra realidad física. Parece un sofisma, un juego de palabras vacías de sentido, pero medita: tú conoces miles de mujeres, pasan como muñecas sin vida en tu camino. En realidad no existes tú para ellas ni ellas para ti. Son semejantes a la nada. Pero de pronto te enganchas en el juego. El Creador ha instruido un gen, todo un mecanismo del cerebro que convierte a una muñeca en una mujer. Ahora de golpe se vuelve de carne y hueso y no es un simple cuerpo. De súbito y por completo se convierte en la razón de tu existir. Es tu todo. Para ti se vuelve la imagen de lo indispensable, lo bello, lo inexpresable. Transformaste a la nada en todo lo que ahora estremece tus emociones. – David hizo una pausa, se esforzaba por ser explícito - Tú lo hiciste, no ella y ahora estás atrapado en esa imagen. Si tú continúas siendo nada para ella; situación bastante común; ahora lo terrible es que ella es todo para ti y entonces ¡eres nada para tu todo! – A Emilio que seguía el hilo de la conversación, lo que decía David le pareció cómico y rio. David también sonrió. Encontraban graciosos estos giros de nuestro pensamiento - Basta que por un esfuerzo de tu imaginación traslades el poder que le has dado a la nada, a cualquier situación de tu vida. Y ¿por qué lo haces? Porque estás prisionero de un cuerpo.

- ¿Te refieres a Silvia? - Preguntó Emilio.
- Por supuesto así lo hice con ella. No sé si hayas querido a una mujer con todo tu ser. Yo así la amaba. Con toda la fuerza compulsiva de mi mente neurótica. Era casi un hombre completo cuando la poseía. A menudo le decía cuando ella me preguntaba adonde deseaba ir: "Cuando estoy contigo "ya llegué". Tengo lo que quiero, todo lo demás es accesorio." Y así era. Junto a ella cualquier situación era fascinante. Hasta los pequeños incidente eran placenteros, solo porque ella estaba ahí. De pronto tuve la impresión que su presencia justificaba todos mis sufrimientos anteriores. Por lo mismo la llamaba "Silvia la mágica". Pero era yo quién la amaba, era mi todo como te dije antes, sin embargo yo era nada para ella, como lo demostró cuando nos divorciamos. Sólo el tiempo y la absoluta certeza de que era inútil insistir, me hicieron renunciar y tratar de olvidarla. Podía sentir que me asfixiaba el dolor, pero como yo era nada para ella, que podía importarle. No puedo culparla, si me amase una persona que no me interesa, mi comportamiento sería igual. Como te mencioné antes, yo la saqué de la nada y la convertí en mi todo, pero aunque lo percibiera así, no era una realidad.

David tomó su tarro de cerveza y bebió varios tragos. Cuando estaba sensible, el alcohol lo mareaba más rápido. Divagaba y como contaba con el interés de Emilio, estaba relajado y continuó:

- ¿Has escuchado esa expresión de vivir el aquí y el ahora?
- Sí, me gusta. – Afirmó Emilio a la vez que tomaba su tarro
- ¿Por qué?
- Me parece que es una sana manera de enfrentar la realidad. - David lo miró con benevolencia pero con una sonrisa de negación
- ¿Qué no es sumirse por entero en el aquí y en el ahora la gran enseñanza? - Preguntó con timidez Emilio.

- Es un pensamiento cautivador, pero limitado. Tu puedes generar momentos de plenitud grandiosa en la inmersión del aquí y el ahora por ejemplo cuando te dejas llevar por la melodía y la construcción de una sinfonía y apartas cualquier pensamiento; lo mismo sucede si contemplas una película y más si es una obra maestra que te conmueve. Pero pronto acaba el hechizo. Tú estás aprisionado en un cuerpo y éste no entiende del aquí y el ahora. Después de consumir cierto grado de energía te obligará a que lo alimentes, lo abrigues, lo descanses. El cuerpo te sacará a la fuerza de tu estado santificado del aquí y el ahora y te regresará a la realidad brutal de la sociedad humana y vaya que posee los mecanismos físicos para hacerte retorcer por el hambre, a estrujarte por el frío o hasta berrear ante un dolor físico o una enfermedad. Tú no puedes sustentar una filosofía en un principio tan deleznable. ¿Cómo puedes sustraerte a las necesidades de tu cuerpo? Es un carcelero más implacable que un celador de una prisión.
- Pensé que era un gran principio
- Cuando sufría por Silvia te podía declarar con toda la zozobra "Aquí y ahora me siento desolado" y en mi lucha por no ser arrasado por los Almacenes Omega podía expresarte "Aquí y ahora estoy por completo asustado" - Emilio sonreía ante ésta declaración. Le parecía tan sincera y le sorprendía escuchar que David alguna vez estuviera por completo asustado.
- ¿Tú crees en el destino? ¿Qué Silvia era parte de tu plan de vida?

No, yo creo que mi neurosis me llevó a ella. – Afirmó David. – La escogí por mi enmarañado estado emocional y mi confusión de valores. - David hizo una larga pausa y luego continuó – No tienes ni idea en que terribles embrollos te puede involucrar una mente neurótica. – Su expresión era sonriente como si pensara ¡Ah, si yo te contara! Emilio se sintió contagiado por esa expresión y sonrió a su vez. – ¡Que terrible batalla cuando los enemigos están afuera para aplastarte y adentro para menospreciarte! – David miraba a Emilio fijamente y prosiguió – A lo único que puedes aspirar con una mente condicionada es a brincar de una falsa realidad a otra falsa realidad. En tu escapada podrás ser iluminado por un relámpago de auténtica verdad, pero toda vez asentado, otra falacia se adueña de toda tu mente y el resplandor se desvanece en la nueva enajenación. Es como un hombre que camina sobre las piedras de un rio, cambia de piedra, pero permanece en el mismo rio. Cada neurótico vive su propia fábula y hace de su vida una historia de horror.

CAPÍTULO 7

1

Berenice, la violinista.

La ferretería de David se transformaba. La nueva estrategia de re-decoración de espacio se estaba convirtiendo en un negocio más rentable que la misma ferretería. Las aportaciones de Alberto habían sido clave para un éxito rápido. La plantilla de empleados aumentaba cada mes, los contratos con constructoras se incrementaban. David pensó que sería conveniente abrir sucursales para el negocio de re-decoración de espacios. Trabajaba por la tarde en el análisis de algunas cifras y posibles ubicaciones. Por la noche salió de su negocio y se dispuso para asistir a una reunión que ofrecía Ana María, quien era la gerente administrativa del almacén en su ferretería.

La reunión se celebraba en su camarote. Tenía un amplia propiedad que adquirieron desde hacía años, ella y Cristián, su marido. David entró y sin demora acudieron a recibirlo para presentarlo con su familia. La reunión congregaba a más de treinta personas. Ana María presentó a David con su hermana Berenice. Esta tierna y exquisita mujer lo atrajo de inmediato, pero ella se mostró esquiva.

Ana María a la hora de la cena dispuso el asiento principal para su jefe y se deshacía en gentilezas. David era poco proclive a ser el eje de atención en ningún lado y se sentía un poco incómodo. Cristian se sentó a conversar con él. Tuvieron un superficial diálogo que aburrió a David, pero éste correspondía con sus más finos modales. Al poco rato escuchaba la interpretación de un cuarteto. Su atención se enfocó por entero hacia los ejecutantes.

- ¿Quién toca esa música? - Le preguntó un poco extrañado a Cristian. La música clásica no se acostumbraba en las reuniones sociales.

- Es Berenice y sus amigos. ¿Te gusta?
- Mucho. - Cristian sonrió complacido del entusiasmo de David. ¿Vamos hacía ellos?
- Por supuesto.

Entraron al salón y Cristian se aseguró que tuviera un asiento cómodo.

- ¿Aquí estás bien? – Indagaba con la voz más baja posible.
- Perfecto, gracias.

David se dejaba llevar por la música. De pronto la reunión se le tornaba maravillosa. Había distintas personas que permanecían calladas y muy atentas. Era visible cuanto lo disfrutaban. David pasaba revista a los músicos, había otra mujer, una señora de edad que tocaba el cello, un hombre bastante viejo y gordo y un joven muy apuesto.

Berenice tocaba de manera deliciosa el violín. Tenía unos movimientos que irradiaban un estado de ensoñación pero no afectados. La música, las copas y la belleza de aquella mujer lo hechizaron hasta la médula. Se sumió en una contemplación profunda atrapado por la imagen de Berenice, muy delgada y de movimientos suaves y delicados. Le parecía que nunca en su vida había presenciado tanta serena hermosura. "Qué extraña belleza tiene esta mujer, es tierna y sensual, delicada y profunda. Irradia sensibilidad por toda su piel"

Lo que lo desconcertaba y por un increíble absurdo lo ponía celoso eran las miradas que cruzaban entre el joven apuesto y ella. "Qué lástima, sin duda son pareja". Pero David se equivocaba. Berenice era la mujer más solitaria que pudiera conocer. Había transcurrido bastantes años sola desde su último noviazgo. Nunca pudo consolidar un romance permanente. Se interrogaba desesperada que era lo que debía hacer. En una ocasión que se convirtió en la novia de un hombre que le gustaba mucho, se mostró renuente a tener trato sexual con él, conjeturaba que de esa manera aquel insistiría y le propondría matrimonio, pero no fue así. Un día lo sorprendió besándose con una secretaria. Perdió los estribos, hizo una escena de celos que fue frenada por ambos en el acto. De manera tajante le declararon que eran novios y que la oposición de Berenice no variaría la situación. Pese a que fue bastante lastimada, fue mucho menos el sufrimiento que cuando terminó con su gran amor, Víctor, un compañero de oficina.

Éste era su asiduo acompañante, muy extrovertido y galante. Bromeaba con ella y la invitaba a salir. Eran la clásica pareja en todos los eventos de la compañía pero pasaba el tiempo y él no le declaraba su amor. Sus citas eran esporádicas e imprevisibles y eso la mantenía ansiosa. Víctor no cortejaba a nadie en la oficina y esto la alentaba en sus expectativas. Berenice era el eje de todas sus atenciones y lo fue por tres años. Un día ella se atrevió a dar el paso definitivo y se le entregó en cuerpo y alma. Las veladas eran ardientes pero aun así no conseguía que la relación tuviera una formalidad. Víctor era elusivo y ocasionalmente tenían un encuentro romántico y sexualmente muy satisfactorio y luego por días no sabía nada de él. Víctor la calmaba manifestándole que así era su carácter, que él era un hombre al que le convencía la independencia. La quería pero no deseaba comprometerse. Los años pasaron y Víctor un día desapareció. Berenice quedó desolada, no cesaba de buscarlo pero no pudo encontrar su rastro. Lo último que supo es que colaboraba en otra firma. Transcurrió mucho tiempo para que se enterara que Víctor se había casado y que tenía un hijo. Fuera de esas nimias aventuras amorosas, solo tuvo uno que otro romance, o pretendiente y sus contactos sexuales eran casi nulos.

Ella lo propiciaba. Nadie tenía idea de lo que la traumatizaba la delgadez de su cuerpo. Se examinaba ante un espejo y se figuraba que se asemejaba a una calavera, larga y flaca. Tenía caderas pequeñas y nalgas planas, como su pecho.

En ocasiones por la mañana lloraba su soledad, pero se reponía. Había actividades que podía gozar sola, como interpretar el violín, ver películas hasta bien avanzada la noche, leer buenas novelas y empinarse alguna que otra botella de los vinos más finos. Estaba resignada a vivir el resto de su vida solitaria y David ignoraba que el otro violinista del cuarteto era un hombre casado que no tenía ninguna intención hacia ella.

Su vida laboral era bastante rutinaria pero estaba satisfecha de su actual posición. Berenice pudo estudiar en la universidad y muy joven ingresó a laborar en una oficina de publicidad. Con los años fue afianzando su posición hasta obtener la confianza y afecto del dueño de la agencia. Este hombre era un empresario que manejaba diversos negocios y era desconfiado por naturaleza. Tenía múltiples cuentas secretas en diversos bancos y casas de bolsa, y su manejo era muy abrumador. Paso a paso le encargaba la vigilancia de estas inversiones. Luego la confinó en una oficina aislada para que conciliara los múltiples estados de cuenta y efectuara movimientos en ellas. Esto le confería una posición privilegiada ya que se convertía en su empleada de absoluta confianza. Era la única persona que conocía las contraseñas y firmas electrónicas. Le pagaba un excelente sueldo y su despacho era mucho más cómodo y acogedor que los de cualquier ejecutivo de la compañía. Lo que ganaba no podía obtenerlo en ningún otro lado y los números más sencillos pero que tenían un efecto cardinal en las finanzas de su jefe eran su rutina día con día. Vigilaba con suma diligencia las numerosas aplicaciones y con sumas y restas, multiplicaciones y divisiones tenía para resolver el más complicado de sus problemas. Al completar las conciliaciones guardaba todos los documentos en cajas de seguridad y resguardaba su oficina con una llave especial.

La disciplina para dominar el violín la aplicaba para realizar de manera constante la misma actividad.

A pesar de que el dinero le sobraba, no experimentaba placer en comprarse ropa y ajuares. Las ocasiones en que se probaba diversos modelos frente a un espejo le revelaban la horrible imagen de su complexión para ella calavérica. A últimas fechas optó por ponerse pantaletas acojinadas y rellenaba sus brasieres. Mandó fabricar unas perneras que engrosaban el volumen de sus muslos y esto se había vuelto contra ella, porque le daba pavor que un hombre con el que tuviera un contacto íntimo le desenmascarara el engaño. Así que procuraba evitar cualquier contacto ocasional.

No le quedaba más que aceptarse y resignarse. Existía una amargura silenciada porque anhelaba con intensidad una unión romántica permanente que nunca pudo tener. Pero no era una mujer derrotista ni neurótica y sobrellevaba su soledad con la mejor de sus actitudes.

David otra vez advirtió como cruzaron una mirada de complicidad entre Berenice y el apuesto violinista y decidió marcharse. "Que estúpido, pero me siento celoso" se dijo molesto. "Con los años me vuelvo más neurótico, eso es lo que me sucede". Se despidió y se fue. Pero no podía quitar de su mente la figura de aquella mujer seductora.

No pudo contenerse y unos días después a pesar de su recelo se dispuso a buscarla. Le solicitó el teléfono a Ana María, mintiéndole al decirle que le interesaba contratar al cuarteto. Si se hubiera confesado con ella, Ana María se habría encargado encantada de secundar el vínculo. De alguna manera David temía que le confirmara que Berenice tenía un romance con el violinista y él se pondría en ridículo. Mejor se guardaría el secreto.

Pero no pudo reprimirse. Por la tarde la llamó, no pudo localizarla porque Berenice estaba en su trabajo. Aguardó dos horas y volvió a marcar pero para su desilusión todavía no estaba. Ansioso esperó hasta las diez, pero su desencanto aumentaba porque tampoco la encontró. Siguió su espera y la buscó a las doce pero Berenice se había quedado a dormir con sus padres. David pensó suspicaz "Apostaría que está con el violinista revolcándose de lo lindo". Resentido le habló a una de sus amigas para olvidarla y no soportar la noche solo.

Días después volvió a intentarlo. Marcó cinco veces, la última a las dos de la mañana y no le contestaba porque esa noche suplía a su hermana que le rogó que vigilara a sus hijos porque pasaría la noche con Cristian en compañía de unos amigos. "Es inútil" recapacitaba furioso. "Yo mismo me trampeo. Esa mujer con seguridad cohabita con el violinista y me hago falsas ilusiones". Pero no pudo contenerse y volvió a la carga al día siguiente con idéntico resultado, Ana María le pidió que la auxiliara un día más. David estaba sorprendido ante lo alterado que sentía y resolvió poner un freno. No volvería a intentarlo.

David entró a su estudio inquieto y turbado. Hacía mucho tiempo que no se hallaba tan irritable. "La soledad no es buena consejera y yo ya tengo muchos tiempo solo. No es sano continuar así".

Se fue a acostar pero para su mayor molestia le era imposible conciliar el sueño. Tenía la opción de ingerir un somnífero pero los evitaba porque las secuelas matutinas aunadas a las sensaciones deplorables con que acostumbra despertar lo deprimían.

Se levantó y fue a su estudio. Intentaba leer pero la fascinación por Berenice lo perseguía. Por pura compulsión agarró el teléfono y sin detenerse porque eran las cuatro de la mañana, la llamó. Fue infructuosa, Berenice estaba en el camarote de su hermana cuidando a sus sobrinos. Se percataba como una densa oleada de irritación entremezclada con rabia lo invadía. "No tengo razón, no la tengo. Es una mujer libre que ni conozco y aquí me tiene fuera de mí". No tuvo más alternativa que tomarse el somnífero para relajarse.

Despertó muy tarde, melancólico y cansado. Y otra vez le marcó, no sabía que Berenice estaba en ese momento en su oficina. Se dijo estúpido y renunció a su persecución.

2

Raúl y Mariana

Raúl y Mariana compartían una relación madura. Su romance empezó y cada día la compenetración crecía. Pero algo ensombrecía la relación. La situación económica de Raúl no mejoraba y éste se sentía asfixiado ante tanto compromiso económico. Llegó con Mariana con su rostro desencajado. Ella lo notaba muy abatido:

- ¿Qué te sucede cariño?
- Me avisaron que posponen mi curso. - Dijo Raúl abrumado.
- Mariana tenía dinero suficiente para ayudarlo. No le importaba en lo absoluto que estuviera destinado para solventar compromisos con su ex esposa. Pero no quería viciar una relación que en forma tan cristalina se desenvolvía. Mariana también había planeado ofrecerle que se fuese a vivir con ella. Pero temía que esto repercutiera en forma negativa. Lo quería apasionadamente y estaba dispuesta a apoyarlo en cualquier forma que él le pidiera. Platicaron un largo rato. Ella sopesaba todas las alternativas que pudieran ayudarlo en cualquier forma. - ¿Quieres que le diga a David que adelante un curso?
- ¿Crees que aceptaría? - Preguntó esperanzado.
- Si se lo pido, lo hará. Estoy segura. - Repuso convencida.
- Me ayudaría mucho, cariño.
- Ahora mismo lo hago. - Raúl se sentía tan presionado que la dejo hacer. Mariana fue por su celular y llamó a David. Habló con él unos minutos y éste aceptó. Mariana miraba a Raúl con aire triunfante. – Ya está arreglado. Te espera mañana a las 11.
- Cariño eres un ángel. Qué alivio. Gracias linda.
- Te quiero y no me gusta verte angustiado.
- ¿Crees que aceptaría darme un anticipo? - Indagaba Raúl con timidez
- Estoy segura. David es un hombre que ha padecido épocas muy penosas, entiende tu situación, además es en un hombre generoso. No lo conoces todavía.
- ¡Qué alivio! - El semblante de Raúl se distendía. - Eres mi ángel guardián, ¿Cómo podría compensarte?

- Tú pídeme lo que necesitas. Te amo. Haría lo que me pidieras Raúl. Cualquier cosa - Ella tomó sus manos y las besó. Raúl se emocionó.
- Desde que apareció esa succionadora empezó mi declive. Perdí mi empleo y ahora cada vez es más difícil conseguir cursos. Las empresas son lo primero que cancelan cuando precisan recortar gastos.
- Detesto esa maldita máquina del demonio. - Repuso Mariana resentida.
- Por la mañana me despierto con una sensación de asfixia. No sé qué me va a deparar el día. Siento mi vida sin control. Es tremendo que no puedas acomodar las circunstancias para resolver tus compromisos. Por más que me disponga a trabajar con profesionalismo las decisiones no están en mis manos. – Mariana lo escuchaba comprensiva, estaba dispuesta a ayudarlo al precio que fuera, pero era cauta. Raúl continuó: Es un infierno tener que depender de los demás para sobrellevar tu vida. - dijo Raúl desalentado.
- Relájate por lo pronto. Ya pensaremos que hacer.
- Gracias cariño. Me has sacado de un apuro. - Ella sonreía pero se sentía preocupada. Deseaba apoyarlo mucho más, pero no se atrevía a ofrecérselo.

Terminaron su café y se dirigieron al cine. Al día siguiente se presentó Raúl. Mariana había llamado a David por la noche para contarle sus preocupaciones. Éste le ofreció que le adelantaría dinero a cuenta de los cursos, que ya inventaría. Para él el costo que erogaría era una partida pequeña y su empresa los absorbería sin dificultad.

3

El vagón

David obtuvo una muestra de un material moldeable que se endurecía al contacto de varios días de exposición al aire, y que se industrializaba en una fábrica bastante alejada del centro de la nave. No era un sitio inhóspito, pero era una de esas zonas industriales, atestadas de obreros, comerciantes ambulantes, desempleados y pequeños restaurantillos. Era un lugar peligroso. David les mostró a Walter y Alberto el material y les comunicó que iría a investigar. Pretendía hacer un trato con los fabricantes y al disponer de ese material, le dejaría el asunto a Alberto para que lo utilizara en sus diseños. Era una especie de plástico, que no se corrompía, moldeable y nada tóxico. David imaginaba todas las aplicaciones que un ingenio como el de Alberto podía darle a ese componente.

Walter se oponía a que visitara ese andurrial, pero David desde joven estaba curtido para vagar en los barrios más peligrosos sin miedo alguno. Walter lo instaba a que cargara un arma. Le enseñó su cúter, que siempre llevaba consigo. Walter objetaba escéptico, juzgaba ridículo enfrentar una banda con un cúter. Y en esa zona operaba una banda, que la policía no había podido desintegrar. Varios comandos la buscaban, pero éstos bandidos eran bastante astutos. Por más que se oponía Walter, David estaba decidido a ir.

Alberto había diseñado un arma que pasaba desapercibida. Era una especie de pistola que estaba oculta en un estuche similar a un libro, daba la apariencia de un tomo de pasta gruesa. Éste artefacto tenía en su interior un cañón de seis balas con un silenciador integrado. Por uno de los costados se podía abrir la rendija que ocultaba el cañón. Una pequeña tapa que se levantaba en la parte superior servía como pantalla para apuntar al objetivo y con un botón se accionaba el disparador de proyectiles. Un típico invento de Alberto. Con cierta renuencia David accedió a cargar con ese instrumento. Lo consideraba innecesario. Pero Walter lo presionaba hasta que cedió. Alberto lo entrenó para usarlo. Era de muy sencilla manipulación.

David abordó el tren que lo conduciría a la fábrica. Cargaba con su cañón y su cúter, pero no se creía en riesgo alguno. Nunca había sido asaltado y caminaba sin aprensión. Jamás usaba relojes ni joyas. Cargaba una módica cantidad de dinero. Y siempre llevaba un libro en sus viajes. Era un lector voraz y se sumía en su lectura, se desatendía de la gente que se sentaba a su alrededor. El viaje sería largo. Debía hacer un par de transbordos. En este último tren, los vagones no tenían un buen mantenimiento y había estaciones descuidadas, su estado era deplorable.

Llegaron a una de las últimas estaciones cuando una banda de criminales se apoderó del tren que apenas contaba con dos vagones. Estaba parcialmente ocupado. Uno de los asaltantes amagó al conductor y se hizo del control del tren. Los otros cuatro se dividieron en dos por vagón. Bien armados con pistolas amenazaron a los pasajeros. David estaba sentado a la derecha, al lado de una señora de edad. El asiento estaba hasta adelante y en el otro asiento doble separado por el pasillo, estaba un padre con su hijo. Los asaltantes procedieron a desvalijar a los pasajeros. Uno de los asaltantes portaba un casco. Era un hombre rubio con una gran cola de caballo lacia. Era alto y atlético. Tenía unos brazos tatuados y unos músculos impresionantes que revelaban su imponente fuerza. El otro, más alto, era un hombre moreno, con el pelo ensortijado, lo llevaba largo y se veía sucio. Llevaba una gabardina. Su cara mostraba una barba corta, producto de varios días sin afeitarse. El hombre rubio echaba su botín en una bolsa, mientras el otro asaltante les apuntaba con la pistola. La gente les entregaba sus anillos, collares, relojes y dinero con sumisión. Las billeteras las revisaban, las vaciaban y se las aventaban. David les entregó el dinero que llevaba y lo dejaron en paz. Cogieron el bolso de la señora, hurgaron en éste y se lo devolvieron. El hombre del cabello ensortijado vio al niño, el padre lo protegió en sus brazos y eso molestó a este delincuente. – ¿De qué lo proteges? – El padre hizo señas de negación. Pero su comportamiento lo irritó. El criminal empezó a acariciar al pequeño. – Será un guapito ¿No lo cree mister? – El padre asintió, pero hizo un ademán impertinente de protección. Los asaltantes se miraron y rieron. – Ven acá pequeñín - El padre cambió de lugar con su hijo decidido a protegerlo. El hombre rubio de la cola de caballo lo agarró de la camisa a la altura del cuello con una sonrisa cínica. El padre intentaba defenderse, pero este hombre era muy alto y herculeo. Le dio un cabezazo en la cara y doblegó al padre. Éste luchaba pero lo sometía sin esfuerzo. David veía el atraco con temor e indignación, pero intentar defender a ese hombre le provocaría que le dieran una golpiza. Todos los pasajeros miraban con atención y silenciosos. El hombre greñudo del pelo ensortijado tomó al pequeño. Todos veían con estupefacción, no sabían que pretendían esos delincuentes. Él padre se propuso soltarse y golpear al rubio. Éste pudo evitar el golpe con una agilidad sorprendente. A David le quedaba claro, que de pretender defenderlo, sin que pudiera siquiera agredirlo, lo molería a golpes, y hasta podría matarlo. Estaba paralizado de miedo, presa de una rabia inmensa contenida. El hombre asió al pequeño mientras le bajaba los pantalones. El niño asustado y avergonzado volteaba a ver a su padre que trataba de zafarse y agredir al rubio. Esta vez el rubio descargó un golpe terrible en su estómago, el padre se dobló y enseguida y luego le propinó un feroz rodillazo en la cara. De inmediato sangró por la boca. Lo doblegó, lo tiró al suelo con su pecho sobre el suelo. El rubio se sentaba sobre sus espaldas, le inmovilizó los brazos con sus poderosas piernas y agarraba sus cabellos. Con la otra mano apretaba su cuello. Lo hubiera podido estrangular con una sola mano. A cada esfuerzo del padre por soltarse, el rubio estrellaba su cara contra el piso. Se carcajeaba al mirar a su compañero que ya se había sentado apoyado en la pared del vagón agarrando la mano del niño. David como la mayoría de los pasajeros miraba indignado el abuso. Ardía en ira, pero se sentía impotente.

El hombre del pelo ensortijado sentado y recargado en la parte delantera del vagón, abrió su gabardina, deslizó sus pantalones y calzones y descubrió su enorme pene. Erecto y brillante. Miraba con desprecio y sorna al padre que intentaba soltarse, pero el rubio azotaba su rostro a cada movimiento. El otro hombre comenzó a acariciarse el pene, subía y bajaba su prepucio y con una mirada lasciva observaba al pequeño que espantado no se movía. El hombre procedió a desnudar al niño. Lo iba a violar.

David resolvió actuar. Comenzó a calcular sus movimientos. Tenía un arma. Primero dispararía al hombre del pelo ensortijado y enseguida degollaría al rubio que le daba la espalda. Habilitó el cañón que le proporcionara Alberto. Los dos delincuentes estaban distraídos. El hombre que tenía al niño había dejado a su lado la pistola. Una señora emitió una exclamación, y entonces agarró su pistola y le apuntó. La señora gritó: - No me mate.- El delincuente le disparó a su asiento. – La próxima se muere, ¿entendió? – La señora asintió aterrorizada. David preparaba su cañón y sacaba con suma discreción su cúter y desenvainaba la filosa hoja. En su mente se escuchaban pensamientos atropellados. "No matarás" "Existen muchas razones para morir, pero ninguna para matar" "El peor crimen es el asesinato" pero una decisión más profunda lo hacía proseguir con sus maniobras, estaba resuelto. Apuntó a la cara, exactamente a los ojos de aquel depravado y con la otra mano sostenía con firmeza el cúter. Vio como el hombre volteaba al niño, lo forzaría a que se sentara en su asqueroso pene y lo violaría. David apretó el botón, dos balas salieron del cañón y se incrustaron en el rostro del violador y con un preciso movimiento se lanzó sobre el rubio, lo prendió por la cola de caballo, la jaló hacia atrás con fuerza y lo degolló con tal ímpetu que le rebanó la tráquea hasta casi el hueso. Los dos hombres estaban muertos.

David empezó a temblar de inmediato, el padre se levantó y fue por su hijo y con lágrimas en sus ojos lo estrechaba y lo vestía. Su rostro estaba sangrante y su espalda estaba manchada de la sangre del rubio. David también se había salpicado. Los pasajeros se agruparon. David recuperó el cañón y guardó el cúter en su bolsa.

Todos estaban perplejos y empezaron a hablar.

- David temblaba. Un hombre lo abrazó. – Lo felicito.
- Una mujer también fue a consolarlo. – No tiemble. Fue muy valeroso lo que usted hizo.
- Otro hombre joven quiso poner orden en la situación. – Debemos de deshacernos de los otros.
- Un hombre dijo que portaba una pistola. – Otro comentó - Entonces tenemos tres – Cogieron las pistolas de los asaltantes - ¿Quién sabe manejarlas? - Un hombre se ofreció como voluntario y luego otros dos. Arrastraron los cadáveres de los delincuentes para que no se vieran sus cuerpos si se abrían las puertas del vagón.
- Uno de ellos expresó - Tenemos que matar al que conduce el vagón. - Se organizaron. David y el padre permanecían como petrificados. Un hombre no dejaba de abrazar a David. – Quítese el saco y la camisa. Los arrojaremos por la borda para que no dejemos pruebas. - David se los quitó y quedó con el torso desnudo. – Otro pedía ayuda para que al abrirse las puertas arrojaran los cadáveres de los criminales por la borda. Varios hombres se prestaron a hacerlo. Uno de ellos sacó una navaja y cortó la cola del caballo del rubio y se puso su casco y les dijo – Permaneceré de espaldas. Los sorprenderemos. Tú, sales y le disparas al que está en la cabina – El hombre que portaba el arma asintió. – Continuaba dando instrucciones. – Cuando abran la puerta, disparamos. Uno de nosotros irá al vagón de atrás. – Yo lo haré, sé manejar un arma. Lo sorprenderé. – Esta bien, pronto llegaremos a la estación, es esencial tirar los cadáveres por la borda ¿De acuerdo? - Un hombre se dirigió hacia David para entregarle su chamarra. – Cúbrase. – David agradecido la aceptó y se la puso. El hombre le devolvió una mirada cálida. Todos estaban alerta. Arribaron a la estación y el tren disminuía su velocidad. El padre con los ojos vidriosos estrechaba a su hijo. – Todos listos. – Sí

– Contestaron varios al unísono. El tren se detuvo. Se abrió la puerta y entró otro de los asaltantes, de inmediato recibió varios tiros en la cara. El joven que portaba el arma salió hacia la cabina para dispararle al delincuente que estaba junto al conductor que había recibido un golpe y estaba inconsciente. Otro hombre entró en el vagón trasero, pero el asaltante al escuchar los disparos apresó a una mujer escudándose en ella. El joven y el delincuente se apuntaban con sus armas. Otra mujer a la que el criminal le daba la espalda se quitó su zapato, tenía un tacón puntiagudo que terminaba con una tapita de acero. Con una fuerza insólita le propinó un golpe con el tacón en la base del cráneo. Soltó a la mujer y el otro joven le disparó. – Pronto, pronto - gritó. Tiremos a este tipo por la borda. – Varios de los hombres lo cargaron y lo arrojaron. David observaba cómo cada uno de los cadáveres era aventado por la borda. Él por su lado tiró su camisa, su saco, el cañón y el cúter al mar. Una mujer desconocida le plantó un beso. David volteó y la miró. – Es usted muy valiente – le dijo. Las emociones de David estaban por completo conmocionadas. Cada persona recogió sus pertenencias de las bolsas. Los cinco cadáveres yacían en el mar. Hacía un viento frío, pero no se separaban. El padre ya repuesto fue con David y le dijo – Gracias, gracias – con llanto en su rostro. El pequeño permanecía anonadado, ultrajado. Su padre se lo llevaba y volteó a ver a David que estaba tan consternado que no acertaba a irse. Había cometido dos crímenes, sus manos estaban manchadas de sangre. Como un grupo se despidieron. Felicitaron al joven que mató al criminal del segundo vagón, al que liquidó al de la cabina y a la mujer que le propinó el taconazo en la cabeza. El chofer se recuperaba. David con otros partió y poco a poco el grupo se dispersaba. David se alejaba con paso vacilante y se perdía de la vista de los pasajeros. En su mente revoloteaban pensamientos sin control: "Has matado dos hombres" Todavía sentía la forma salvaje como había jalado la cabellera del rubio y la ferocidad como le tajó la garganta. Pero lo alentaba el beso que le dio la joven y la forma como le agradeció aquel padre, con los ojos arrasados de lágrimas de agradecimiento, al percatarse que su hijo estaba a salvo. Recordaba con ternura el abrazo con que intentó calmarlo aquel joven. Como lo protegieron al quitarle el saco y la camisa y el hombre que le había entregado su chamarra. La turbulencia mental no cesaba. No cesaba de temblar. Quería sosegarse: "Ya lo hice" pensaba. Un pensamiento más benigno acudía a su mente: "Tuve que hacerlo, no tenía alternativa" No se sentía criminal, ni asesino, pero estaba intranquilo: "Espero que esto no afecte mi Karma" pensaba preocupado. Continuaba su caminata sin rumbo. Estaba muy lejos de su camarote y no deseaba que nadie de esa zona lo reconociera. Ascendió a otro piso para perderse entre la multitud. Sus manos no las había lavado aunque la sangre estaba seca. Se metió a un restaurantillo y con la cabeza gacha fue al baño. Estaba vacío. Se lavó con minuciosidad. La chamarra estaba limpia. Salió. No deseaba que lo vieran y se alejó hasta llegar a una estación de tren. La gente no lo miraba. Abordó el tren. Después de avanzar varias estaciones se bajó. Encontró un hotel, solicitó una habitación y se acostó nervioso. Se zampó dos pastillas calmantes y pidió unas cervezas. Se bebió un par de golpe. Tendido en la cama se quedó dormido.

A la mañana siguiente al despertar se sentía entumido. Seguía tembloroso y alterado. Se bañó con agua caliente. Se fue a desayunar. Quería poner sus pensamientos en orden. Hacía frío, el lugar estaba enclavado hacía el norte de la nave. La chamarra lo protegía. Recordaba al hombre que se la había dado y la sonrisa de satisfacción de éste cuando se la puso. Se acordaba agradecido. Salió del restaurante y fue a una tienda a comprarse una camisa. Repasaba con obsesividad el suceso. Sus pensamientos se aclaraban: "No fue un crimen. Fue como salvar a un niño del ataque de dos animales salvajes. Eso fue lo que hice" La cara del padre y sus palabras resonaban en su mente y aquel beso dulce. "Tuve que hacerlo, como hubiese proseguido mi vida si no hubiese intervenido. Habrían violado a ese niño y me sentiría el ser más cobarde, más despreciable" y su mente sin reposo insistía: "Ese padre y ese niño no se habrían repuesto nunca de ese incidente. Se hubieran trastornado para el resto de sus vidas" Se defendía: "Tuve que hacerlo Dios, espero que no me culpes". En el fondo no se percibía como asesino, aunque admitía que mató al rubio con odio, con un sentimiento de rabia salvaje. Nunca había conocido hasta donde podía llegar cegado por la ira. Ahora lo sabía.

De pronto se acordó del pergamino. Como una luz, la esperanza brilló en su corazón. "Con seguridad es el incidente al que se refiere el pergamino" conjeturaba al borde de la euforia. Caminaba con rapidez en busca de un café para desenvolver el pergamino en una mesa. Entró y pidió un café. Despejaba la mesa y con nerviosismo expectante lo sacaba de su bolsillo y lo desenrollaba. Para su completa sorpresa no tenía cambio alguno. Leyó en la parte trasera:

"Pronto enfrentarás a tu destino. Aguarda.
Estaré contigo para fortalecerte"

Entonces ese espantoso incidente ¿Nada tenía que ver con su pacto? David lo revisaba con todo cuidado, no encontró ningún indicio. Desencantado lo enrollaba y lo metía en su bolsillo. Pensaba "¿Cuál será el suceso al se refiere este mensaje?"

Estaba lejos de su camarote y no deseaba regresar por el momento. Al terminar su café se dirigió a la estación y abordó otro tren y se fue a una aldea a descansar unos días. Caminó y vio en un kiosco un diario que se refería al atraco. Se hablaba que los pasajeros enfurecidos por la violencia de los criminales se defendieron y los aniquilaron No había pistas. La policía había declarado que se hizo justicia sobre la base de la ley de autodefensa y que no buscarían a quienes perpetuaron esa acción. Declaraban el caso cerrado. Esto tranquilizaba a David. Conservaba sus documentos. No había forma de que lo vincularan. Unos días después decidió volver y no le contó a nadie lo ocurrido. No se sentía culpable, pero todavía lo estremecía aquel violento acontecimiento.

4

Emilio y Alberto

Salieron tarde. El trabajo se multiplicaba. Los paneles de pared completa que había diseñado Alberto se convirtieron en un éxito comercial. Los pedidos se incrementaban todos los días y nuevos y jugosos contratos cerraba David con constructoras. A pesar de la crisis, el negocio prosperaba y se fortalecía. Alberto era socio de David y con su nueva posición económica había adquirido un nuevo camarote en una zona más segura. Caminaba en compañía de Emilio, optimista y relajado. El futuro le aparecía promisorio.

- Es una paradoja. Para ser felices necesitamos de los demás, para ser desgraciados nos basta con nosotros mismos. Yo no concibo la vida sin tu madre, sin tus hermanas, sin ti Emilio. Necesitamos de nuestros amigos, de los vecinos. Sólo con ellos podemos llegar a estados de euforia, de gozo, de risa loca. Es una hoguera de júbilo, de ternura que necesitas alimentar. Todo lo mejor necesitamos compartirlo, si no lo haces, estos sentimientos disminuyen. Sin embargo la tristeza, la desesperación, el dolor, se alimentan por sí mismos y se agravan por su propia naturaleza.
- De pronto no entiendo como aquellos que consiguen todo fácil, que reciben recompensas sin esfuerzo, son seres insatisfechos. Hay personas que todo lo obtienen con tan solo desearlo y no consiguen estar satisfechas.
- Hay un momento en que el exceso de placer embota y otro, en que la inactividad se vuelve tedio. Tener una actividad es indispensable para mantener el equilibrio. Es importante encontrar una que desencadene tu pasión, que te eleve por encima de la rutina. En esta sociedad ganar dinero se ha convertido en la base de toda actividad. Las personas trabajan horas y horas para obtenerlo o acrecentarlo y las labores que llevan a cabo todos los días pasan monótonas, tal como las vive una máquina. David tiene razón cuando dice que la sociedad nos ha convertido en mercancías, tasado su valor sobre la base del dinero. Tú tienes una alternativa, ya eres ingeniero y haces tú maestría en humanidades. Es mi experiencia que una actividad que te apasione y que a la vez te produzca dinero, es la situación ideal de vida. Servir a otros colma tu corazón. Si logras la mezcla perfecta de obtener dinero, desempeñar un trabajo que te entusiasme y que además te vuelvas útil a los demás, a tu familia, a tu comunidad, podrás ser un hombre afortunado, en el más amplio sentido hijo.
- Tú lo eres ahora
- Ahora sí, hijo. Poco tiempo atrás perseguía ésta situación, hacía instrumentos útiles. Mi actividad me fascinaba y absorbía horas y horas de mi vida, pero faltaba el dinero. Tú no eres inventor

SOBRE LOS SUEÑOS ROTOS

aunque tengas registros de tus patentes, si nadie las usa. Eres inventor cuando la gente te reconoce como tal. David me llama Edison, se esfuerza para que todos me reconozcan, que entiendan que es inventar y me da un lugar especial. Inventar, crear, interpretar, servir, es vivir la vida con pasión, hijo.

6

Desempleo

Después de una interminable y negra temporada plagada de frustraciones, Raúl se vio favorecido por la buena fortuna. La casualidad y nada más que la casualidad propició que se topara con Antonio Mendoza, un viejo colega suyo con el que siempre tuvo una estrecha amistad y lo encontraba en el momento más oportuno ya que éste apenas unas semanas antes fue nombrado Director de Recursos Humanos de la empresa de desarrollo tecnológico, TE S.A. Se saludaron con mucha efusividad y ambos se platicaron con brevedad sobre su situación actual. Raúl le comentó que se dedicaba como free lance a impartir cursos técnicos que se relacionaban con el comportamiento humano. Antonio lo escuchaba con interés y lo citó para el siguiente miércoles. Raúl acudió con puntualidad a su cita y después de una larga charla, Antonio le comentaba los planes de desarrollo que tenía en mente. Raúl embonaba a la perfección en sus proyectos y en especial en un tema que se refería a los nuevos descubrimientos bioquímicos y como impactaban al comportamiento humano. Conversaron acerca del mismo y Antonio le encomendó a Raúl que desarrollara todo un amplio programa. Estaría conformado por una presentación inicial y seguimientos y reforzamientos mensuales. Le asignó unos altos honorarios como compensación considerando por un lado lo especializado del tema y por otro impulsado por un genuino deseo de ayudarlo.

A Raúl se le despejaba el cielo. La cantidad que recibiría era mucho mayor a la que imaginaba y además con los reforzamientos y seguimientos mensuales contaría con un ingreso mensual seguro por lo menos durante un año. Cuando Antonio le presentó el calendario, Raúl se mostró afable y complacido pero trataba de ocultar lo que ese contrato significaba para él. Saldría de una situación por demás angustiosa y desesperante. Tendría por lo menos un año de bonanza y seguridad. "Esto es tener un franco golpe de suerte inesperado" pensaba jubiloso. Raúl abandonó la oficina de Antonio casi delirante de alegría y optimismo. Lo primero que hizo fue comunicárselo a Mariana. Se actualizaría y eso era una actividad que disfrutaba. Un año al menos, suficiente para tranquilizarse y poner los pies sobre alguna plataforma firme donde pudiera esperar a que se cuajaran varias de las propuestas. ¡Pero qué mundo de diferencia sería ir a proponer un curso sin la urgencia de recibir un "sí" inmediato y la humillante y odiosa necesidad de solicitar anticipos! "Que cambios de fortuna nos depara el destino" pensaba entusiasta.

Durante un mes se dedicó de lleno a confeccionar todo el programa. Compró varios libros especializados bastante costosos. Investigaba en Internet y se entrevistaba con expertos del tema. La inversión menguaba sus escasos fondos, pero valía la pena. Estaba endeudado; tenía atrasadas tres colegiaturas de las escuelas de sus hijas y también dos letras vencidas de la hipoteca del camarote, el cual le dejó como vivienda a su esposa. Estas deudas apremiantes lo presionaban y le provocaban insomnio. Ahora con el dinero que recibiría por el curso pondría por fin orden a sus finanzas personales. El alivio que le proporcionaba esta oportunidad era inmenso.

Con ansia esperaba el día de su presentación. Él y Mariana estaban expectantes e ilusionados. Revisaron el material una y otra vez y lo pulieron casi hasta la perfección.

Al fin llegó el día, Raúl se levantó a las siete de la mañana, en el cuarto que rentaba, aunque estuvo despierto desde las cinco. Tendría su junta a las doce del día. Se incorporó y revisó su trabajo por enésima vez. Todo listo. Fue al lavabo que se ubicaba fuera del baño. Éste era tan pequeño que no disponía espacio para el lavabo. Se examinaba en el espejo. Con cierto desencanto miraba las profundas huellas con que esta amarga época habían marcado su rostro. Sus músculos estaban contraídos, sus ojos crispados. Había bajado más de siete kilos de peso. Se vio avejentado. Contemplaba su cara y sonreía y su rostro no se iluminaba, más bien parecía una mueca grotesca. Una expresión indefinible de dolor oculto se traslucía con sutilidad. Ensayó algunas expresiones, pero ninguna daba la impresión de jovialidad despreocupada que él hubiera querido representar. Se masajeaba los músculos, pero los tensos músculos no se distendieron. "Maldita tensión como lo acaba a uno" pensaba con acritud. Se afeitó con esmero y luego se duchó.

Tenía un amplio guardarropa que había adquirido en sus épocas de bonanza. Eligió su mejor corbata, tenía muchas muy finas. Ir bien vestido aumentaba su seguridad. A pesar de su nerviosidad interior, lucía bien. Tenía buen porte y vestido con ese costoso traje daba la impresión de ser próspero.

Miraba su pequeño cuarto de huéspedes donde vivía. Limpio pero de lo más austero. Solo había lo imprescindible, su cama, su mesa de trabajo con una silla, un buró y un librero atiborrado de libros. La cama estaba cubierta por una colcha deslavada, vieja. Pero la renta era barata.

Las diez con treinta. Sólo tenía un café en el estómago. Guardó su lap top y su material. Sabía que era bueno y eso lo tranquilizaba. Abandonó su cuarto. Tendría una hora para presentarse y ocuparía menos de treinta minutos en llegar, pero evitaría algún imprevisto. Se iría sin apresuramientos.

A las once cincuenta se presentó ante la secretaria. Ella lo atendió con cortesía indiferente y lo pasó a una salita privada. Raúl sacó su material y lo preparó. Le echó un último vistazo "Que buen trabajo" pensaba satisfecho. Las doce y diez, la secretaria entró y le ofreció un café. Raúl no había desayunado y esa bebida lo reconfortaba. Las doce y veinte, la secretaria regresaba y le pedía que aguardara. Raúl asintió. Veinte minutos después se mostraba inquieto. Cuarenta minutos de espera. "No es buena señal" Raúl empezaba a preocuparse. Tenía que mostrarse sereno, relajado. Diez minutos después entraba un ejecutivo, un hombre de cincuenta y tantos años, bien vestido, bajito de estatura y delgado. Saludó a Raúl de manera cordial y le pidió disculpas porque su jefe no podría asistir a la reunión, pero le explicó que él era el subdirector y que llevaba varios años en la empresa, en tanto que Antonio acababa de ingresar. Raúl con su mejor sonrisa intentaba ocultar su desencanto, porque decenas de veces había imaginado la cara de Antonio Mendoza que aprobaba con entusiasmo su trabajo, y empezó su presentación. A medida que avanzaba y alentado por las reacciones del subdirector su elocuencia aumentaba. El subdirector asentía convencido. Raúl logró una brillante exposición.

Al terminar el subdirector no se reservó sus positivos comentarios.

- Excelente trabajo
- Gracias, aprecio con sinceridad su opinión.
- Muy profesional – Raúl sonreía complacido – Antonio me anticipó de su amplia capacidad y no exageró.

- Yo estoy seguro que toda esta información será muy positiva para sus ejecutivos.
- Sin duda – aceptó el subdirector – Además de útil es muy actual y muy didáctica. Yo soy el encargado de calificar los trabajos. Es común que haga algunas observaciones y cambios, pero el suyo no requiere ninguno. Cuando supe el costo me sorprendí. Me pareció alto, debo admitirlo, pero ahora que veo el material y su curriculum me parece justo y yo estoy de acuerdo con el costo.
- Me alegra escuchar eso. Toda ésta información condensada y traducida a situaciones de la vida real será muy provechosa para aquel que la aplique.
- Profesor, yo mismo le pasaré mis impresiones a Antonio. Le marcaré copia a usted para que sepa en qué términos recomiendo la impartición de este curso.
- Es usted muy gentil
- Pues bien le agradezco su tiempo – Raúl estaba expectante. Quería precisar la fecha de inicio. El curso y el precio estaban aprobados, pero de cuando empezaría no decía nada y a él le urgía. Necesitaba fijar una fecha lo más próxima posible y poder pedir el anticipo pactado.
- ¿Cuándo le gustaríamos que empezáramos Licenciado?
- Pierda cuidado, su curso tiene alta prioridad y puede contar con que será impartido.
- Raúl desesperaba con esta contestación tan ambigua. – Tengo todo preparado ¿A cuántas personas se les impartirá?
- A todo el personal ejecutivo, sesenta personas más o menos…
- Convendría integrarlos en dos grupos ¿Le parece?
- Claro que sí. Contamos con un salón grande, pero estoy convencido que le sacaríamos más provecho al dividir el grupo.
- Raúl disimulaba su impaciencia - Está bien, dígame cuando quiere que inicie el curso.
- Profesor le pediré un poco de paciencia.
- Las señales de alarma se encendieron en la mente de Raúl. - ¿A qué se refiere usted? - Preguntó haciendo acopio de ecuanimidad.
- Cuestión de programación – Contestó con despreocupación el subdirector.

- Antonio me dijo que le urgía que le entregara éste material porque pensaba iniciarlo este mismo mes. - Repuso Raúl
- Es correcto lo que menciona usted. Hace dos días tuvimos una junta con el director de finanzas y nos dio instrucciones de que pospusiéramos cerrar nuevos contratos. Antonio se molestó y abogó con insistencia sobre este proyecto. Quería al menos que aunque fuera el único, se aprobara, pero el director de finanzas se mantuvo inflexible y Antonio tuvo que ceder.
- ¿Qué puedo esperar acerca del trabajo que me solicitaron? – Las voces de la desgracia arreciaron su clamor y con rudeza golpearon el ya muy lastimado ánimo de Raúl. No obstante se expresaba con frialdad para cubrir las apariencias.
- Le puedo asegurar que no lo ha realizado en vano. Antonio lo tiene en buena estima y a mí me ha convencido. Yo recomendaré que se incluya de manera prioritaria en cuanto se inicie el nuevo calendario de capacitación. – El subdirector hablaba por puro formulismo. Ni apreciaba ni consideraba el trabajo como muy necesario. Estaba de acuerdo en que estaba bien realizado, pero lo mismo le daba este programa que otro que fuese igual de útil. Por otra parte Raúl le importaba tanto como la silla que estaba sentado.
- ¿De cuánto tiempo hablamos? – Poco a poco se traslucía la necesidad de Raúl a pesar de sus esfuerzos por mostrarse impasible.
- Máximo seis meses – Dijo el subdirector.
- ¿Seis meses?
- Quizá menos.
- Quizá más – repuso Raúl.
- Usted entenderá la situación por la que atraviesan las empresas hoy en día. Tenemos que frenar los gastos. Todas las Direcciones hemos recibido instrucciones de minimizar los gastos y suspender actividades y eventos que no sean indispensables.
- Lo comprendo Licenciado. - Tuvo que aceptar Raúl.
- Si en mis manos estuviera no dudaría en empezar de inmediato – El subdirector hablaba con cortesía, estaba acostumbrado a hacer recortes de personal fingiendo un pesar que no sentía. En ocasiones tuvo que suprimir plazas de trabajadores que

llevaban años trabajando sin que esto repercutiera en su buen apetito.

- Raúl perdía su aplomo - Quisiera que comprendiera mi situación. Cuando Antonio me participó su urgencia por tener este trabajo, tuve que suspender otros compromisos. Me llevó bastante tiempo la preparación y desarrollo de los temas.
- No lo dudo – interrumpió el subdirector – Como le dije el programa que usted preparó es muy bueno.
- Creo justo que cerremos el trato con alguna cantidad. Sólo de esa manera podré estar seguro que el curso con toda seriedad se llevará a cabo en el momento indicado.
- El subdirector captó la necesidad de Raúl y como si pincharan un muñeco de plástico inflado con aire, el respeto y la buena impresión que le había causado descendieron en picada. Pensó "De manera que tras esa buena fachada de próspero ejecutivo y su excelente curriculum y con todo su equipo profesional se oculta un triste hombre necesitado, de seguro un desempleado". Sin perder sus buenos modales le contestó – Si, estoy de acuerdo en que sería justo que lo compensáramos por su trabajo, pero no existe ninguna partida para otorgar anticipos – El subdirector captó el impacto que su negativa causaba en Raúl.
- Pero hablo con los jefes, los que ponen e imponen las reglas, no con un simple empleado que las acata.
- El subdirector echó su cuerpo hacia adelante y de forma amable pero seca y tajante contestó - En mis manos está aprobar o descartar un programa y el costo que erogamos por este, pero de ninguna forma puedo forzar a que se haga un gasto con un presupuesto cerrado. Pierda cuidado Profesor con toda seguridad en seis meses iniciaremos su programa. - El subdirector puso toda su atención en la reacción de Raúl.
- Raúl captaba como el tono del subdirector se endurecía - Pues bien, esperaré.
- Ya sabe, el tiempo corre. Seis meses se van como agua.
- Así es Licenciado. Le agradezco el tiempo que le dedicó a revisar mi material.
- Tenga por seguro que le comentaré a Antonio lo mucho que me gustó.
- Gracias

- Hábleme en cuatro meses así podremos planificar toda la ejecución.
- Yo le llamo – Raúl empacó su material. Guardó su lap top en su estuche tratando de aparentar ecuanimidad. Le dio la mano al subdirector y con una forzada sonrisa se despidieron.

Andaba por los pasillos y vio a los ejecutivos en sus cubículos privados atentos a las pantallas de sus computadoras. Como extrañaba tener un puesto de trabajo con un ingreso seguro. Cruzó por la sala de espera de los aspirantes a un puesto. Silenciosos, nerviosos, impacientes... Lucían de seguro sus mejores ropas. Sintió lástima por ellos y por él.

Al salir de la empresa una sensación de encontrarse perdido entre la multitud lo embargó. No sabía dónde dirigirse. Sería pavoroso comunicarle a Mariana el resultado de su entrevista. Era la hora de la comida y él sólo había bebido un par de tazas de café. Tenía sus fondos a punto de agotarse y le pesaba pagar una cuenta de restaurante. La preparación del curso los había menguado de manera sustancial. Caminaba deprimido y entró en una café económico. Pidió la carta y eligió el menú más barato, pescado asado y agua simple. Mariana con seguridad estaría ansiosa aguardando su llamada para felicitarlo. ¿Cómo le daría la nefasta noticia de que fue pospuesto su programa? Sintió una opresión angustiosa y empezó a sudar frío. Quería pagarle los dos pequeños préstamos que ella le había hecho y liquidar las deudas con sus amigos. "Carajo, ya le debo a toda la gente que me ha querido y no puedo pagarles" se decía desesperado. Se preguntaba en que fallaba. Trabajaba diario, había llamado a cientos de empresas y realizado decenas de presentaciones, las cuales eran calificadas de brillantes. "¿Qué más puedo hacer?" Su actitud era buena, se relacionaba bien con sus contratadores y alumnos.

Regresó la mesera con el café, el pescado y el agua. La tensión nerviosa lo agotaba. Bebió el agua de golpe y pidió más. Tenía que hacer tres llamadas más. Tomó su celular y se comunicó a la oficina del Licenciado Ignacio García, pero le comentaron que estaba de viaje. Llegaría en dos semanas. Tomó la tarjeta del dueño de la empresa "Imagen Profesional, S.A.", ésta era su mejor carta después de la de Antonio. Le recibió la llamaba con maneras muy cordiales y lo invitaba a que le llamara en tres semanas, cuando regresara de vacaciones. Le dio amplias esperanzas sobre su programa. Promesas sin compromiso. Llamó por último a Arturo, coordinador de capacitación de Laboratorios Sanitas. De plano le dijo que no tenía presupuesto para el programa.

Tenía infinidad de prospectos, pero el día acordado para que los llamara distaba todavía. Adelantar una llamada nunca le había funcionado y causaba mala impresión.

Comía su pescado y bebía su café con un nudo en el estómago. Vislumbraba su futuro, un páramo desolado en donde no había lugar para él. El recuerdo de sus deudas se hizo presente y como una densa niebla lo envolvía asfixiándolo. Quería salir de ese sofocante cafetín pero ¿Adónde iría? No se atrevía a ir con Mariana ni quería ir a su deprimente cuarto. Pasaría los siguientes días sin ninguna esperanza firme, con los compromisos presionándolo y en un estado nervioso casi delirante. Su frente se perlaba de sudor. Se mesaba los cabellos. No encontraba ningún punto de apoyo para sosegar su mente. Todo lo que aparecía eran espantosas imágenes de problemas.

Llevaba un buen rato sentado. La mesera lo observaba. Era una mujer madura y le quedaba claro que ese hombre al que miraba estaba sumergido en grandes problemas. Se le acercó para ofrecerle más café. Raúl aceptó. La mesera le preguntó si se sentía bien, él le contestó que sí, pero era evidente que se hallaba en mal estado. Pálido y sudoroso daba la impresión de encontrarse enfermo. Desde la barra lo vigilaba "Debe tener un problema grave, se ve muy angustiado". Raúl seguía clavado en su asiento sin saber qué hacer. De pronto la mesera contempló como resbalaba de su asiento y caía al suelo. Emitió un grito y otros comensales acudieron a auxiliar a Raúl. Alarmados llamaron a urgencia médicas.

7

En el Hospital

Mariana aguardaba a David y a Walter en la sala de espera del Hospital Central. Le avisaron que Raúl estaba internado. Su estado era grave. Había sufrido un infarto y fue trasladado a la unidad de urgencias. Mariana estaba a punto de tener un ataque de histeria. Imaginaba los peores escenarios. Miraba impaciente, esperaba a que aparecieran David y Walter. David llegó primero y Mariana ansiosa fue a su encuentro. Tenía la cara desencajada por la preocupación. David lo notó enseguida. Éste se sorprendió al observar su aspecto descuidado. Estaba apenas maquillada. Llevaba una gorra para disimular que no se había peinado. Nada de la elegancia típica de esa mujer encantadora. David le besó la mejilla

- Mariana dime qué pasa.
- Raúl sufrió un infarto - Dijo ella a punto de estallar en llanto.
- ¿Y cuál es su estado?
- No lo sé. Creo que lo están operando. Parece que fue muy grave.
- Dios Santo. - Exclamó y cerró los ojos,
- Estoy angustiadísima – Mariana empezó a llorar. David la atrajo a su cuerpo y la abrazó

Mariana se quitó los lentes negros y sus ojos estaban rojos e hinchados.

- Maldita suerte David. - Se llevaba sus manos al rostro para cubrirse. David espero a que recompusiera para que le explicara que le pasaba. Aguardaba silencioso. Mariana continuó. - Tan sólo unos meses de dicha y viene el destino y te arranca de tajo toda tu vida. - David nunca había visto a Mariana tan abatida. - ¿Para qué quiero la vida si se va? No la quiero. Sin él no podré soportarla. - David se estremeció al suponer que Raúl podría fallecer y pensó "Qué horrible es la muerte para los que se quedan extrañando a sus muertos" - Salió el Doctor y me dijo que era muy grave su estado. Casi me desmayo. Sólo pensé en ti y en Walter.
- No amiga, no es el momento de desesperarse. Se va a recuperar. - David trataba de ser convincente - Mariana la mayoría de las personas que son atendidas de infartos sobreviven y luego su esperanza de vida es larga.
- No quiero que se muera – Mariana sollozando se llevó las manos a la boca.
- David la tomó con suavidad con sus dos manos por los hombros y la miraba de frente: Trata de calmarte. Si está vivo y lo atienden, él se repondrá.
- Me quieres alentar. Me dices eso para que me consuele - Mariana se expresaba con escepticismo y amargura mientras se enjugaba las lágrimas.

- Pero es verdad. Yo estoy seguro que saldrá con bien. Ven siéntate. Te traeré un té y tomarás una de mis pastillas calmantes. - Mariana lloraba. David se fue a la cafetería. Regresó con el té y sacó su tira de pastillas. Mariana obedeció y la ingirió. – Vamos a esperar. Lo intervienen manos expertas. Lo salvarán, te lo aseguro.

Mariana y David se sentaron en la sala de espera, desde donde avistaban cada movimiento. Entraron otros médicos y llevaron nuevos medicamentos. Permanecían en silencio. Por fin el médico salió y ellos se levantaron y lo abordaron.

- ¿Cómo se encuentra Doctor?
- Buenas señales, se estabilizó pero tenemos que esperar. - El rostro de Mariana se iluminó. El médico se despidió.
- Mariana, se va a recuperar, te lo prometo. - Ahora las palabras de David sonaban más convincentes. – Tómate otra pastilla y duerme. Yo lo vigilaré.
- Ya me tomé una y no puedo dormir
- Pues tómate otra y descansa al menos. - Mariana obedeció. David la llevó a un sillón confortable. Estaba extenuada y casi se durmió de inmediato. David después de verla dormida fue a conseguir una manta para cobijarla y enseguida se dirigió a la sala de espera para estar al tanto de todo lo que sucedía. Una hora después salía una de las enfermeras y David le pidió que le dijera como se encontraba el paciente. Ella le contestó que no estaba autorizada para contestar y se fue. David se sentó hasta que apareció otro de los médicos. - ¿Cuál es su estado Doctor?
- Parece que estable.
- ¿Se va a salvar? - sondeó esperanzado.
- Yo creo que sí. Es lo más probable. Tenemos que esperar que no haya una recaída. - David se sentó más tranquilo cuando el médico se despidió. Al poco rato llegó Walter y encontró a David. Este le explicó cada detalle. - Creo que está fuera de peligro Walter. Parece que la operación fue un éxito.
- ¿Mariana ya lo sabe?

-   Si, ya lo sabe. Ahora está dormida. Le suministré un par de calmantes. Estaba muy alterada.

Se sentaron. Walter estaba taciturno, con la mirada extraviada. Experimentaba terror ante la muerte. Se levantó para buscar a Mariana, pero ella estaba cuajada en un sueño profundo.
Regresó con David.

−   Me imagino lo angustiada que estaba.
−   No te imaginas a que grado.
−   ¿Cómo es posible que lo ame así en tan poco tiempo?
−   Las hormonas, Walter.
−   Déjate de sarcasmos.
−   Nunca había visto tanta desesperación en una persona. Estaba destrozada.
−   Recuerdas que hace unos meses nos juraba que ella jamás tendría una pareja. - Comentó Walter
−   Uno nunca cambia su esencia, Walter. Además Mariana es una mujer encantadora. Sólo era cuestión de tiempo. − repuso David
−   Pero lo adora.
−   Así aman esas mujeres. Lo hacen con toda el alma.
−   ¿Así eres tú también David?
−   De la misma manera. ¿Por qué crees que la entiendo?
−   Que peligroso poner tu vida en manos de otra persona. - Afirmó Walter.
−   Cuestión de naturalezas Walter.
−   Yo no lo haría.
−   Lo sé.

Durante toda la convalecencia Mariana estuvo en el hospital. Dormía en la cama extra de la habitación. Walter y David se relevaban para acompañarla. Uno de los dos permanecía en el hospital con ella. La recuperación fue lenta y llevó varios días. El seguro pagó la cuenta de gastos. Cuando salieron se llevaron a Raúl al camarote de Mariana. Día y noche tenía una enfermera para atenderlo. Día y noche Raúl estaba amparado por el amor incomparable de Mariana.

8

Algunos días después de que Raúl se fuera a recuperar al camarote de Mariana y hacerla ya su residencia de tiempo completo, ella organizaba una cena para sus amigos, David y Walter. Mariana se esmeró en preparar unos platillos exquisitos y ellos quedaron bastante complacidos. Comieron y bromearon, pero el humor de Walter estaba un tanto apagado. Cuando terminaron de cenar decidieron irse a la sala y omitieron practicar su típica sesión de juego.

- Te veo raro Walter – Comentaba Mariana.
- No es nada. - Le contestó restándole importancia.
- Yo creo que algo te preocupa. - Insistió Mariana.
- Tengo que admitir que sí.
- Pues desahógate - intervino David.
- No sé ni cómo expresarlo. Esa vivencia en el hospital me ha perturbado. Nunca había visto la cantidad de enfermos y muertos como presencié en esos días. De repente escuchaba los gritos de viudas, los llantos desesperados de madres y de niños. Una situación por completo nueva. Se entera uno de las cosas, pero verlas, es distinto. - Walter estaba trastornado, no hallaba la justa manera de poner en orden sus ideas. - Siente uno impotencia por ser incapaz de consolarlas. ¿Qué les dice uno? Así es la vida. A mí me parece horrible la muerte, pero la desolación que se causa al morir es por igual espantosa. De verdad que la percibí como una maldición de nuestra raza. En una manada cuando perciben el peligro, los animales huyen, y una vez que un león atrapa a su presa, los demás se apacientan. La víctima cayó, el peligro pasó. Pero escuchar los gritos desgarradores de los familiares y luego contemplar el cuerpo muerto de una persona, de verdad que me trastornaron. – Walter hizo una pausa y se dirigió a Mariana y a Raúl - No lo digo como queja, eso y mucho más vale tu amistad Mariana y la tuya Raúl, pero el espectáculo fue muy deprimente. – Todos escuchaban. Sabían que el silencio de Walter era momentáneo. Y luego prosiguió: ¿Saben en que pensé? En la maldición del simio. Somos los únicos seres que presentan semejante luto ante la muerte. Palabra terrible. Espantosa. No les niego

que he asistido a sepelios, pero por lo regular son hombres o mujeres viejos quienes mueren y sus deudos encuentran un buen consuelo en la herencia que no tardarán en recibir. En el hospital es distinto, es un sufrimiento a capela, sin disfraces ni dolores fingidos. Que maldición es tener que perecer, la pena por la separación irreparable y lo peor de todo, la conciencia de que tendremos que morir tarde que temprano. Esa es la maldición del simio, del mono humano. Me pregunto: ¿Qué aportación funcional nos otorga la conciencia de la muerte? Por lo general todo con cuanto contamos tiene una utilidad práctica, ¿Pero la conciencia de la muerte que utilidad aporta? - Walter guardó un largo silencio y todos por respeto callaron. Después continuó: Una vez platicaba con alguien sobre la frase de que la maldición del hombre es no saber permanecer en paz en una habitación. Le llamaba la maldición del tedio, pero encontré la respuesta apropiada, el tedio es lo único que nos hace levantarnos y atrevernos a explorar y afrontar riesgos. Nos mueve. Sí, es algo particular del ser humano, pero tiene una utilidad práctica. Es la base de que nos reunamos y conversemos. Su utilidad es incontrovertible. Pero morir, que terrible palabra.

- ¿Y la codicia Walter? - Preguntó Mariana, que seguía muy afectada por todos los acontecimientos que se suscitaban en el barco a raíz de la succionadora.
- ¿La codicia? ¿Para qué sirve la codicia? - Se interrogó Walter en voz alta.
- Mariana enderezó su cuerpo que estaba sumido en el mullido sillón y preguntó: ¿Qué sentido tiene querer tener más de lo que se necesita para estar por completo seguros que uno podrá obtener mucho más de lo imaginable? Todo cuanto se quiera se puede comprar por miles de veces y sin embargo, no se satisface.
- No he meditado sobre la codicia. Esa pregunta mejor te la contesta David.
- No, yo tampoco puedo. La premisa del codicioso es << Quiero todo y un poco más>> Me imagino que esto tiene de narcisismo infantil no resuelto. Se me figura como el niño que una fiesta al probar un pastel siente tal placer que exige todo el pastel para él y que conforme su poder aumenta quiere todos

pasteles y que está dispuesto a llegar a todos los excesos para conseguirlo. Sólo calzando sus zapatos podría uno entenderlo. Yo mismo estuve a punto de ser aplastado por uno de esos monstruos. Era como una hormiga evitando que me pisara un elefante. - Repuso David. Tomó su copa y bebió sin dejar de mirar a ambos.

- La codicia es lo que está matando el alma del ser humano Walter – Hizo una pausa, volteaba a ver a Raúl y luego a Walter y a David. - Por poco mata a Raúl. Yo diría que debíamos agregarla a las maldiciones del ser humano y me pregunto ¿Para qué sirve? ¿De dónde viene esa necesidad de acaparar mucho más de lo que podemos necesitar por más ambiciosos que seamos? Los codiciosos someten a tensiones terribles, esclavizantes a los demás, para obtener ganancias que jamás han de gastar. Vaya que he pensado en la codicia después de los acontecimientos de la succionadora y de las presiones que enfermaron a Raúl.
- Pues vaya otra pregunta sin respuesta. – Aceptó Walter sombrío.
- Ya son muchas Walter.
- No cabe duda que somos unos simios muy complicados. - Aceptó Walter que seguía con sus ideas muy enmarañadas.
- Ningún simio es capaz de padecer el dolor y desesperación que yo acabo de sentir ante la enfermedad de Raúl. - Contestó resentida Mariana. Raúl le sonrió. Ella lo miró con inmenso cariño.
- Otra de las maldiciones, la intensidad de nuestras penas. – Dijo Raúl.
- ¿A qué vamos a llegar? ¿A que somos simios disfuncionales? - Preguntó serio Walter.
- Disfuncionales no. En lo absoluto. Hemos sometido a los simios y a todos los demás animales. Inclusive al simio humano y lo hemos esclavizado. Todas estas características las encontramos en los simios humanos más adaptados. Por ejemplo tú, por ejemplo yo. - Comentó David.
- Si no son disfuncionales ¿Estás características nocivas para qué las creó la mente? ¿No les parece absurdo?- Inquirió Walter.

- Lo peor de todo es que son universales. Exclusivas del ser humano y compartidas por todas las razas. - Aseguró convencido David
- ¿A que nos lleva todo esto? - Preguntaba desconcertado Walter.
- ¿A ti a que te lleva Walter?
- No tengo respuestas David. Sé que tú las tienes, pero sólo son válidas para ti.
- Quizá no seamos simios, después de todo. – Dijo Raúl.
- Lo somos, la ciencia lo ha demostrado.
- Bueno los machos asediarían a una hembra y le dirían "Qué monita estás" esa respuesta de Mariana causó la risa general y cambiaron de tema. Mariana les llevó un rico pastel que ella había preparado. - Pongamos música – propuso - Walter te voy a traer tu licor favorito para que te relajes.
- ¡Qué dulce mujer Raúl! - Exclamó Walter
- El destino Walter. El destino me bendijo.

9

Terminaron de cenar en la cervecería donde acostumbraban ir a platicar después de trabajar. Emilio recordaba el pergamino que una vez les enseñó David, a él y a su padre. Sentía viva curiosidad sobre lo que pensaba sobre éste David. Así que ya animado por las cervezas le preguntó:

- ¿Tienes todavía ese pergamino que una vez nos mostraste?
- Claro. Lo cargo siempre.
- ¿Podrías mostrármelo otra vez?
- Por supuesto – David sacó el pergamino de su bolsillo, y se lo entregó.
- Emilio lo desenrolló y minuciosamente lo revisaba. Con claridad distinguía al hombre con su perrito y al niño con su cabeza rapada y el lunar, pero cuando lo volteaba, al igual que la primera vez, solo podía distinguir manchas, tal como si alguien las hubiese plasmado con un grueso pincel. Por más que trataba no podía descifrar ningún mensaje. David curioso lo observaba, le divertía la expresión de confusión de Emilio.

- ¿Tú puedes leer un mensaje en estas manchas?
- David tomó el pergamino y leyó:

"Pronto enfrentarás a tu destino. Aguarda. Estaré contigo para fortalecerte"

- No lo entiendo, ¿Por qué no puedo ver lo mismo que tú?
- El Ser que supuestamente me lo entregó me aseguró que sólo yo podría descifrar el significado.
- ¿No te atemoriza?
- En parte sí, pero me gusta. Aunque no es una prueba me parece una evidencia de algún tipo de contacto. No pretendo afirmar más allá de esto ni menos caer en exageraciones, pero alienta mi sentido especulativo.
- ¿Crees que el destino existe?
- No lo sé Emilio. Cuando veo la mezcla de realidades puedo afirmar que es una invención ¿Cómo es posible que tantos seres eligieran y aceptaran un destino en el cual serían sometidos y victimizados por un sistema social que propicia y protege el abuso de los más fuertes? ¿Con que objeto habrían de aceptar una vida condenada a la pobreza y a las privaciones en la cual tendrían tantas oportunidades de sobreponerse como un animal atado a un poste? Años me he hecho estas preguntas y no he conseguido una respuesta que no deje grietas.
- Pero tú ¿En qué crees?
- A través de los años he oscilado entre ser un creyente y un escéptico y luego volver a creer y otra vez volver a dudar. Sabemos todas las creencias que han sido abatidas por la ciencia pero en la realidad última nadie ha podido penetrar. — David tomó el pergamino y le dijo – Éste pergamino al menos me da una pista de que existe el vínculo entre nosotros y lo trascendente. Aun cuando me da un mensaje atemorizante para mi tiene valor. Y te diré algo, si me diesen a escoger preferiría que todo fuese real aunque al final me costase la vida. – David rio ante la expresión de asombro de Emilio. – Aunque no lo quieras creer siempre he tenido un poco de loco, Emilio. – Río y tomó su tarro – Salud – Emilio levantó el suyo - Yo una vez escuché una metáfora, una especie

de chiste. Un conductor de un vagón que viaja durante la noche en un camino semidesierto avista a lo lejos una luz, disminuye la velocidad. Al acercarse se percata que una roca enorme está colocada en medio de los rieles, encima de ella se encuentra una lámpara encendida. Aplica el freno al máximo y se detiene apenas unos dos metros antes de chocar con ella. Asustado y sudoroso se baja para contemplar contra que iba a impactarse. Mira y observa cómo llegó la roca hasta ahí. Seguro resbalaría por la pendiente. La colisión hubiera sido peligrosísima. De pronto aparece un hombre, con su pipa. "De la que me he salvado" le comenta el conductor. "Bendito el hombre que colocó esta lámpara sobre la roca" El hombre contesta: "Gracias por la bendición", "¿Ha sido usted?", - el hombre de la pipa asiente con una ligera afirmación. "Pues me ha evitado un gran accidente" le dice agradecido el conductor. "Esa era mi intención". "Lo que no comprendo es como la autoridad no ha removido esta roca, es un peligro". "La he puesto yo" El conductor sin acabar de comprender le pregunta "¿Usted la ha colocado?" le pregunta azorado "Hace un momento me bendijo y ahora se enfurece conmigo, no lo comprendo, "porque no entiendo para que lo hizo", "si no hubiera colocado la piedra ¿En dónde hubiera puesto la lámpara que le salvó la vida?". Emilio rio y David también. - Ahora velo de esta otra manera. Imagínate que la piedra se deslizó y rodó hasta quedar en medio de los rieles. El hombre de la pipa avisó a las autoridades, en tanto que estas llegaban, colocó la lámpara y así salvó la vida del conductor. Saca tus conclusiones. Un evento parecido pero con una base por entero diferente. ¿Te queda claro Emilio? Existen situaciones espantosas que no debieron ni siquiera existir, las creamos nosotros con nuestra tontería, otras por el contrario son producto de la vida, de las situaciones que tú no manejas, del entorno, del destino. Así que como debes ser bravo para encarar aquello que se te aparece como una lucha que no debes eludir, nunca hagas algo que provoque un gran conflicto por tu estupidez u orgullo. La mayor parte de los conflictos no nos conciernen, por eso debemos evitarlos, de manera que reservemos toda nuestra fuerza y energía para aquellos que te son indispensables enfrentar. Nunca te impliques en una situación que cuando ganes, pierdas.

- Es tan claro desde esa perspectiva. - Afirmó Emilio sorprendido.

- De ahí surge el sentido de misión. Si me encomiendan evitar un accidente, debido a que dejar en la vía dicha piedra con seguridad lo ocasionará, y me entregan unas señales y un faro. Entonces tengo una misión. Ni el hambre, ni la lluvia, ni el miedo, ni el desamparo, ni el deseo o el agotamiento pueden hacerme desistir. Si logro quitar la piedra por mis propios medios, habré cumplido y me podré retirar. Si no lo logro, tendré que vigilar. Ese es el sentido de misión que tiene un ser humano, servir a pesar de las penurias o de la incomprensión de los demás.

- La idea es creer que nacimos con un propósito. -

- Tan solo imagina uno de esos cuentos de hadas. Algunos encierran un valor místico muy trascendente. ¿Recuerdas alguno?

- La bella durmiente.

- Un ejemplo bastante bueno. Piensa en ese príncipe, y ahora cambia la historia. Le encomiendan una misión gloriosa pero estremecedora, sólo a la altura de un corazón de primera clase. Escuchar a lo que iba a enfrentarse hace vacilar a cualquier pusilánime, pero él es un hombre que se cree excepcional y acepta el reto. Pues bien, se encamina al castillo y en su travesía llega a una aldea. Ahí es reconocido como el Príncipe. De inmediato es agasajado con todos los honores que su posición le merecen. En la aldea encuentra un medio ideal para dar rienda suelta a todos sus impulsos, seduce a las aldeanas, se dedica a asistir a festines y orgías, comete toda clase de tropelías y abusos, al fin y al cabo es el Príncipe, su majestad imperial. Y el tiempo pasa, y se vuelve un viejo decrépito y enfermo y luego muere. Es la hora de presentar cuentas. ¿Qué dirá a aquellos que confiaron en él? La bella durmiente sigue dormida y ese reino en ruinas. Él que iba a luchar contra la maldición. ¿Cómo se justificará? ¿Le valdrá decir que disfrutó la vida y que la vida es para vivirse a plenitud, sin freno y con una actitud alegre y despreocupada? ¿Será válida esa justificación?

10

David y Berenice

Ana María era una de las gerentes de la ferretería y una de las empleadas más fieles a David. Se tenían un gran afecto y una confianza plena, por lo que ella consideró estrechar los lazos solicitándole que fuera el padrino de su hijo Leonardo, "Lalo", le decían con cariño.

Apenas nueve meses después de enviudar de su marido Cristian, a Ana María le diagnosticaron un cáncer de páncreas y ahora ella estaba en su lecho de muerte. Tuvo una larga agonía y Berenice, su hermana menor, iba todos los días a cuidarla. Berenice era la madrina de Vanesa, la hija de Ana María con apenas tres años de edad.

Aparte de los dolores que su enfermedad le ocasionaba, Ana María estaba preocupadísima por sus hijos. Contaba con Berenice y con David. Pero le mortificaba que sus hijos serían huérfanos de padre y madre.

David la visitaba a menudo y ahí se encontró de nuevo con Berenice, la violinista que lo había hechizado en una reunión en la fiesta de Ana María. Cuando volvió a verla sintió otra vez como aquella mujer lo atraía con una fuerza irresistible. David pensaba que sería de lo más inapropiado en medio de aquella situación hacer cualquier alusión a lo mucho que ella le gustaba. Por otra parte Berenice se mostraba seria y lejana, casi siempre acompañada de sus padres y familiares. La situación no era propicia, sin embargo aprovechaba para mostrarse caballeroso y gentil, quería ganarse la buena opinión de la familia.

Al presentir el momento final, Ana María llamó a David y Berenice. David al verla sintió escalofrío, le quedaba claro que su muerte era inminente. Se aproximó a su lecho.

- David, me muero. Mis hijos, David, mis hijos se quedan solos. – Expresaba acongojada.
- Ya los cuidarás cuando te repongas.
- Ana María tomó su mano y con un gesto suplicante le dijo: No me curaré. Lo sé. Tú eres el padrino de Lalo, cuídalo.
- Lo haré como si fuera su padre.

- Júramelo, David
- Lo juro ante Dios Todopoderoso.
- Gracias. – Berenice se acercó, ella era la madrina de la hija más pequeña, Vanesa.
- Yo te juro que seré como su madre. – Le dijo con voz dulce y triste.
- Gracias Berenice.
- Confía en mí, hermana. – Le dijo Berenice con la cara demudada.
- Están tan pequeños e indefensos – Dijo Ana María y empezó a llorar
- Berenice se sentó en su lecho y la acarició - Los cuidaremos, estarán seguros con nosotros, te lo prometo hermana. - David observaba afligido.
- Lalo me preocupa muchísimo. Lloró tanto por la muerte de Cristian y ahora yo lo abandono.
- No lo abandonas – Le contestó Berenice.
- Te dejé de beneficiaria del seguro y también eres la albacea de mi camarote.
- Yo me haré cargo. – Le recalcó Berenice.
- Papá estaba tan triste. Lo vi llorar, no pudo ocultar sus lágrimas. Apóyalo Berenice. - David lo había visto también y se sintió bastante afectado. La escena era lúgubre. Afuera estaban los familiares. David había convivido algunas veces con ellos. Con Lalo jugaba cuando lo visitaba en alguna fiesta de su cumpleaños. Recordaba a Cristian, el marido fallecido. Pensaba que fue un buen hombre. Que duro porvenir enfrentarían esos pequeños huérfanos. "¿Qué sería de esos pequeños sin Berenice y sin mí?" Ahora tenían una misión compartida." Ana María interrumpió sus pensamientos – David no abandones a Lalo, sin su padre necesitará la figura paterna.
- Lo cuidaré con mi vida si es preciso. Te lo juro.

Ana María falleció dos días después. Dejaba un enorme hueco en todas las personas que la conocían. La velación fue desoladora.

Los pequeños se fueron a vivir al camarote de la tía Berenice. Además de ganar bien, le pagaron el seguro del que ella era beneficiaria. Su hermana le había dejado una fortuna regular, suficiente para que no tuviera presiones económicas. Además tenía un empleo muy bien remunerado. Berenice era ahora la mamá y David sin quererlo representaba el papel del papá. Poco, casi nada había convivido con los pequeños, a diferencia de lo familiarizados que estaban con la tía Berenice. Era una mujer de inmensa ternura para con los pequeños, aunque guardaba un oscuro resentimiento hacia los hombres. Ya la habían abandonado, traicionado y su auto estima como mujer estaba por los suelos

Una mañana convinieron ella y David en platicar. Los pequeños estaban en el colegio. Berenice era muy estimada por su jefe. Ella era la empleada de toda su confianza. Comprendiendo su problemática le autorizó que montara parte de su oficina en su casa, pero en constante comunicación con él. No era tan riesgoso, Berenice manejaba todas las cuentas de este rico hombre de negocios desde hacía años y jamás lo había defraudado ni con un céntimo. A diario le mandaba una concentrado y tres veces por semana tenían junta en la oficina. Ella recababa las cuentas y movimientos financieros y cotejaba y supervisaba todas las aplicaciones bancarias. Su jefe juzgaba triviales las demás actividades de Berenice y las delegó en una ayudante, la cual se quedaba en la oficina, recibiendo órdenes de Berenice.

David y Berenice acordaron reunirse para ponerse de acuerdo de cómo educar a los pequeños. David llegó puntual. No sabía qué postura tomar, no le entusiasmaba esa posición de especie de padre de dos pequeños a los que ahora debía cuidar. La situación económica de él y de Berenice era desahogada, esa no era cuestión a debatir. Pero no tenía idea como representar su nuevo papel. Lo único que estaba claro en su mente era el juramento que le hizo a Ana María y un juramento ante Dios no era una fruslería, significaban para David un asunto al que entregaría lo mejor de su espíritu maduro. Pero el bulto le llegaba de golpe y esperaba que Berenice lo guiara. Él no tenía ninguna experiencia y hasta ese momento su sentido paternal estaba tan adormecido, que parecía inexistente.

Berenice le abrió. Como siempre un tanto reservaba. Quería ser cortés, pero se notaba su recelo.

- Hola David, entra por favor.

David se llevó una agradable impresión, el camarote de Berenice era luminoso, lleno de telas con flores, funcional, plagado de detallitos femeninos que delataban su amor a su sexo. Tenía cuadros de la familia y un par de actores que eran sus ídolos. Berenice era la feminidad en persona. A David le gustó su orden y limpieza extrema combinada con un ambiente acogedor. David entró y ella lo invitó a sentarse en la sala.

- Berenice empezó el interrogatorio. - ¿Y bien que piensas de todo esto?
- Te confieso que estoy más confundido que entusiasmado, pero lo que sí te aseguro es que estoy dispuesto a asumir y cumplir con el rol que me toca.
- ¿Rol? - Dijo Berenice con cierta ironía que David percibió en el acto.
- Rol he dicho. – Aclaró con seriedad David
- Te sientes como si representaras a un padre en una obra de teatro. - Preguntó ella con sarcasmo.
- Crees que no me doy cuenta de tu sarcasmo. - Ella sintió como un puyazo, pero no replicó. - Rol, papel, como quieres que le llame a una situación tan imprevista y permanente. Ponle el nombre tú. ¿Te parece?
- Hay muchas clases de padres. – Puntualizó Berenice
- Lo sé. Quiero cumplir con mi parte lo mejor que pueda. No te negaré que acepté esta paternidad porque no tenía otro remedio. Jamás me lo imaginé. Pero ya es un hecho.
- ¿Lo haces como un deber moral?
- Sí, lo acepto pero eso es cuestión de tiempo. Si no he tenido hijos ha sido por lo mucho que los amo.
- ¡Qué contradicción! -
- ¿Por qué juzgas sin entender? - David la contuvo al instante. - No sé cómo te parezca esta vida, pero a mí no me gustaría dársela a nadie como regalo, mucho menos a un niño.
- Pues no es una actitud positiva. - David captó otra vez la crítica.
- Yo no los traje a la nave, que te quede claro, pero ya estando en ésta, me esforzaré por darles lo mejor de mí. Bastará un poco de cercanía para que mi inclinación paternal se despierte.
- ¿Cómo piensas convivir con ellos? – Le preguntaba ella inquisitiva.
- Tú pon las reglas. Me apegaré a ellas. Tu cercanía es más importante que la mía y será mucha más completa.

- ¿No pensarás estar todos los días aquí? – Indagó mordaz.
- Para tu tranquilidad, ni lo pienses. Establece las formas y los horarios.
- No me gustaría que te quedases a dormir aquí, si se hace tarde. –
- ¿Crees que vivo en la calle? - Contestó ahora él con ironía.
- Es mejor que cada quién conserve su intimidad.
- Por mi parte ni lo había pensado. – David la miraba. Berenice trataba de sostenerle la mirada pero fue tan penetrante que tuvo que desviarla. – No sé si te interese saberlo pero desde que te conocí me has parecido una mujer hermosa. Lo creas o no, siempre me has gustado. Admiro tu sensibilidad y soy un apasionado de la música, pero todo eso no significa que vaya a pretenderte.
- ¡Uf, que alivio! - Exclamó Berenice
- David sonreía - Lo acepto, que alivio para ti. Pero para mí es algo indiferente. Tú u otras mujeres nunca me han faltado.
- Típica presunción machista.
- Creo que mejor me voy. Avísame que decides. - David se levantó.
- Ni siquiera has terminado tu café.
- Perdona que lo desperdicie. No necesito que cuando venga me des nada y prefiero que no lo hagas, pero finjamos cordialidad, al menos ¿Te parece?
- Si insistes.

David se marchó y Berenice se debatía entre dos sentimientos contradictorios. Hubiera preferido que se quedara. Él le gustaba mucho, pero a la vez sentía una necesidad de herirlo. Tenía la idea equivocada que él era un frívolo conquistador que usaba a las mujeres y luego las abandonaba. Apenas salió sintió una especie de vacío y de despecho y estaba dispuesta a mostrase fría, distante y castigarlo con una indiferencia glacial con la idea de hacerlo pagar por su liviandad. Sabía que eso lo alejaría de ella, pero su orgullo herido reclamaba un desquite. Ya tendría tiempo de lastimarlo. Por otra parte lo sentía fuerte, impenetrable a sus sarcasmos y eso la irritaba. Esa visita la dejó muy desazonada.

Por la noche, después de dormir a los pequeños, se desnudó ante el espejo. Pensaba en David, "Que pensaría de ella". Seguro que fue sincero cuando le dijo que le parecía hermosa y la admiraba. Si la viera ahora con su flacura cadavérica ¿Qué opinaría? Existían hombres para los que el rostro de una mujer les era suficiente para quererla y ella era hermosa, no bella ni sexy, pero se reconocía bonita y era fina. Lo que odiaba era su cuerpo. Apenas empezaba a engordar y lo primero que le crecía era el estómago y la cintura. De vez en cuando hacía ejercicio, pero era de complexión delgada y eso no lo podría cambiar. Si al menos tuviera unos senos siquiera regulares y algo más carnosas sus nalgas, podría sobrellevarla. De pronto un pensamiento la sobrecogió: "Un desprecio de David la aplastaría." Fue tan clara esta sensación, que se puso la bata. Grandes lagrimones se mezclaron con el rimel. Sentada en el suelo, frente al espejo, recargada en la base de la cama empezó a sollozar. Era un llanto profundo que arrancaba desde lo más recóndito de sus desilusiones, desde la lejanía de su primera juventud.

David por el contrario salió muy entusiasmado. "Me gusta, me gusta mucho. Todo está dispuesto y sólo es cuestión de esperar" "Debo reconocer que es una buena mujer, de eso no cabe duda. Quizá el destino lo hubiese propiciado ¿El destino? Si existiese. Pero por el destino o por las circunstancias tengo la oportunidad en puerta"

11

Mariana le pide ayuda a David

Mariana entró a la oficina de David. Tenía una petición que hacerle. David la recibió gustoso. Se saludaron con un beso en la mejilla.

- Mariana estaba tensa, se sentó y antes de explicarse tomó una bocanada de aire y la expelió en silencio. Para ella lo que iba a tratar con David era en extremo importante. - David quisiera pedirte un favor.
- Explícame. - David la miraba atento y sonriente. Echó su cuerpo hacia adelante y acomodó una mano sobre el dorso de la otra.
- Es que estoy angustiada por Raúl. – Mariana era directa. Le tenía una confianza ilimitada, pero aun así se sentía cohibida.
- ¿Se siente enfermo? - Preguntó David con preocupación.

- No, Dios no lo quiera, pero lo siento incómodo. No sé qué pasa, pero uno tras otro sus proyectos se posponen. Los prepara, acude a las entrevistas y no puede cerrarlos.
- La situación está difícil Mariana.
- Lo veo tenso, crispado. Es posible que sus clientes lo noten muy necesitado y por eso mismo no les provoque la confianza que se necesita.
- Parte y parte, una combinación bastante mala.
- Tú sabes que a mí no me falta dinero. Yo podría mantenerlo, te lo digo en confianza. Pero él está acostumbrado a ganar dinero y proveer a su familia. Yo le he prestado pequeñas cantidades y veo su turbación. Se avergüenza. Si vieras como se sonroja. Para mí se está convirtiendo en un calvario. Se levanta temprano y sale. Regresa abatido y frustrado. - Mariana hizo una pausa y como un ruego enfatizaba - David no quiero que la presión lo haga enfermarse otra vez.
- Es la situación, Mariana. Los free lancer la pasan muy mal. Sus servicios es lo primero que las empresas posponen o cancelan.
- Lo sé, David. – Contestó preocupada. – Necesita ayuda. Me da parte de lo que gana pero se siente como un mantenido. No lo dice de manera abierta pero sus reacciones son evidentes. No se atreve a abrir el refrigerador, procura no ir a comer. Te puedo señalar infinidad de detalles.
- Si, comprendo.
- La cara de Mariana reflejaba una mueca de angustia. David se reclinó en su sillón pensativo. – Me da pavor una recaída
- ¿Qué traes en mente, Mariana?
- Tú tiene muchos amigos con dinero, lo ayudarías si lo recomendaras.
- Por supuesto que si quieres lo hago. Le expediré unas buenas cartas personalizadas y con testimonios.
- Le servirían tanto, David.

David se levantó de su asiento. Estaba ensimismado. Se asomó a la ventana y luego miró a Mariana. Su aspecto sombrío no le gustaba.

- ¿Cuántas negativas podría soportar el corazón de Raúl?
- Mariana se sobresaltó. Tocaba el punto medular. - No muchas.
- Así es, no muchas.

- Mariana apretaba los labios. - ¿Entonces cómo puedo ayudarlo?
- David volteó hacia la ventana. Contemplaba la nave de su ferretería. Maquinaba algo, pero estaba silencioso. La posibilidad que sopesaba no le placía. – Mariana escúchame con atención – La mirada de Mariana era implorante. Se jugaba algo de importancia capital, la tranquilidad de Raúl, la posibilidad que recobrara la salud y la calma - Estoy pensando en contratar a Raúl, pero existen varios inconvenientes. – Ella se removió intranquila en su asiento. David intentaba explicarse y evitar un malentendido - Primero, si por alguna razón tengo alguna diferencia con él, nuestra amistad se afectaría y podría hasta terminar.
- Eso no puede pasar – Dijo ella titubeante.
- Más a menudo de lo que crees, sucede. Hasta las familias se distancian por pequeñas diferencias. Si tuvieras que elegir no habría opción, yo lo sé. Tendrías que inclinarte por tu hombre, es natural. Sé lo que lo amas. - Mariana guardaba silencio.
- De repente dijo - Pero él estaría comprometido a salvaguardar nuestra amistad.
- El ego es el ego, Mariana. No es lo mismo un hombre a punto de ahogarse al que te enfrentas cuando esta fuera del agua. - David observaba su entrecejo fruncido por la preocupación y le dio ternura.
- Raúl tiene unos sentimientos nobles. Lo sé.
- Me imagino que sí, pero ese no es el punto. Déjame proseguir. No encuentro por otra parte el puesto donde nos pueda ser útil. – Mariana ya no supo cómo defender a Raúl - Pero existe un punto más importante aún – Mariana esperaba un no rotundo y como si fuera a recibir un hachazo se encogió – Si Raúl no encuentra una salida estoy seguro que se va a volver a enfermar y entonces sucederá lo que tanto quiero evitar, te sentirás defraudada y perderé tu amistad.
- No te sientas obligado. – Dijo ella apenada.
- Sabía que lo negocios no se conducen con los sentimientos pero el recibió el ejemplo del tío Joaquín cuando lo acogió, lo forzó a estudiar y lo obligó a trabajar en lo que ahora era su negocio. El tío Joaquín lo había librado de la miseria y el abandono. Fiel a ese ejemplo David cruzaba el mar de la indiferencia y no simplemente se lavaba las manos en éste. La

miraba con cariño. La quería entrañablemente. Después de una larga pausa le dijo - Lo voy a contratar, Mariana.
- ¿Harías eso por mí? – Preguntó emocionada.
- Por ti, sí. – Se vieron y David le sonreía, ella con cierta perplejidad también lo hizo. Mariana escuchaba lo que le parecía un milagro. - Alberto y yo somos socios. El nuevo negocio se ha levantado con los inventos de Edison, ¿Sabes que así le apodamos?
- Mariana sonrió. – Muy apropiado. Los ojos de Mariana se pusieron vidriosos de emoción - Lo sabía David. Sabía que podría contar contigo. - Decía conmovida. Se sentía agradecida. – Que bendición contar con amigos como tú. – Se expresaba con voz quebrada por su emoción. - Tú y Walter son mis únicos auténticos amigos. Y yo tengo los mejores amigos de esta nave – Dijo Mariana con la voz ahogada y lágrimas en sus ojos.
- Vamos a hacerlo de la siguiente manera. - Mariana escuchaba atenta. – Primero averigua todas sus deudas. Le conseguiré un crédito blando. Lo segundo es que fijemos su sueldo. No puede ganar una fortuna pero si le asignaremos un sueldo de gerente. ¿Te parece bien?
- Maravilloso. David, eres tan generoso. - Expresó en el colmo del agradecimiento y la felicidad.
- Alberto lo aceptará. No necesito pedirle su opinión. Ya conozco su respuesta. Es buena pieza el hombre.
- Gracias David.
- David sonreía. - Te invitaría a comer, pero prefiero que busques a Raúl. Quiero librarlo de esa agonía, es peligrosa. - Mariana lo miraba con inmenso cariño. Se despidieron. Mariana estaba emocionada y feliz y se apresuró a ir al encuentro de Raúl. David quedó pensativo, escuchaba las voces de sus maestros que le decían que no debía revolver los negocios con los sentimientos. Por más que buscaba las posibles alternativas por las que pudo optar, no encontraba una que fuese real y efectiva aparte de la que había decidido. Además aceptaba, no era una decisión arriesgada, a lo sumo le costaría un poco de dinero. Por su parte Mariana salía feliz, aunque reconocía que había abusado del afecto de su mejor amigo, pero amaba a Raúl más que nadie en la vida y no quería exponerlo a otro ataque

al corazón. Se prometía que buscarían juntos la manera de que fuera un ejecutivo útil en la ferretería.

12

Publicado en el periódico

Las huelgas y manifestaciones comenzaron a repetirse y a hacerse más violentas y nutridas. Algunas zonas empezaron a paralizarse y no obstante que el ejército mantenía cercos e intentaba contenerlas, el flujo de manifestantes crecía. Para ganar tiempo, las autoridades ofrecieron una revisión de las leyes que permitían el funcionamiento de las succionadoras o mejor expresado, que no las prohibían o limitaban. Se llevó a cabo un gran evento en que participaron las fuerzas hegemónicas de la nave. El Gran Jurado lo presidía. En un par de meses, debido a la presión social, se llevó a efecto un acuerdo cuyas bases fueron publicadas en un Comunicado Oficial.

Sobre todo esto Walter leía una nota periodística que comentaba lo siguiente:

> **"Bien es conocido el dictamen que sobre el funcionamiento de las succionadoras anunciaron los principales líderes integrantes de los grupos hegemónicos: Gobierno, empresarios, sindicatos, partidos políticos entre otros.**
>
> **"En resumen fue aprobado que no se otorgará ninguna otra concesión para aperturar otra empresa que opere en base a "succionadoras". Esto, con el objeto de poner un freno a la extracción sin control ni medida de pescados "dorados y plateados"**
>
> **"También se acordó que a partir de dos años se irán reduciendo las empresas que ahora poseen la licencia."**
>
> **"Según se manifestó, se vuelven a abrir las antiguas zonas de pesca y a recontratar a los pescadores que trabajaban en ellas y se les dará un bono de compensación por el largo paro laboral."**

"He de comentar que estas medidas son un paliativo a la golpeada economía general y que más allá de los pescadores "recontratados", la sociedad en general no mejorará, ya que si bien se evitará que se abran nuevas empresas "extractoras de pescados dorados y plateados", no se limitó a las ya existentes la cantidad que puedan saquear a nuestro mar, con lo cual, es verdad, se limitó la posibilidad de que nuevos empresarios se hagan inmensamente ricos, pero por otro lado se les dio carta abierta a los actuales concesionarios para que casi, en exclusividad, se vuelvan, por lo menos en estos dos años próximos, colosalmente ricos, a un grado inimaginable, ya que con las ganancias que obtienen han comprado casi todas las empresas importantes de la nave"

Walter cerró el periódico y se dijo: "A quién puede extrañarle. Yo sabía que esto iba a suceder"

CAPÍTULO 8

David y Berenice

David llegó al camarote de Berenice cuando ella terminaba de acicalar a los dos pequeños. El abuelo iría por ellos para llevarlos a una fiesta y se quedarían a dormir en su casa. Cuando los niños se fueron, David se iba a retirar pero se quedó. Berenice con amabilidad lo invitó a sentarse:

- ¿Quieres un café?
- ¿Me invitarías una copa? – Le contestó David
- Claro. ¿Te sirvo vino?
- Preferiría Ron. ¿Tienes?
- Claro que sí. A mí también me gusta. – Berenice preparó dos cubas y las llevó a la sala. David tomó la suya.
- Le dio las gracias y de manera inesperada le preguntó: ¿Por qué me rehúyes Berenice?
- Berenice se quedó de pronto silenciosa y azorada. Se le quedó viendo a David y luego dijo: No lo sé, quizá para protegerme.
- Tu hermana confiaba en mí, tanto así que me hizo padrino de su hijo.
- Ella me contaba de tus innumerables aventuras románticas.
- Con probabilidad agrandadas
- Quizá sí, pero fueron ciertas. - Le contestó Berenice mientras tomaba su copa y bebía.
- ¿Y tú no las has tenido?
- Mis relaciones con los hombres no han sido muy afortunadas, debo admitirlo. Me lastimaron mucho. Guardo tan mal recuerdo de ellas que prefiero no acordarme.
- ¿Quieres platicarme sobre ellas?

- No, perdona, prefiero olvidarlas – Dijo renuente Berenice.
- Sea cual sea nuestro pasado ambos estamos solos.
- Y ahora con esta situación tan embrollada no creo que sea el momento oportuno de complicarnos la vida. – Repuso Berenice pero David no creía que fuera una buena razón para que no intentaran relacionarse.
- Puede ser que el destino haya movido sus fichas para que nosotros estemos juntos, de alguna manera. – Argumentaba David ya un poco mareado por las copas que bebió con rapidez.
- David no creo una sola palabra acerca del destino ni de los pactos hechos en otra vida. Para mí son puras falacias inventadas por la gente solitaria para aplacar sus aflicciones. – Repuso Berenice
- ¿Te gusta tú soledad? – Le inquirió David, buscaba una rendija por donde doblegar su negativa.
- La acepto. Uno tiene que adaptarse a su realidad ¿Y a ti?
- No. Ni la acepto ni me adapto – Dijo David con sinceridad.
- Pues tendrás que seguir con tus aventuras – Comentó con sorna Berenice.

Ambos terminaron con sus copas y ya habían dado cuenta de la mitad de la primera botella. Berenice sirvió unas copas bien cargadas.

- Ten. – David tomó la copa y le dio un gran trago. Berenice se sentó junto a él y también bebió de su copa.
- David le dijo: Te sonaré trillado pero no quiero seguir con aventuras.
- He oído tantas veces ese cuento – refutó con sarcasmo Berenice.
- Reconozco que es muy usado como una estratagema, pero también muchas veces es la verdad.
- Mejor cuéntame ¿A quién tienes en perspectiva?
- A ti – Le contestó David mirándola a los ojos. Berenice hizo un gesto de asombro y enrojeció.
- ¿Por él lazo que nos une? ¿Por Lalo y Vanesa? – Berenice no quería que esa fuera la razón, lo preguntó sin pensarlo mucho.
- No, aunque es un fuerte vínculo. Te tengo en la mira porque me gustas y mucho.
- Desde la mujer más fea a la más bonita han escuchado esa declaración muchas veces en su vida.

- Pero también la ha escuchado cada mujer casada, cada mujer amada – le replicó David de manera contundente. Ambos estaban bastante mareados.
- ¿Qué podría gustarte de mí? Soy una mujer flaca y simple.
- Encantadora y hechicera. – Repuso David
- Una vez vi a una de tus mujeres. Estabas en tu despacho y yo fui ese día a buscar a Ana María. Era una mujer alta, con un cuerpo exuberante. Sus piernas eran hermosas, tenía unas nalgas grandes y erguidas. Su busto era enorme y se movía cuando ella caminaba. Tú parecías loco por ella. Te deshacías en atenciones. Pensé "Esa zorra sí que podrá pellizcar una buena tajada de su dinero".
- No sé a quién te refieres, pero igual da. Ella no está presente y no dejó huella alguna en mi vida.
- No me mientas.
- Es la verdad.
- Jugarás conmigo y luego me dejarás como acostumbras.
- Quiero una mujer, una mujer delicada y sensible como tú. Crees que no me doy cuenta como estuviste presente en la enfermedad de tu hermana, de cómo eres cariñosa con los niños y tampoco me olvido de la primera vez que te oí tocar el violín. Para tu conocimiento ese día me sentí celoso de tu compañero, el otro violinista con el que ejecutabas en el cuarteto.
- ¿Gerardo? Pero si él es un hombre casado y tiene dos hijos y adora a su mujer.
- Pues tú no parecías indiferente. Me percaté como lo mirabas y supuse que estabas enamorada de él.
- Me gustaba. Es atractivo, pero nada sucedió.
- Berenice de verdad me gustas ¿Te arriesgarías a que hiciéramos el intento de entendernos?
- Me agradas, para serte sincera me gustas como hombre pero no confío en ti.
- Entonces déjame ganarme tu confianza. – Le pidió David. Berenice estaba muy tomada. - Berenice en ti late toda una pasión contenida por el amor. Sólo necesitas aceptar que la carne en los huesos, mucha o poca, ya fueras gorda o exuberante o delgada como eres, ni te quitaría ni te daría nada.

Las nalgas llenas, están llenas de grasa, ¿Ese es tu complejo? ¿Quisieras tener más grasa en tus piernas, bolsas más grandes en tu pecho?

- Lo escuchaba sorprendida. - ¿Por qué me humillas? – Dijo temblando Berenice. David llenó otra copa a cada uno.
- ¿Crees que quiero herirte cuando tu delgadez me encanta? Y te digo si fueses gorda me fascinarían tus lonjas, los pliegues de tu estómago, tus nalgas caídas y flojas, tus pechos como bolsas con los pezones que apuntan al suelo. - David hablaba con soltura, sin una intención ulterior. Pero conocía los complejos de Berenice y ahora que estaba tan bebido, no se calló nada. David llenó las copas. – He visto tanto, tanto. - Berenice lo veía asombrada bajo el influjo del alcohol.
- Siempre lo has sabido. – Dijo ella avergonzada.
- Por supuesto. Las perneras, las nalgas postizas, que más querías para que me diera cuenta.
- Berenice respingó y enrojeció violentamente: Es demasiada humillación. No sé si golpearte o correrte. - Dijo a punto de llorar.
- Déjate ser la mujer hermosa que eres. Acéptate. Corre el riesgo de amar otra vez. Berenice, tienes treinta y tres años y eres un ser precioso. Pero no seas tan sólo un ser, sé una mujer completa. Saca lo que hay en tu corazón. Atrévete a desnudarte y a darte sin vergüenza. Si sólo vieras los cuerpos de esas putas como quedan con los años. No sacrifiques tu vida a un sentimiento de inferioridad, éste sólo existe para ti. Mata a ese fantasma y sé mujer.
- Si me vieses desnuda cambiarías de opinión. – Declaró desafiante y vació el contenido de su copa.
- No necesito verte así. Conozco tu cuerpo aún vestida. Los cuerpos son tan iguales Berenice.

David se levantó y volvió a llenar los vasos y regresó con ella.

- Berenice apuró su copa. - ¿Quieres ver mi pecho plano?
- Claro. Sería lo más maravilloso que podría pasarme en este momento.
- ¿Crees que no me atrevo a mostrarme a ti? ¿Quieres verlos? - Le dijo alentada por la borrachera.

- Por supuesto. - Berenice se quitó la blusa y el sostén, rellenado con un postizo. – Ves que hermosos son. - David los contemplaba embelesado. – Son maravillosos.
- Nunca crecieron – Comentó ella con cierta tristeza.
- Son divinos
- ¿De verdad te gustan?
- Son lo más bello que haya visto, nena.
- ¿Quieres tocarlos? Acércate. - David se aproximó. Llevó sus manos a su pecho y comenzó a acariciarlos. Se dieron un largo beso y Berenice lo abrazó con pasión
- ¿Quieres ver el resto? – Berenice se excitó al contemplar la mirada lujuriosa de David.
- Me encantaría nena. - Berenice se desnudó con lentitud. David la miraba arrobado sentado en la alfombra y recargado en el sillón – Voltéate Berenice. - David la vio de espaldas - Mujer hermosa ¿Cómo has permitido que tu belleza permanezca escondida atormentándote? Ven recárgate en mi pecho. - Ella obedeció y se sentó con las piernas recogidas. – Extiende tus piernas. - David se levantó fue por el espejo y se lo puso enfrente. Llenó las copas y se sentó atrás de ella, para que Berenice se apoyara en su cuerpo. – Ahora mírate. Ve la belleza que ocultas. Miles de hombres serían felices al poseerte. – Con suavidad David le retiró los brazos con los que se tapaba los pechos - Obsérvate Nena, ve el espectáculo grandioso con mis ojos, no con tus complejos. - David abrió las piernas en compás y enseguida separó las de Berenice. – Esa eres tú. Una hembra completa. - Berenice soltó su cuello y se recargó sobre el hombro de David. – Eres incomparable. ¿Y si tocaras el violín desnuda?
- ¿Te gustaría? – Le preguntó con un fulgor de alegría en la mirada
- Dame ese gusto, preciosa.
- Berenice se levantó, tomó su violín y de frente empezó a pulsarlo y notas prodigiosas se escucharon. Berenice se balanceaba al ritmo de la música bellísima que interpretaba. Tocó un par de melodías y fue a sentarse en las piernas de David.
- Berenice me fascinas
- Tú también.

Berenice y David hicieron el amor esa noche y al día siguiente toda la mañana. Berenice nunca fue la misma desde ese reencuentro con ella misma. Un diablo monstruoso fue exorcizado.

2

Walter y el pergamino

Estaban reunidos en el camarote de Mariana celebrando la contratación de Raúl. Éste ofrecía un aspecto bien diferente. Su cara estaba distendida. Su sonrisa era franca, aunque se sentía un poco tieso en compañía de quién ahora era su jefe. Mariana estaba como castañuela.

- **Walter miraba a David y le dijo: Me siento un poco defraudado por ti, David.**
- **Todos vieron a Walter sorprendidos. Muy serio David le preguntó: ¿A qué te refieres?**
- **Me has ocultado algo.**
- **No sé de qué hablas Walter. Por favor explícate.**
- **¿Por qué no me has mostrado el pergamino y contado todo lo relacionado a tu alucinación? – Walter estaba serio.**
- **Mariana enrojeció. - Que horror, yo fui la indiscreta David. Aludí al pergamino por bocona y luego ya sabes cómo es Walter, me interrogó hasta que le dije todo.**
- **No te preocupes Mariana. Está bien permíteme explicarte. Tú eres ateo. – Le dijo a Walter**
- **Si de eso no cabe la menor duda. – Aceptó Walter**
- **Bueno pues no te referí el caso porque no quería que te burlaras de mí.**
- **Aun así, somos amigos y nos debemos confianza.**
- **Bueno si así lo deseas, te debo una disculpa. – David sacó el pergamino y se lo mostró. - ¿Qué ves aquí?**
- **Walter lo tomó para examinarlo - Es evidente. Es la foto de un hombre que defendió a su mascota del ataque de un perro.**
- **Algo más**

- **La cara de un pequeño retratado de perfil. Tiene una mancha en su cráneo.**
- **Perfecto. Ahora voltéalo y dime que ves.**
- **Aquí dice:**

"Tienes un pacto con el Cosmos. Tu hora se aproxima. Estaré contigo para fortalecerte"

- David, Mariana y Raúl se quedaron atónitos al escuchar a Walter.
- ¿Puedes leer eso, Walter? – Preguntó Mariana. David estaba asombrado.
- Claro. Velo tú. – Mariana tomó el pergamino y no pudo leer nada. Se lo pasó a Raúl que tampoco pudo.
- Yo sólo veo manchas, Walter. – Declaró Mariana.
- Yo también en el reverso sólo distingo manchas... – Dijo Raúl
- ¿Cómo es posible? – Contestaba Walter incrédulo.
- Eso me pregunto, Walter. ¿Por qué tú puedes leerlas? – Le dijo David
- Tú también puedes. – Le dijo Walter
- Sí, pero ni Mariana, ni Raúl, ni tampoco Alberto ni Emilio ven otra cosa que manchas.
- Debe ser un efecto visual. ¿No me dirás que tienen un significado?
- Para mí sí, Walter.
- ¿Crees que la leyenda se refiere a ti?
- Por supuesto y me preocupa. En realidad no sé con exactitud a que evento se refiere.
- A ninguno. Esto lo pintó alguien y lo hizo con un pincel. ¿Por qué tiene que aplicarse a ti?
- Walter, este pergamino lo encontré en mi bolsillo después de la alucinación y está relacionado con ella.
- Entonces la explicación más lógica es que tú relacionaste su contenido en tu alucinación y no al revés.
- Ojalá sea así – Contestó David incrédulo.
- No hay otra conclusión. Piénsalo bien.
- ¿Conoces el contenido de esa alucinación?
- Mariana me lo dijo.

- Perdóname David por lo indiscreta – Se excusó Mariana que otra vez enrojeció con violencia.
- Olvídalo Mariana. – Le expresó con cariño – Lo que me tiene asombrado es ¿Por qué Walter siendo un ateo puede leerlo y los demás que son creyentes no?
- Porque soy un hombre objetivo, por eso.
- ¿Sabías que el contenido del mensaje ha ido cambiando Walter?
- Eso si no puedo creerlo. Es ir demasiado lejos.
- Pues es verdad.
- No David, eso no puede ser.
- Está bien. Dejémoslo así. Te ofrezco una disculpa por no participarte del secreto. – David estaba desconcertado.
- La acepto.

Guardaron silencio por unos momentos pero Walter tenía ganas de desahogarse.

- David ¿Te das cuenta adonde te lleva tu necesidad de creer en el más allá?
- Ya no es cuestión de creencia, creo que he hecho contacto.
- Pues eso no es muy sano. El mensaje casi es una amenaza. Tu tiempo se aproxima. ¿A qué se refiere?
- No lo sé. Sólo tengo suposiciones.
- Como tus creencias místicas.
- Encuentro tantas cosas inexplicables que no alcanzo a comprenderlas sin la concepción de una trascendencia.
- Con la vida que tenemos es suficiente, siempre y cuando sepas vivirla.
- No lo dudo.
- Si solo cambiases el concepto de Divinidad por naturaleza despejarías tus dudas. ¿Qué es el absoluto? ¿Qué es eterna e indestructible? ¿Qué está en todo y todo está en ella? Pues la naturaleza, es obvio. Somos en la naturaleza y seguiremos en ella por siempre. Aunque nos duela reconocerlo, eso somos y eso es todo lo que hay.
- ¿Y los sentimientos, Walter? – Preguntaba Mariana escéptica.
- ¿Por ejemplo, el amor?

- Si, por ejemplo. – Mariana lo miraba inquisitiva.
- El amor se produce en la naturaleza. La naturaleza es amor…y también desamor. – Walter la miró victorioso.
- Raúl intervino. Walter, es bastante claro tu razonamiento. Pero entiendo a David y a su necesidad de respuestas. Quizá se aferre a un indicio dudoso. Pero una posición como la suya me produce esperanza, una como la tuya me provoca desazón y vacío. Tus argumentos y los de él son especulativos pero…
- Walter lo interrumpió – Me parece absurdo que un pergamino impreso modifique su leyenda, porque… es imposible.- Walter creyó que tenía un argumento irrebatible y quiso poner a prueba a David - ¿Tú qué opinas David?
- Tratando de no ofenderlo le contestó: Amigo creo que estás confundiendo efecto con causa. La naturaleza es solamente uno de los instrumentos del creador y debe tener muchos más.
- Eso es puramente especulativo.
- A mí me parece más que especulativo que tenga que aceptar que el universo es en sí mismo causa y efecto. En la creación existen energías de comportamiento inalterable como la gravedad y el electromagnetismo sin embargo otras siguen su propio patrón, como lo es la voluntad y podríamos decir que las mismas creaciones artísticas. – Walter estaba visiblemente contrariado porque estaba seguro que había encontrado un argumento demoledor y ahora lo exhibían como una tesis anodina.

David extrajo el pergamino y la leyenda había variado:

"Tienes un pacto con el Cosmos. No dudes.
Estaré contigo para fortalecerte"

Después de leerla le dio el pergamino a Walter. Éste la leyó y la releyó. El mensaje había cambiado. No comprendía que sucedía Era tal su perplejidad que extendió el pergamino a Raúl. Él y Mariana lo examinaron detenidamente, pero tal y como había sucedido con anterioridad, no pudieron sacar nada en claro, porque no podían leerlo. Raúl se lo regresó a Walter y éste lo revisó con toda atención. Con un tono menos seguro que como se había expresado dijo – Me pareció

SOBRE LOS SUEÑOS ROTOS

leer algo de "tu tiempo se aproxima" - Todos asintieron – Quizá fue un error de interpretación, no estoy seguro.

- O tal vez cambió – Afirmó David. Raúl y Mariana no comprendían del todo que ocurría. Miraban a Walter y a David expectantes. Se hizo un largo silencio. David tomaba el pergamino para guardarlo en su bolsa. – Walter, lo inexplicable es lo que mantiene mi fe. Tengo mis grandes dudas sobre la explicación de cualquier fenómeno, pero siempre hay algo más allá, que aún la gran ciencia moderna no ha podido trasponer. No es que me aferre como el último reducto, es tan sólo lo que me hace dudar de una posición tan monolítica como la tuya. Eso es todo. - David creyó conveniente cambiar la tónica de la reunión y dijo. - ¿Qué les parece si dejamos el tema y nos tomamos otras copas?
- Raúl se levantó y dijo: ¡Oh, sí, claro! - Todos se pusieron en movimiento para preparar lo necesario para la velada y después tomaron sus lugares acostumbrados en la mesa para jugar una partida de cartas. Esta vez Walter ganó. Estaba muy contento por ello. Antes de levantarse David expresó con aire sonriente:
- Y sin embargo existe
- ¿A qué te refieres? – Le preguntó Walter extrañado.
- Al más allá, por supuesto.
- Grandísimo loco – Le contestó Walter en tono jovial.
- Y lo acepto, Walter. Y todo esta locura se origina en que quiero pensar que el ser humano es más que un organismo que busca su bienestar, lucha por obtener placer y hace mierda veinticuatro horas al día… - David vio las miradas de incomprensión de los tres y sonrió - … Así es, mientras platica, hace el amor, baila, da un beso e incluso cuando come, es una máquina que fabrica mierda… La arroja al escusado una o dos veces al día, pero la procesa día y noche… - Mariana y Raúl rieron cuando comprendieron a que se refería. A Walter el concepto no le hizo gracia.
- Me parece muy grotesca una visión así del ser humano – refutó con un gesto serio y más que molestarle el hecho en sí le irritaba darse cuenta que su argumento irrebatible se volteaba contra él, su concepto de que "La naturaleza es el todo, el

absoluto", había quedado derrocada en un santiamén y rodaba como basura entre las risas de sus amigos.

- Pues he seguido el hilo de tus conclusiones y a eso nos llevan. Un organismo sin trascendencia es tan solo un fenómeno pedorro y cagón. – Y todos se rieron pero no Walter. Él era el iconoclasta que se burlaba de los demás pero no le gustaba ser el objeto de las burlas.

CAPÍTULO 9

¡Qué poca cosa es la muerte! – pensó
Emma – Me dormiré ¡Y se acabó!
Madame Bovary
Gustave Flaubert

1

David descubre la señal

Rápidamente David se adaptaba a su situación de padre mejor de lo que él hubiera supuesto. Casi diario iba a visitar a los pequeños y le encantaba jugar con Lalo. Berenice lo amaba cada vez más y la confianza se incrementaba. Ella estaba entusiasta y jovial y a diario lo esperaba ansiosa. Procuraba cocinarle una rica cena o se alistaba para irse a cenar a algún restaurante. Cuando regresaban, Berenice bañaba a los pequeños y los acostaba. Ya dormidos, preparaba unas copas, se desnudaba y se ponía un camisón ligero. A David le fascinaba escucharla tocar el violín. Como un ritual antes de hacer el amor, ella ejecutaba bellísimas melodías en su violín. Con sensualidad se desprendía de su camisón y quedaba desnuda. David la miraba embelesado. Berenice aprendió con él a mostrar su cuerpo sin vergüenzas. Hasta se atrevía a hacer giros sensuales y eróticos. David se divertía y reía.

Después de una larga noche de amor, se quedaban dormidos. Al despertarse, él la abrazaba con una emoción que hacía mucho no experimentaba. Se sentía pleno. Berenice llenaba un hueco enorme en su vida.

Las mañanas del sábado eran esplendorosas. David volvía a hacerle el amor. Berenice a petición de David, siempre dormía desnuda. Se bañaban juntos, bromeaban y entre los dos preparaban a los niños. Los llevaban a desayunar y luego iban a un parque o a un salón de juegos. David empezó a considerar que sería bueno volverse a casar.

David llevó a Berenice con Mariana, Raúl, Walter y Adriana. Juntos tuvieron una velada inolvidable. David bailaba y se dejaba llevar por la música, la abrazaba con pasión y Berenice lo seguía, estaba enamorada. Ella sentía como renacía a la vida y como un torrente de alegría revitalizaba cada momento y deshojaba las tristes y solitarias páginas del pasado. Berenice conocía por primera vez la pasión de un hombre maduro. Se sabía aceptada y apreciada. Además de que él la valoraba como un ser sensible y un ser humano productivo.

Pocos meses después David salió de viaje. Al regresar Berenice lo recibió efusiva. David cargó a Vanesa y luego a Lalo. De pronto pudo distinguir una marca clarísima en su cabeza. Berenice había cedido ante la insistencia de Lalo de que lo rapara de la misma manera como se mostraban muchos de sus ídolos. Esto dejaba al descubierto la mancha idéntica que David viera en la cabeza del niño que se destrozaba el cráneo tiempo atrás, en su alucinación. También coincidía con la imagen que aparecía en su pergamino. Ésta era tan evidente y particular que revivió en su interior la escena entera y recordó su juramento. Quedó helado y pensativo y llamó al pequeño. Se sentó en la alfombra recargando la espalda de Lalo contra su pecho. Revisaba con cuidado la señal sin mencionar nada. La marca no dejaba lugar a dudas. David comprendió que aquel pacto con el Cosmos no era un sueño, era real. Extrajo de su bolsillo la tela con la imagen del hombre de los perros. Decía:

"Los actos del amor requieren valor, pero es tu elección y puedes hacer uso de tu libre albedrío".

Abrazó a Lalo, le besaba su cabeza y le juró que cumpliría su promesa. Su libre albedrío le señalaba "Cumple y déjale al Cosmos el resto". David trataba que la velada fuera alegre, pero él ya no era el mismo. Sabía que su fin estaba próximo. La realidad entera se transfiguraba. Por la mañana Berenice lo miraba y algo extraño percibía.

-   ¿Sucede algo cariño?
-   Pequeños problemas del negocio. Nada importante.
-   Te noto un tanto extraño. – Insistió ella.
-   No tienen relevancia, son problemas de rutina. – David intentaba mostrarse lo más despreocupado que le fuese posible.

- Desahógate. ¿Dime qué pasa? – David quería encontrar alguna situación que pudiese justificar su comportamiento, pero su mente estaba como pasmada. Cargó a Lalo que fue a su recámara. Le miraba la mancha y besó su cabeza otra vez. Se levantó, extrajo unos helados del refrigerador y jugó con Vanesa. Sopeaba el helado con unas galletitas y se lo daba en su boquita.

Por la tarde David caminaba ensimismado. ¿Cuánto tiempo le quedaba? Sacó su pergamino. El mensaje cifrado había cambiado otra vez. Decía:

**"Pronto el destino llamará a tu puerta. Estaré
como siempre junto a ti para fortalecerte."**

"Será quizá en menos de un mes. Es probable" Y una sensación desconocida lo invadía. Él no era un hombre cobarde y la verdad es que él nunca había amado la vida hasta ahora que convivía con Berenice. Para ser sincero muchas veces sentía el peso de un día como un fardo y se despertaba sin entusiasmo. Pero ahora le entristecía dejar a Berenice y le pesaba el dolor que le iba a causar.

Se reponía poco a poco de la revelación, pero su percepción completa se transformó. Sentía que ya nada le importaba. Su actividad la dirigía a su negocio, de pronto éste desaparecía de su panorama. Caminaba distraído, a su alrededor vagaban personas desempleadas, vendedores ambulantes. Veía comercios vacíos, restaurantes sin clientes. "Pobre gente" Se detuvo a observarlos. Toda una legión de seres desocupados con sus caras tensas, sus expresiones preocupadas, su estado nervioso irritable. "Que importa todo este dolor y el empobrecimiento general si ha servido para crear una nueva generación de felices millonarios. Esas son las reglas implacables de esta nave" meditaba con amargura. Aceptaba que al menos él por su parte jamás sería pobre, eso era un hecho. Reemprendía su caminata. Se figuraba como un fantasma en medio de la gente. Más que en cualquier otra ocasión, las cosas le parecían fruslerías. Se metió a un bar y observaba a los bebedores, enfrascados en sus pláticas. Aquella sensación espectral lo hizo sonreír. Al fin su pesadilla llegaba a su fin. No tenía nada que lamentar, empezó a burlarse de sí mismo y se decía: "Que pena, dejaré de preocuparme por mis clientes y mis empleados que tanto me quieren, sufrirán, me extrañarán. Se sentirán perdidos sin mí. En la sociedad se creará un enorme hueco" y sonreía. "Perderé mi gloriosa y feliz existencia, que pena" y seguía "Con todo el amor que he recibido, Silvia se jalará los pelos, Mi madre reventará de pena, todos me llorarán inconsolables" su ironía lo divertía. Las cervezas lo relajaron. Se iría a dormir y poco le importaría quedar muerto esa misma noche. Recordaba a Berenice "Qué irónica es la vida. Justo antes de morir tenía que conocerte". Sintió una profunda oleada de tristeza. Encendió un cigarrillo y continuó bebiendo Bastante borracho llegó a su camarote y miró su lecho y se dijo "Cuantas veces he llegado a esta cama exhausto, agitado, atemorizado y he encontrado una dulce acogida entre mis sábanas y colchas, y me he dormido con un deseo intenso de no despertar. Mi lecho, mi sueño, el hermano de la muerte. El sueño que nos libera de las fatigas y las preocupaciones, de las garras del tedio y de las obsesiones. Ahora dormiré ese sueño ideal que siempre añoré. Paz, que dulce palabra. Dejar el cuerpo de simio y su jaula, que liberación." Y pensó en Dios y le agradeció y rezó agradecido "Oh Padre amado. Que misericordioso eres que a nadie le niegas la paz" David contemplaba su próximo fallecimiento con su firme creencia que perecer era tan sólo el fin de su presencia en la nave, de su condición humana y nada podía ahora menoscabar esa convicción. Sólo la visión de Berenice turbaba su paz. Hizo un gesto de resignación. El estrés se disipaba pero una nostalgia melancólica se apoderó de él. Se acostó. Mareado como estaba se sumió en el sueño.

2

Vida Fantasmal

Desde el día que descubrió la mancha en la cabeza de Lalo, David experimentó una transformación total. Una sensación extraña por completo. La señal lo había conmocionado toda su percepción. Tenía la elección que le planteaba la leyenda de su pergamino sobre la referencia a su libre albedrío, pero le era claro, que tal elección no existía. Cumpliría su promesa, fuese como fuese el momento final.

Caminaba por los pasillos entre la multitud y se intensificaba la sensación de alejamiento. Veía los escaparates con una indiferencia desconocida. Se percibía como un fantasma en medio de la muchedumbre, como un ser forastero, un hombre que ya no pertenecía a ese ambiente. La inminencia de su fallecimiento lo entristecía y se percataba consternado de lo apartado que se hallaba ahora de todos y de todo. ¿Qué importaba ahora cualquier pensamiento o plan hacia el futuro? El entorno desaparecía ante su ensimismamiento. Se internó en un parque y se sentó en una banca. No estaba temeroso, pero comprendía que ya nada le interesaba. Decidió ir a cenar y entró a un restaurante. El parloteo le parecía tan insípido, veía caras sonrientes, hombres que pretendían seducir a una mujer con sus pláticas, parejas enamoradas, familias que cenaban. El mesero pidió su orden y además de la comida pidió unas cervezas. Era un paliativo muy agradable el efecto del alcohol en ese estado. Después de cenar decidió beber más. Fue a un bar exclusivo donde bellísimas meseras estaban desnudas. Tan sólo con un sombrerito, sus botas y un chalequito que no les tapaba sus pechos. Les compró cigarros y bebió. El mareo y su anonadamiento lo reconfortaron. De momento a momento asimilaba mejor su nueva condición. Abandonó el lugar hasta la madrugada. Y se fue a dormir.

Despertó como a la una de la tarde. Tenía mensajes. ¿Para qué oírlos? Muchas, pero muchas veces se había percatado que su presencia o ausencia en un lugar daba lo mismo. No sobraba ni faltaba. Como en la madrugada que pagó la cuenta y salió, el ambiente no cambió en lo absoluto. Era un bulto. Su existencia sólo tenía importancia para él, para nadie más. "Mi huella en esta vida es tan profunda y perenne como mis pasos en la hierba. Nadie la echará de menos" Sus asuntos los atendía porque afectaban su entorno, pero ahora este entorno ya no tenía relevancia. Era como un escenario donde nada que ocurriera podía afectarlo. Sonó el teléfono pero no quiso contestarlo. Se sentía desazonado porque ya no tenía ninguna actividad por realizar. Pensó en Mariana y sonrió, le tranquilizaba que ya no estaba sola. Raúl se mostraba como su pareja estable y eso era consolador. Estaba seguro que Walter lo extrañaría, pero no sería tampoco una desgracia para él ni para Alberto ni Emilio. Su pequeño grupo de amigos. Sólo Berenice lo obsesionaba. Ahora que se suponía que terminaba su viaje y podía partir en paz, aparecía ella y acongojaba su corazón. Lo que más lamentaba el dolor que le iba a causar. David no comprendía que aunque él muriera, Berenice no volvería a ser aquella mujer temerosa que se despreciaba a sí misma, porque había recibido por parte de David una gran dosis de autoestima. Tomó unos calmantes y lo serenaron. Ya no había preocupaciones, eso era un hecho. Qué podía importarle ahora los Almacenes Omega, que tantos horrores le causaron. En este momento aparecían en su auténtica dimensión. Su mente se apaciguaba. Se preguntaba: ¿Habrá música en el más allá? Sería lo único que echaría de menos. Para sosegarse tomó un papel y empezó a enumerar todas las ventajas que le ofrecía su nueva situación. En primera instancia, él no sería viejo nunca. Tampoco tendría una enfermedad dolorosa o degenerativa. Jamás volvería a temer a la pobreza. Las ventajas no eran pocas ni despreciables. Cuando trató de enumerar sus pérdidas, encontró que en realidad no perdía nada. Dejaría su cuerpo de mono, de reptil. En realidad la muerte estaba de su parte. Si, ésta era su amiga, la gran consoladora. Se iría y ahora ante su evidencia personal, estaba seguro que su destino sería mucho más placentero que su estancia en esta nave siniestra. El teléfono volvió a repiquetear y contestó. Era Berenice que le hablaba al celular. David para ganar tiempo, inventó un viaje que lo ausentaría por varios días. Al terminar con ella llamó a Doña Celia su ama de casa:

- Buenas tardes Señor David. - Ella lo quería y lo respetaba. Años había trabajado para él. Ella era una mujer de edad, robusta y fuerte, pero no era vieja. David la apreciaba mucho.
- Buenas tardes Doña Celia. Acérquese por favor. - Le indicó él. Celia obedeció. De pie frente a David esperaba sus órdenes. David se levantó por una silla y le pidió que se sentara. Ésta, extrañada se acomodó. – Celia, voy a emprender un viaje muy largo, una expedición. Representa un poco de peligro, pero quiero realizarlo. Iré al norte – mintió él. - Usted mientras tanto quédese al cuidado de mi camarote, como siempre. Dejaré su sueldo depositado y usted lo cobrará como de costumbre. A partir de este momento contestará el teléfono y dirá que estoy de viaje. – ¿Tiene dudas?
- No señor – contestó respetuosa.
- Muy pronto partiré a la expedición, pero nada comentará usted.
- Entiendo señor David.
- En el improbable caso que llegue a fallecer, quiero que asista a la lectura de mi testamento. Le dejo una renta vitalicia.
- ¿Se pondrá en peligro señor David?
- No mucho Celia, pero hay que prevenirlo todo, y no sería justo que usted quedara desprotegida por mi negligencia.

- La cara de Celia reflejaba preocupación. - ¿Será pronto?
- Casi de inmediato. Celia usted me ha acompañado en mis peores días. No se preocupe, que lo que voy a enfrentar es mucho más llevadero que lo que ya padecí, además en esta ocasión yo lo he elegido, no me ha sido impuesto. ¿Me prepara algo de comer?
- Enseguida señor David. ¿Quiere algo especial?
- Ese estofado que me encanta y que usted lo prepara como nadie más.
- Claro señor. - Celia se levantó, reacomodó la silla y fue a la cocina. Le parecía extraño que David bebiera en casa. "Algo extraño sucede" se dijo. El teléfono volvió a sonar y Celia lo contestó de acuerdo a las instrucciones que le había dado.
- David comió con avidez. – Celia se luce usted.
- Gracias señor David.

David se arregló y salió. Vagaba por los parques. Indiferente, ausente a los ruidos de los vendedores, a los gritos de los niños. No tenía con quien desahogarse. Emilio sería una buena compañía para ese momento y decidió llamarlo. Acordaron de verse en la cervecería. David sacó el pergamino con la imagen de tela y leyó:

"Pronto, muy pronto. Estaré contigo para darte fortaleza"

De manera constante variaba el mensaje. Pensó en Dios y le agradeció en una forma muy particular: "Que dura ha sido esta batalla, Padre, pero tú sabes porque tuvo que ser así" Le quedaba por resolver, nombrar a quién dirigiría su empresa cunando el faltara. No vería más a Mariana ni a Walter, ellos lo conocían bien y con seguridad advertirían algo extraño en su actitud. Lo acosarían con preguntas y no quería entristecerlos antes de tiempo.

3

David despertó de una larga siesta tendido en el sofá. Estaba pensativo percatándose como cualquier pequeño incidente, como la siesta de la que despertaba se daba en el tiempo. Siempre pensamos que el tiempo de nuestra existencia es flexible y se puede extender sin límite, pero ahora frente a su inminente muerte, cada momento, cada hora transcurrida vaciaba el saco de su existencia. David comprendía que no había punto de retorno. Empezó a mirar en retrospectiva y a rememorar que había sido su existencia. Quiso recordar sus momentos plenos de dicha, no de aquellos en los que uno estaba inmerso batiéndose por sobreponerse a la desdicha, sino cuando ésta se no es dada por nacer, por nuestros padres y hermanos que nos quieren y nos miman y su mente no podía recordarlas. ¿Es que no existieron? Él se acordaba de su niñez como un niño solitario. Su padre lejos de casa, su madre involucrada con sus amigas, su familia o con sus hijas. David había nacido por accidente y su madre siempre lamentó su concepción. Para colmo, el embarazo fue muy difícil y acabó para siempre con el cuerpo esbelto de su madre. Él consideraba a su madre como una mujer áspera, regañona e intolerante; presta a reprenderlo y hasta humillarlo, pero tenía claras imágenes de cómo amaba y cuidaba a sus hermanas. Era a él, a quién nunca quiso. "Quizá porqué se embarazó cuando ya no amaba a mi padre" conjeturaba. En la infancia no había nada que buscar. Y luego repasaba su adolescencia, mucho más agria, mucho más amarga. Tenía cuarenta y dos años y la época más feliz fue la que pasó al lado de su tío Joaquín, como su Gerente General. Éste era un hombre seco y circunspecto, pero la devoción y entrega de David le ganaron su aprecio. Aquellos años fueron los mejores de su vida. Cuando el tío Joaquín falleció le heredó su negocio. "Bendito tío. Pronto me reuniré contigo" pensaba agradecido.

Recordaba cuando se casó con Silvia y que entonces creía haber alcanzado la cima, pero ese matrimonio se desbarrancó en menos de tres años. Por estúpido adoró por años a una mujer que jamás lo quiso, y si no era evidente para él, lo era para sus amigos. Sintió un dejo de melancolía. No de dolor, mucho menos de desgarramiento. Simple y pura melancolía cuando uno llega al final de una historia personal sin nada de que enorgullecerse. No cabía duda que estaba preso de un intenso sentimiento de futilidad.

Pero David no era propenso a regodearse en la autocompasión. Pensaba que su vida también tenía otro enfoque. Quizá no nació para ser feliz, sino para lograr otros objetivos. En lo interno él estaba satisfecho de sí mismo. Si bien no fue un afortunado, se había levantado de una situación que a muchos hubiera aplastado. Más de setenta empleados mantendrían a sus familias bajo su legado, un negocio que les proporcionaba un bienestar sólido. Eso era un logro, y lo era, porque él hubiera podido huir de manera cobarde para ponerse a resguardo de la incesante presión a que los Almacenes Omega lo sometieron, pero, muy al contrario, decidió enfrentarlos y les ganó, no en el sentido de hacer quebrar a su rival, sino de sostener y aumentar un próspero negocio, ahora muy diferente a lo que fue en un inicio. Y esto se lo debía a su paciencia, persistencia y resistencia. Pudo vencer al dinero, monstruo horroroso, que tenía a toda la humanidad de rodillas y que a él mismo lo hizo sufrir indecibles penas. Pero esa batalla era un triunfo personal. Y la prueba estaba en que su negocio era tan firme, tan bien estructurado que sobreviviría a su fallecimiento y los fondos que dejaba en fideicomisos eran auditados y no existía manera de malversación. Bueno eso era una razón para haber existido. Una asignatura que había aprobado.

Si como afirman los místicos, él antes de nacer diseñó el entramado, la estructura general de su vida, en ese sentido no fue en vano. De joven no era tan recio, tan incorruptible, tan honesto como en el hombre que se había convertido. Ya no era un hombre inocente, sabía el costo de los errores y de corromperse. David aprendió a no dejarse sobornar para aumentar su capital. Ya rico, acrecentar su fortuna le parecía tan interesante como adquirir una colección completa de rocas geológicas o una biblioteca sobre temas religiosos, o una colección de timbres postales. Ni le gustaban las piedras, aborrecía los libros religiosos y los timbres postales eran para él simple basura. No era poco meritorio, ser un hombre generoso, sobre todo al considerar el medio en que se desenvolvía.

Del incidente en el tren en que mató a dos hombres, se decía que Dios lo entendería, era como haber defendido a un niño de ser devorado por dos animales furiosos. Aquellos asesinos no eran otra cosa y él no los había matado para obtener ninguna ventaja personal. Tuvo que hacerlo. No habría soportado ver como masacraban a aquel pequeño a la vista de su padre y seguir viviendo tranquilo. Ya vería como los juzgaban por ese episodio, aunque él sabía, que a pesar del hecho en sí, siempre se consideraban las circunstancias y la intención del acto. Pensaba que no sería con dureza reprendido por este percance violento, pero no malintencionado. A la luz de todos estos sucesos del pasado, decidió lo que siempre acostumbraba hacer, quitarles su atención, ver hacia adelante y enfrentar lo que la vida le deparaba.

De lo que sí estaba seguro, que aquello que le sobrevendría en el próximo futuro, le haría frente con todas sus armas y saldría airoso, con voluntad de hierro, y su valentía que había cuajado como sólido granito. Era cuestión de días, breve tiempo y a él morir no lo amedrentaba.

Decidió que era inútil hurgar en un pasado que no le gustaba recordar. No era un hombre que viviera el aquí y el ahora, primero porque siempre planeaba acciones en el futuro y segundo porque prefería meditar en el verdadero pasado, no de él, sino de la humanidad. La Historia. La irrecusable historia daba fe de quiénes éramos en ésta nave. Cuantas enseñanzas nos daba. Como se derrumbaban las mentiras, las falsas teorías y las ilusas utopías. Mucho había aprendido de los actos, no de los legajos de los viejos economistas o filósofos especulativos. Pero ahora no estaba de humor para estudiar nada. Se tomaría a la ligera los últimos días, cerraría algunos círculos y partiría a su viaje a lo desconocido impertérrito, porque la muerte además de ser ineluctable, lo menos que le brindaría sería una paz anhelada, querida, deseada. La paz, no la extinción. Todos sus estudios sobre el más allá, ahora revelaban su utilidad. Pensó que muchos hombres maduros como él estaría viviendo sus últimos días y no sabrían. Él gozaba de un gran privilegio. Mientras otros se lamentarían o sufrirían terrores sin fin, él iría a tomarse unas cervezas y panecillos con jamón serrano y paté. Bendita tranquilidad.

Es una realidad que los seres que están encauzados en el sendero hacía el crecimiento, tienen la facultad de convertir los acontecimientos infaustos en un medio de aprendizaje, el dolor los humaniza, los hace compasivos y tolerantes. Las frustraciones constantes los vuelven bravos, pacientes y humildes. El sufrimiento les proporciona sabiduría, al vencerlo escalan en la polaridad hacia el bien y esto colma su alma de gozo. El ser adelantado irradia alegría y su vida se despliega tranquila en medio del caos. Sin embargo David, si bien era bravo y sereno, y su actitud era jovial, en el fondo no era feliz. Estaba hastiado de la vida y sólo la aparición de Berenice y los dos pequeños aportaban una luz. Pero era un hecho que gran parte de su corazón estaba infartado, muerto. Gozaba de momentos con la intensidad de un niño, pero eran esporádicos. Vivía destellos de regocijo, pero no en un resplandor. Su lucha lo había mejorado como ser humano, el sufrimiento continuo enriqueció sus sentimientos pero mató su corazón. David era una paradoja.

Fue a un centro comercial. Pasó por la plaza Zeus que estaba en construcción. Miraba a los albañiles que hacían equilibrio sobre vigas que daban al vacío, quince pisos arriba. Se acercó para contemplar la maqueta. Admirado pensó: "La civilización es fabulosa, nadie puede negarlo. Esta gran plaza sin duda engrandecerá a la civilización en alguna medida. Hará más habitable ésta piedra flotante. Los paseantes y consumidores la disfrutarán. Enriquecerá a los dueños, pero ¿Y los cientos de hombres que la construyeron?" – Observaba a los obreros – "Estos no podrán visitarla. Obtendrán una mínima remuneración por su trabajo. Los ricos se justificarán: "Al menos les dimos trabajo" Es verdad, pero la paga es tan exigua que en nada modificaba su condición miserable. Ellos son ajenos a los beneficios de la civilización" – En la altura un obrero caminaba por una viga mientras otro le lanzaba una cuerda – "Aunque lo hayan trabajado no podrán disfrutar del edificio que ayudaron a construir" – Y recordó los años en que fue estibador – "Que bueno que no fui parte de la infamia y que pagué bien el trabajo y que confeccioné fondos de ahorro para mis empleados con mis excedentes. Alejado de la pobreza el dinero no pudo tentarme. Preferí compartirlo" Y luego reflexionaba con cierto orgullo "Y ahora ¿De qué me serviría todo ese dinero?" - David se alejaba y se decía "Es lamentable que la maravillosa civilización se erija sobre los sueños rotos de tantos seres humanos"

4

La despedida

Eran las nueve de la noche y David llamó a Emilio desde una cervecería David lo esperaba y cuando entró sintió cuanto afecto tenía por ese joven. Emilio vestía una playera de manga corta y lucía unos brazos gruesos y fuertes y un cuerpo vital y musculoso.

- Hola David. Que gusto que me llames. - Se saludaron con una efusiva sonrisa
- ¿Cómo te fue en tu clase de hoy?
- El profesor no tiene respuestas. – Dijo Emilio ufano.
- ¿En qué embarazosa situación lo metiste ahora?
- Le cuestioné que cual era la filosofía que nos podría guiar como humanidad, después de que sólo prevalecen las ideologías ateas y éstas son inútiles. Lo mismo da si las

estudias o las ignoras. Prefiero tus respuestas. – David lo vio y sonrió - Escucho a mi profesor y parece que oigo las ideas del Medioevo. Son ingeniosas, pero ¿De qué sirven?

- Usan el temor para manipular, de alguna manera fueron útiles. La sobrevivencia del alma ha sido el gran enigma. – Repuso David.

- ¿Para ti no? – Inquirió Emilio.

- Yo tampoco podría contestarte cual es la filosofía que puede guiar el interior del ser humano. Ya te he hablado de la magia del dinero, pero eso no es una filosofía, es un sistema de control. El amor a la filosofía entraña un profundo amor a la verdad. El simple terror a lo desconocido nos vuelve cobardes o crédulos.

- La certeza de la muerte es el principio de la filosofía y no lo hemos resuelto. - Aseveró Emilio.

- Buena conclusión. - Emilio se sintió halagado. - ¿Qué piensas sobre ella Emilio?

- No me gusta. Es angustiante pensar en ella.

- ¿Has pensado que existe más muerte en la vida de acuerdo a la concepción atea?

- ¿A qué te refieres? – Preguntó Emilio sin comprender.

- ¿Cuántas veces es más doloroso vivir que morir? Si nos desprendiéramos del temor a la muerte, la contemplaríamos como una hada pacificadora, dulce, acogedora. Si despejásemos la duda, entenderíamos cuanta justicia y amor existe en la muerte. No me refiero a la agonía, esta puede ser muy dolorosa, pero es como un estallido que te eleva por encima del sufrimiento. Fallecer es recibir una lluvia de paz, no de extinción.

- Pero es horrible, David. – Afirmaba Emilio confundido.

- David miraba con cariño a Emilio -¿Acaso no es lo último horrible que pueda sucederte? – Hizo una pausa y continuó - Piensa en el amor desairado. Ya puedes gritar, aullar, llorar y humillarte, que si el ser que amas no te quiere, todos esos desbarros más que conmovedores son ridículos para quién no te ama. Imagina la indiferencia ante tu dolor. Te juro que esto es mucho más humillante y devastador que el simple miedo a fallecer. Tanta canción que menciona, "yo sin ti no soy nada" y cosas por el estilo, es como quejarte ante un árbol, es patético, pero desgarrador. Y que tal el sufrimiento de los que se quedan. El muerto tranquilo está ¿Pero sus deudos? Viven días de duelo desesperante. – David recordó a Berenice y sintió un agudo aguijonazo de dolor. Pensó: "Que lástima habernos conocido y amarnos. Como lamento el dolor que por necesidad te voy a causar, pero Lalo es el vínculo. La ironía del destino que se hace presente en tu vida y la mía". Emilio escuchaba un tanto pensativo, algo extraño percibía en el comportamiento y tono de voz de David. Éste después de un largo silencio continuó: Y qué me dices de un hombre sin trabajo ni dinero. Padece el crimen capital, la falta de dinero. "Haz el favor de llevar tu indigente persona a otra parte, aquí estorbas" y sufre más que un moribundo. ¿Y el que padece hambre? Te puedo asegurar que estar prisionero en un cuerpo es una maldición de la que sólo te libra la muerte.

- Yo amo la vida. - Contestó Emilio
- Que gusto escucharte Emilio.
- ¿Pero tú no la amas?
- ¿La vida o la existencia Emilio? - Ese es el punto.
- Existir, ser. Saberte vivo. Creo que la vida es una gran bendición.
- Tu alma o tu cuerpo, ese es otro punto. Amo la existencia de mi alma, esa es mi filosofía y sobre la base de ella actúo. El cuerpo es un vehículo y esta sociedad es una cárcel, esa es mi concepción.
- ¿Tú no temes morir?
- Emilio si en este momento se levantara un hombre con una pistola y me dijese escoge: mueres en este momento o repites toda tu vida, sin lugar a dudas le diría que disparara. La conclusión es obvia, he vivido situaciones que no quisiera volver a repetir, preferiría morir. Eso te lleva a la respuesta directa que la muerte no puede ser aterradora para mí porque he padecido situaciones más dolorosas que ella.
- Emilio quedó pensativo. De repente dijo: Estabas alegre la última vez que nos vimos. ¿Qué te sucede?
- Emilio no permitas que el dolor de un hombre ensombrezca tu vida. Cada destino es distinto y el tuyo me parece prometedor. Yo en tus zapatos, elegiría vivir.
- Estás triste. He aprendido a conocerte y sé que algo te entristece.

- Gracias por comentarlo, veo que me prestas atención. A veces miras en retrospectiva y quieres rescatar tus momentos felices, aquellos que justifiquen tu permanencia. Los he tenido, no lo niego, pero muchos de ellos han caído bajo el peso de la realidad. Momentos queridos plenos de hipocresía de la que yo no me percataba. Soy un hombre difícil de liquidar, caigo y me levanto, pero te confieso que me siento cansado. Te llamé a ti porque te necesitaba hoy. Quería hablar con un ser vital, un hombre que no me juzgara cuando percibo mi vida tan incomprensible.
- ¿Te arrepientes de algo?
- No Emilio. De nada. En realidad me siento satisfecho de mí mismo. He llegado al final de mi aprendizaje y tengo que partir. – David miraba el rostro de Emilio - No pongas esa cara de aflicción. No voy a suicidarme ni estoy enfermo. Cientos de veces en mi vida he deseado acostarme, dormir y no despertar. Pronto se cumplirá mi deseo.
- ¿Es que pronto morirás? - La cara de Emilio reflejaba su azoro.
- Si, pronto partiré. Hey, te pongo triste. No es mi intención.
- Me preocupas. Tanto que me has enseñado. ¿Qué sucede? Explícame. – Emilio estaba inquieto y extrañado. David guardó un largo silencio.
- Quizá no debí llamarte, pero necesitaba pasar este momento con alguien fuerte, que yo apreciara y respetara. Pero debo comprender que aún eres un muchacho.
- Fíate de mí. Te lo ruego.
- Es sólo un presentimiento. Quizá me has agarrado en un momento de hastío, de depresión.
- Pues para eso soy tu amigo, aunque me considero tu discípulo.
- David rio - ¿Mi discípulo?
- Así es.
- Y ahora descubres que el corazón de tu maestro esta colmado de melancolía.
- De melancolía, pero no de amargura. Buscaré mi verdad, que es la tuya. Será mi búsqueda y perseguiré el bien por encima de todo. Tu tristeza no empaña tu imagen.
- Gracias por tus palabras.
- Sinceras, dichas con el corazón. Y que te regreso con gratitud. - David se conmovió.

- David repitió "Mi discípulo" y sonrió. - Emilio estaba emocionado.
- Tus palabras resonarán en mí aunque te marches y creo que acabo de comprender que recibiste una señal ¿Verdad? - David asintió. - Entonces todo es cierto. - David volvió a afirmar con un movimiento de cabeza. – El pergamino te mandó la señal ¿No es así?
- Emilio, yo creía, ahora sé. Tan sólo espero el momento y la forma. De eso no tengo la menor idea. Sólo recibí el mensaje. - David sacó su pergamino y leyó:

"La hora se aproxima. Muy pronto enfrentarás a tu destino".

Los ojos de Emilio se empañaron. -Te extrañaré tanto. - Emilio no podía ocultar su aflicción.

- Tómame como a un maestro de tu escuela al final del curso.
- No, David. Ellos estuvieron y se fueron. Tú quedarás en mi mente y mi corazón.
- No te puedo dar una prueba, pero debes estar seguro que seguiré existiendo cuando me vaya. - Se levantaron, salieron de la cervecería y caminaron por el pasillo. David levantó la vista y señaló hacia el cielo. En algún lugar celebraban una fiesta y el cielo era iluminado por maravillosos fuegos artificiales. - Emilio hay una diferencia esencial, importantísima en el concepto del ser humano. Contempla esos fuegos artificiales. Son una belleza, esplendoroso espectáculo que estalla y produce formas y colores fascinantes. Extasíate con su hermosura. Ahora por un acto de tu imaginación dótales de vida. Puedes observar que unos resplandecen con más potencia y luminosidad mientras otros apenas son meras chispas. Oyes la explosión, el retumbar de su presencia, tienen vida, pero no trascendencia. Son fenómenos químicos producidos por la naturaleza. Aparecen y luego se extinguen como si no hubiesen existido jamás. Si esa fuera la naturaleza del ser humano, sería inútil que te preguntes sobre la fenomenología del ser o su existencia. Su presencia en el universo no dejaría rastro ni en el universo ni para sí. De la misma forma que esos fuegos artificiales, nuestra vida consciente sería igual de efímera, el

ser humano no sería más que fuego fatuo por más bello que pueda representarse. Por eso es fundamental distinguir entre vida, un fenómeno y la trascendencia consciente. Si el alma estuviera contenida y producida en ese fenómeno lumínico, el ser humano sería tanto como el residuo que queda al apagarse. Pero si el alma sobrevive a esa fugaz y maravillosa manifestación de energía, no importa que tanto brillo hubiese producido, su esencia es infinita y mil una veces iluminara el espacio porque está dotada de eternidad.

David y Emilio caminaron en silencio. Pero Emilio no quería dejar a su maestro en una situación que él percibía como crítica y David necesitaba comunicar sus reflexiones.

- Cuando prosigues tu camino rodeado de la incertidumbre y el riesgo, de tinieblas y de miedo, tu intuición toma el mando, alerta tus sentidos como lo hace con los ciegos, dejas de aferrarte a personas y cosas que disciernes que te fallarán en las horas cruciales, tus ojos aprenden, como en algunos animales, a ver en la oscuridad y ya no serán tinieblas, sino penumbra. ¿Y cómo te libras del miedo? Esa capa densa, nube pestilente y nauseabunda. Puedes tratar de alejarla de ti, abanicar o ponerte una máscara de gas, pero el miedo se cuela por la más mínima grieta, nada sirve. Tienes que enfrentarlo, porque el miedo es persistente y no puedes disiparlo. Sólo te queda el recurso de entrar en lo más espeso de la nube y emprender tu marcha, trémulo de terror das un paso y luego otro. Presagios de desastre te hacen titubear. Te acercas a su centro. Pesadillas nublan tu discernimiento. Horribles visiones aparecen una y otra vez. Tu corazón palpita asustado y trasudas continuamente. Duermes agotado y despiertas macerado por tu propio sudor. Todo se vale, puedes vomitar, caminar vacilante, pero lo único que no te es permitido es detenerte. Si lo haces, cada célula será corrompida hasta despojarte de tu voluntad. Pero esa nube, que no te permite contemplar el panorama, que parece inacabable, tiene una dimensión limitada y al traspasarla, su efecto comienza a disminuir. Por fin empiezas a alejarte de su influencia y aprendes que hacer la próxima vez que te encuentres con otra nube similar: Entrar con una resolución indestructible, apretar el paso y salir de ella. – David volteó a ver a Emilio -Vencer el miedo no es tarea para un pusilánime, pero librarte de semejante demonio, vale una vida entera. Ya distanciado, ráfagas de aire límpido purifican tu cuerpo y tus pulmones y ahora puedes dormir tranquilo. Caminas seguro de ti mismo en la más espesa incertidumbre y tu percepción engrandecida te guiara a través del sendero. Tu lecho dejará de ser una fuente de pesadillas para tornarse en una fuente de descanso y de paz.

Caminaban por el pasillo. Emilio sentía una opresión en su pecho. David continuaba - Quizá te interrogas ¿Por qué el ser humano no emprende su marcha para atravesar esa bruma y lograr su libertad? Emilio parece más fácil de lo que en verdad es. Es un desafío gigantesco. Esa bruma no es una simple fantasmagoría, ya que produce efectos bien concretos, crisis nerviosas, insomnios terribles, actos que provocan lástima de quienes los presenciaban, alucinaciones de despido y desdichas insufribles que desencadenaban infartos y úlceras. Los monstruos que crea la niebla no tienen nada de chuscos ni son transparentes, son densos como el cemento y el hierro forjado, inflexibles como muros de hormigón. ¿Qué había de extraño que un ser indefenso construyera defensas, fingiera comportamientos, torciera sus inclinaciones y se prestara a ser víctima de las peores humillaciones o cómplice de los actos más viles? ¿Acaso no este comportamiento era provocado por esta fantasmagoría que amenazaba su instinto más elemental de supervivencia, su imperiosa necesidad de seguridad? ¿Y por qué habría que condenar que los seres que habrían logrado una posición de fuerza y seguridad fueran fieras insaciables ante los más débiles, si en el fondo ese miedo y esa ignorancia dominaban lo más íntimo de sus instintos? Y el ardoroso, e inconmovible amor al poder y el deseo de dominio, tienen su origen remoto en el miedo y la ignorancia y por eso mismo el poder y la codicia son tan insaciables. Antídotos contra el miedo y la insignificancia. - David continuó, tanto había reflexionado en estos últimos días, que su mente rebosaba en ideas. - Libre del miedo transitarás por un nuevo camino. En este sendero no escucharás aplausos ni reconocimiento alguno. Tampoco es el principio de la fecunda alegría, es tan solo el fin de la pesadilla. No encontrarás el tesoro maravilloso, ni al hada de tus sueños. Quizá despiertes por la mañana en un nuevo páramo desolado. Y ahora tienes que emprender una lucha distinta para alejarte de tan terrible lugar. Libre del miedo tu visión no está turbada, pero solo vez una cuesta interminable por la que tienes que subir. Ahora tendrás que echar mano de tus otras herramientas, la voluntad inextinguible y la paciencia. Y cada día tendrás que soportar tus nuevos acompañantes: los seres arrogantes, déspotas, las puertas que se cierran, las oportunidades que se van, el vagón al que no te puedes subir. Condimentado tu menú con la incomprensión, el desengaño y la indiferencia. Y la cuesta empieza a agotarte. De nuevo, aún en medio del peor desaliento y desencanto, tienes que proseguir. Tu gran armadura contra tanta desilusión es ahora la esperanza. Empiezas a envejecer y puedes ver en ello un nuevo demonio o las consecuencias necesarias de tu lucha personal. Te detienes y miras a lo lejos y avistas toda la senda por la que has andado. Una gesta anónima, desconocida, personal. Cuando vislumbras el final de tu propia historia no puedes aceptar que todo haya sido en vano. Toda esa riqueza de experiencias, vivencias y crecimiento, no es posible que se desintegren sin dejar rastro. Eso Emilio es lo que no puedo aceptar. Estoy de acuerdo en que todo ese aprendizaje haya sido desesperante y con un puñado de alegrías, pero no es un puñado de conocimiento. No, perecer en sí no es más que el fin de un cuerpo, como la destrucción de un aparato de música, no es el fin de la música.

Emilio escuchaba silencioso, asimilaba los conceptos, intentaba comprender los pensamientos de David. Si, David había sido su maestro y ahora lo llamaba para despedirse.

- ¿No tienes elección alguna?
- No Emilio, ninguna. En esta prueba final no puedo fallar. Tengo que hacer acopio de toda mi fortaleza y valor. Estoy consciente que enfrento mi gran desafío, mi gran oportunidad.
- Morir no es una oportunidad, David.
- Si tienes una misión si, Emilio.

Cuando se despidieron, los ojos de Emilio se arrasaron en lágrimas. David lo abrazó.

- Emilio, tarde o temprano los seres se separan. No le des a la muerte un valor mayor que a una despedida definitiva cualquiera.
- Eso es lo que me duele, que es para siempre.

- A veces la separación se debe a una traición, a un engaño. Eso te deja un sabor amargo, es una tumba en tu alma, pero un muerto que te fue fiel, vivo está. Se fuerte, se fiel a ti mismo y nunca te vendas.
- No lo haré David.
- A su tiempo, llegará tu turno. Parte con tu conciencia tranquila, que es lo único que perdurará. - Emilio se enjugó las lágrimas. - Y si tienes que tomar una decisión trascendente, que afecte a otros, reúne toda tu fuerza y sepárate para que puedas ser objetivo y hazlo sin egoísmo y con un valor supremo. Sólo nos queda encomendarnos con las palabras del verdadero Maestro de la humanidad: "Padre, en tus manos encomiendo nuestros espíritus". - David sonrió y Emilio intentó hacerlo. Después se fue.

5

El día que tenía que llegar.

David regresó de su supuesto viaje. Por la mañana recibió una llamada de Berenice, su actitud era muy cariñosa y añoraba verlo. Ella le dijo que planeaba llevar a los dos niños a un parque de diversiones y le proponía que pasaran el día entero en éste. Allí podrían divertirlos sin ningún riesgo. A David le pareció una buena idea. Se bañó, desayunó un rico platillo que le preparó Doña Celia y se fue por ellos. Al llegar Berenice lo recibió con una amplia sonrisa coqueta y lo besó. Los niños desayunaban pero aún no los vestía. La nena bajó y fue a saludar a su nuevo papito. David la sentó en sus rodillas para juguetear con ella mientras Berenice terminaba de arreglar a Lalo. Momentos después entraron en la sala y David miró la camiseta de Lalo. Era idéntica a la que llevaba el pequeño en su alucinación el día que este tuvo el accidente, al instante comprendió que era su último día. Quedó impactado pero fingió. Se dijo: "De manera que esa alucinación sirvió para conectarme con el Cosmos. Todo fue real y esta señal me indica con claridad que hoy sucederá el cumplimiento de mi pacto" Sacó el pergamino y leyó:

"Hoy te llama el destino, estaré contigo para fortalecerte".

David pensó: "Pronto llegará la muerte, con su presencia helada, inquietante y hasta aterradora, extendiendo su manto piadoso y apaciguador. Y yo frente al final de mi camino nunca pude desentrañar el misterio de si la muerte pertenece al reino del diablo o de Dios" Besó el pergamino y reconcentró su valor. Los cuatro salieron rumbo al parque de diversiones. Cuando arribaron, David compró los boletos y les propuso echar un vistazo a todo el recinto. David revisaba donde podría encontrarse algún peligro. Pero todo era seguro. El parque era un lugar apropiado hasta para dejar a un niño vagabundear sin el cuidado de sus padres sin que tuviese el menor riesgo. David y Berenice decidieron dividirse el cuidado, él estaría a cargo de Lalo y Berenice de Vanesa.

Lalo escogió en un principio ir a la casa encantada, al laberinto después. Los niños entraban solos y los padres los esperaban a la salida. David no quería perder un instante la ubicación de Lalo, por lo que esperaba en una banca a que éste saliera. Lo tomaba de la mano, la playera con los dibujos de estrellitas, cometas, soles, era inconfundible. David abrasó a Lalo. Estaba tenso pero le sonreía al pequeño.

Se acercaron a un juego didáctico. El azar combinado con la habilidad. La edad mínima de siete años. Lalo apenas acababa de cumplir cinco. Así que optó por ir al castillo mágico. David entró para inspeccionarlo. No había peligros aparentes, todo era de cartón acolchonado, tampoco filos ni picos. El suelo estaba protegido por una funda inflada. Las escaleras forradas de gruesas alfombras. Era uno de los juegos con más espacio. La planta baja y el primer piso. El segundo piso se encontraba cerrado, en reparación. David subió para revisarlo. Estaba repleto de telas, cartón, fundas, plafones, colchas, almohadas y cojines. Había planchas de madera apiladas en lotes. Todo lo necesario para acondicionar un piso más. Salieron y David jaló la puerta que no tenía cerrojo. Descendieron a la planta baja y Lalo se separó de David, para integrarse a un juego de príncipes y princesas, dragones, caballeros con armaduras de cartón. David le echó una mirada a todo el salón por segunda vez. No había nada que pudiera causar un accidente. Abandonó el castillo y se sentó en una banca afuera de éste para vigilar. Berenice se llevó a Vanesa a otra parte del parque de diversiones. Un lugar donde estaban los juegos propios para una niña de su edad. Acordaron reunirse en el castillo. David se sentó para observar a unos niños que jugaban una especie de monopolio. El juego más bien era apropiado para niños de más de siete años y consistía en comprar, alquilar, vender o intercambiar bonos por el uso o la compra de alguna propiedad. Resultaba muy divertido ver las decisiones que a esa temprana edad tomaban los pequeños. Desde su asiento David podía vigilar el castillo y estar al tanto del juego. Estaba nervioso, por lo que entraba seguido a inspeccionar donde estaba Lalo y que hacía. Ningún peligro y regresaba a su banca. Había un gordito que con seguridad ya habría jugado varias veces, porque tomaba elecciones muy inteligentes. Ya habían puesto fuera de combate a dos. El gordito y otro muchacho se enfrascaron en una pequeña batalla. En menos de una hora, eran casi dueños de todos los juegos. El gordito sabía comprar y rentar. El tercer jugador salió y quedaron ellos dos solos. Fuerzas similares.

David dejó de prestarles atención y miró ensimismado hacía el cielo, pensando como el tiempo, la más inasible e irrevocable de todas las abstracciones se precipitaba hasta el último confín de la eternidad para seguir creándola. Reflexionaba: "El tiempo no es parte de la naturaleza. Ni siquiera pertenece al reino de la energía, sin embargo es omnipresente. Este es otro de los instrumentos de Dios para construir su universo" ... "Y el universo se expande en el espacio vacío ... Y es que el espacio vacío que contiene al universo entero tampoco pertenece al reino de la naturaleza ni de la energía. Es como un gran recipiente que no tiene límites. Puede equipararse a nivel humano a un escenario vacío que un escritor llena con su historia, sus personajes y sus diálogos productos de su imaginación." "Podría argumentar que más allá del futuro está la eternidad y más allá del universo está el infinito y sería un buen tema para debatir con Walter pero mi *tiempo* se ha agotado".

Regresó Berenice con Vanesa. Habían recorrido las tiendas de modas Vanesa lucía maquillada. Berenice le preguntó por Lalo y los tres entraron al castillo. Jugaba con otros niños disfrazados de reyes, soldados, dragones y hechiceros. Muchachos, empleados adolescentes del local cuidaban que no se golpearan. Berenice se llevó a Vanesa a la fábrica de helados. David fue a comprarse una pizza con anchoas y jamón serrano. No había cerveza por lo que tuvo que contentarse con un refresco. Regresó a ver el término del juego, el gordito ganó. Empezaron otro juego y David se entretenía con los pequeños. Fue a ver a Lalo, todo sin novedad. Le ordenó que no fuera a salirse, ya que tenía urgencia de ir a orinar y el baño estaba un poco alejado. Le dijo "Enseguida vuelvo, voy al baño. Por ningún motivo salgas de este castillo ¿Me entendiste?" - Lalo hizo un movimiento de afirmación.

David le repitió "Por ningún motivo ¿Lo prometes?" - Lalo le prometió
que no se saldría. David estaba alterado, pero hacia acopio de valor para
que nadie notara su tensión nerviosa. Fue al baño que se encontraba
un poco retirado del castillo, por lo que fue presuroso. David se
refrescaba la cara sudada por la excitación en el lavabo cuando entró
un hombre ahogándose, se le había atorado un pedazo de comida y
no podía ni expulsarla ni tragarla, se asfixiaba. Él y otra persona en
el baño trataron de ayudar, David introdujo sus dedos en la boca para
tratar de jalar la comida o hacerlo vomitar. El hombre cada vez estaba
peor, pero entró otro. Entre los tres lo pusieron boca abajo, le golpearon
el diafragma y al fin pudo escupir el pedazo de alimento y vomitó.
Aquel hombre se sentó pálido y los tres esperaron a que se recuperara.
Había ensuciado las camisas de David y de otra persona. El hombre
les agradeció y luego salió. Los tres hombres limpiaban sus camisas
manchadas en el lavabo. De pronto empezaron a escuchar un griterío
y sonaron alarmas. David dejó de limpiarse la camisa y abandonó el
baño corriendo y fue en busca de Lalo. Horrorizado contemplaba como
el castillo estaba envuelto en llamas, casi todos los niños estaban fuera
de él y los empleados eran adolescentes que intentaban abrir el equipo
contra incendio. Puros muchachos inexpertos que ni idea tenían de
cómo operarlo. David buscó a Lalo entre los niños, no lo encontró. Lo
llamó a gritos y Lalo apareció en la ventana del castillo del segundo
piso que estaba en reparación, atiborrada de palos, mantas, cordones,
puro material inflamable. David le ordenó a Lalo que no se moviera
del balcón, que iría por él. La planta baja era una hoguera. Les indicó
a los empleados que lo bañaran, le pidió una chamarra de cuero a un
hombre y con esta se cubrió la cabeza y la cara. Empapado se introdujo
al castillo. Su inspección anterior le ayudaba a saber dónde estaban las
escaleras. Subió rapidísimo trepando por donde antes lo hiciera Lalo
al segundo piso. Las llamas quemaban las escaleras y cuando entro
tuvo que apagar sus propias ropas que ya se prendían. Le gritó a Lalo
que no se separara del balcón. Abajo, nadie había podido poner en
operación la bomba contra incendio. Los empleados eran muchachos
preparados para ayudar a la gente pero no conocían el funcionamiento
de las mangueras, salvo de los pequeñas extinguidores que no podían
nada contra tan gran incendio. Las llamas empezaron a quemar la
puerta del segundo piso que David cerró tras de sí. En pocos minutos
ardería como un ascua todo ese lugar. Se asomó para verificar si
había una manera de salir por el frente, pero no existía ninguna

forma. No tenía escapatoria. David tomó unos cojines, unas colchas y unos cordeles. Amarró a Lalo como un tamal, acomodó los cojines y colchas entre su cuerpo y el del pequeño. La experiencia en hacer amarres que utilizaba en su ferretería le fue de mucha utilidad en ese momento. Apretó los cordeles. La cabeza de Lalo estaba debajo de la barbilla de David y sus piernas le daban en los muslos. Lo colocó de manera que la espalda de Lalo estuviera recargada en su pecho. Abajo Berenice, que pudo ver a David cuando se asomó, se abrió paso entre los curiosos. Con resolución se acercó y entonces pudo descubrir una lona. Con órdenes imperativas hizo que la descolgaran y la usarán para que sirviera para agarrar el cuerpo de David y de Lalo. Gritaba y daba instrucciones sin soltar la mano de Vanesa. Seis personas estiraron la lona horizontalmente para recibir el cuerpo de David. Una más se sumó por uno de los costados. Arriba David sentía el intenso calor. Tomó a Lalo dando la espalda al vacío. Lo abrazó, se subió al balcón, tomó impulsó y se lanzó de espaldas, trató de que su cuerpo cayera de forma horizontal. Los mirones lanzaron un grito espantoso al unísono y los jóvenes con la manta extendida intentaron que cayeran en el centro de esta. David medía un 1.76 centímetros y pesaba 80 kilogramos más el peso de Lalo. Al caer en la manta la arrancó de las manos de los voluntarios que estaban cerca de la pared, los otros soportaron la embestida. El cuerpo de David giró hacia el lado de menos soporte y estrelló su frente en la rodilla de uno de ellos que soltó en ese momento la manta, por lo que la cabeza de David se golpeó en el suelo. No obstante lo aparatoso no tuvo una fractura en su cráneo. Por el otro extremo del mismo lado, un joven se asustó y soltó la manta. Ahí cayeron las piernas de David y un sordo golpe se oyó contra el pavimento. Su tobillo y pierna derecha se fracturaron. De inmediato desamarraron a Lalo que estaba golpeado pero ileso, David estaba inconsciente.

Berenice no se acertaba a auxiliarlos. Tenía cogida a Vanesa para que no se le perdiera. Quería percatarse del grado de gravedad. Lalo lloraba pero estaba sano. David yacía en el piso. Estaba asustada. Varios hombres tendieron la manta para llevar a David a urgencias. Lo cargaron y Berenice muy asustada iba a su lado.

Nunca lo sabrían pero quién auxilió a Berenice y por medio de ella a David, fue su guía. Él consideró que era necesario y benéfico intervenir por lo que la empujó a que se dirigiera hacia el lugar del incidente y de que en medio de la confusión se percatara de la lona.

6

Por la noche y después de enyesarle la pierna derecha y hacerle tomografías para ver la gravedad del golpe en la frente, el doctor aprobó que lo llevaran a su camarote. Iban sus íntimos, Berenice, Walter, Mariana con Raúl y Alberto y Emilio. Éste había rescatado el pergamino y ahora sí pudo leer la leyenda. Quería mostrársela a David antes que a los demás y solamente se la enseñó a su padre, que también pudo leerla. Esto los tranquilizó ya que era claro que el peligro estaba conjurado. Lo subieron a su lecho y estaban reunidos alrededor de él. Lo dejaron dormir pues le habían suministrado calmantes y otros medicamentos. Berenice se quedó velándolo y por la mañana fue por su violín. Mariana y Raúl llegaron temprano. Después lo hicieron Walter y luego Alberto y Emilio quién estaba ansioso por mostrarle el pergamino a David.

Berenice llegó y entró a la recámara. Poco después los invitó a entrar. David les sonreía a sus amigos y ellos de buen humor fueron a saludarlo. Se acercó Walter y sonriéndole le dijo:

- Ves porqué digo que eres un grandísimo loco.
- Creí que me iba, Walter.
- Poco faltó. ¿Cómo te sientes?
- Bien, increíblemente bien. Este golpe no fue nada comparándolo a lo que me expuse.
- Berenice fue la que coordinó el salvamento. Te acompañaron al hospital algunos de los muchachos que tomaron la lona y nos dijeron que sucedió. Todos estaban azorados sin saber que hacer hasta que llegó Berenice impartiendo órdenes y los despabiló. La hicieron de bomberos. A uno de ellos le propinaste un fuerte golpe pero está bien. Pero por poco…
- Ya ves lo mucho que te sirve una mujer, grandísimo solterón. – Los dos dirigieron sus miradas a Berenice que estaba escuchando a Walter y se sentía muy orgullosa de su intervención.
- Mariana se acercó: Hasta donde te llevó ese mensaje David.
- No Mariana, no me llevó tan lejos. Podría no estar aquí.
- Claro, si no es por Berenice…
- Pero no pasó Mariana. Estoy bien.

- Emilio que estaba ansioso se aproximó con el pergamino en la mano. David lo miró y extendió su mano. Emilio le entregó el pergamino que decía:

Hiciste un pacto y cumpliste. Los niños están a salvo. Eres un alumno muy adelantado".

Ese mensaje le llegó como una gran recompensa. Quedó pensativo asimilando lo que significaba. Después de un breve silencio le preguntó a Emilio:

- ¿Puedes leerlo?
- Así es y mi padre también.
- Entonces ahora sí se conjuró.
- Estamos seguros.
- Gracias por preservarlo. – Alberto escuchaba callado y se sonrieron. - ¿Podrían mostrárselo a los demás? – Emilio y Alberto asintieron. Les dijeron a todos que les enseñarían el pergamino y salieron. El primero que lo leyó fue Walter y enseguida dijo:
- David es terrible. Mira que pintar esta leyenda para convencernos.
- No la pintó, Walter - dijo Alberto.
- Pero por supuesto que sí.
- Mariana y Raúl leyeron el mensaje pero no acaban de comprender del todo la situación. Doña Celia se acercó para ofrecerles de beber y de comer.

David y Berenice quedaron solos.

- ¿Estás bien? – David asintió y le tomó la mano. – Salvaste a Lalo. Eres un hombre muy valiente.
- Y tú me salvaste.
- Lo hicieron los muchachos. Uno de ellos se llevó un golpe muy fuerte cuando chocó tu frente con su rodilla.
- Si no hubieras regresado estaría muerto.
- Fue extraño. De pronto sentí una imperiosa necesidad de regresar. Algo puramente intuitivo. Todavía estaba muy alejada del castillo cuando te vi asomarte por el balcón, me di cuenta que buscabas como salir. Fue entonces cuando localicé la lona

como si algo dirigiera mí mirada. Yo cargaba a Vanesa y con una rara fuerza me abrí paso. No sé con qué poder tan raro empecé a dar órdenes a los muchachos para que trajeran la lona y la extendieran. Yo, como todos gritamos cuando te arrojaste pero ellos se movieron y te atraparon. No te tocaba David.

- Si me tocaba Berenice, pero tú cambiaste la historia. – Se hizo un silencio. David la veía con embeleso y Berenice como fuera de sí quería abrazarlo. - ¿Y tú violín?
- Fui por él.
- ¿Tocarías algo para mí? - Radiante fue por el violín. – ¿Espartaco? -Berenice empezó su interpretación. – Desnúdate - Toda provocativa se desvistió frente a él. La mirada lujuriosa de David encendía su deseo. Berenice se balanceaba y David veía su cuerpo más hermoso que nunca. Le parecía de una belleza transfigurada. Eran dos seres que habían nacido para proteger a otros. – Ven conmigo – David abrió las cobijas para invitarla a que se abrazaran.
- Te puedo lastimar.
- Contigo y tu música puedo encarar lo que sea.

Mientras tanto aquella portentosa nave continuaba su viaje sin destino alguno en torno a su órbita alrededor del sol, ajena a la gesta humana, en movimiento perpetuo y siempre en armonía con las leyes del universo.

FIN

Un libro que te cautiva, se hace sentir la historia y te ayuda a ver la vida desde un punto de vista que normalmente no analizamos

M.E. Ana Laura Ruiz

Es ágil, profunda, inteligente. Una lectura muy recomendable.

Akiro Ahito Pérez. Ingeniero

Ahonda en lo mágico y lo místico sin acudir a lugares comunes como hadas, gnomos ni varitas mágicas. Para nada se vale de monstruos y superhéroes.

Demetrio Horcasitas. Diseñador

Mucha imaginación. Esta obra está enriquecida con metáforas y frases muy poderosas.

Claudia Buenrostro. Diseñadora

Hace reflexionar. El final me encantó cuando por el amor de Berenice puede revocar el destino.

Amanda Sánchez. Publicista

Una muy buena historia repleta de símbolos. Me gustó.

Aarón Guzmán Herrero